U0116654

漢唐詩雜說

何文匯 著

漢唐詩雜說

作　　者：何文匯
責任編輯：甘麗華
封面設計：涂　慧
出　　版：商務印書館（香港）有限公司
香港筲箕灣耀興道 3 號東滙廣場 8 樓
http://www.commercialpress.com.hk
發行公司：香港聯合書刊物流有限公司
香港新界大埔汀麗路 36 號中華商務印刷大廈 3 字樓
印　　刷：中華商務彩色印刷有限公司
香港新界大埔汀麗路 36 號中華商務印刷大廈
版　　次：2018 年 3 月第 1 版第 1 次印刷
© 2018 商務印書館（香港）有限公司
ISBN 978 962 07 4541 6
Printed in Hong Kong
版權所有，不准以任何方式，在世界任何地區，以中文或其他文字翻印、仿製或轉載本書圖版和文字之一部分或全部。

目 錄

附 錄

敍

詩與文化并，微詩吾華文化何有？古之士人措意乎詩之體式，故能論詩；今則不然，獨論詩之文未稍減耳。不識詩之體式而論詩，無異夜半昧行，不顛躓者幾希矣。故欲論詩則盍反其本，必自體式始，此本書之所以作也。

本書諸篇專論體式，而體式探之彌深，深則傷於繁瑣，讀者恐望之而卻步矣。故諸篇但提綱挈領，粗示梗概而止。讀者果有所得，則吾幸甚焉。

詩之體式先成於漢，再成於唐，故本書特舉漢唐詩而論之，成〈漢詩雜説〉、〈古詩十九首雜説〉、〈唐近體詩雜説〉及〈唐古體詩雜説〉四篇。古詩十九首，漢詩也，以其幾乎一字千金，又為風餘詩母，故別立一篇以高之。得漢唐詩體式之要，乃可與言詩已矣。

二〇一八年，歲次戊戌，何文匯敍。

漢詩雜説

漢詩雜説

引言

漢詩承《詩經》之前緒而自闢蹊徑。漢樂府詩或三、四、五言，或雜言；徒詩或四言，或五言，俱三百篇之遺裔。漢世五言詩蔚成大國，其先不過四言之附庸。三百篇以四言為主。「國風」一百六十篇，其中八十篇為四言詩，餘為雜言。而〈衞風・木瓜〉只用三、五言，〈齊風・著〉只用六、七言，〈齊風・盧令〉只用三、五言，〈檜風・素冠〉只用五、六言，都無四言。〈小雅〉八十篇，亡其辭者六，或謂之笙詩；餘七十四篇中，四言四十一篇，雜言三十三篇。其中〈祈父〉十二句只兩句四言。〈大雅〉三十一篇，四言只六篇，餘二十五篇皆雜言。「頌」四十篇，四言只十四篇，餘二十六篇皆雜言。蓋四言整齊，不免板滯，以長短句間之，則可收抑揚頓挫之效也。五言句尤長於此。

通篇四言者，如〈周南・關雎〉云：

○　關關雎鳩，在河之洲。窈窕淑女，君子好逑。

○　參差荇菜，左右流之。窈窕淑女，寤寐求之。

○　求之不得，寤寐思服。悠哉悠哉，輾轉反側。

○　參差荇菜，左右采之。窈窕淑女，琴瑟友之。

○　參差荇菜，左右芼之。窈窕淑女，鍾鼓樂之。

雜言多方，如〈周南・卷耳〉為四言雜以五、六言，云：

○　采采卷耳，不盈頃筐。嗟我懷人，置彼周行。

○　陟彼崔嵬，我馬虺隤。我姑酌彼金罍，維以不永懷。

○　陟彼高岡，我馬玄黃。我姑酌彼兕觥，維以不永傷。

○　陟彼砠矣，我馬瘏矣。我僕痡矣，云何吁矣。

〈召南・野有死麕〉則首兩章四言，末章五言，云：

○　野有死麕，白茅包之。有女懷春，吉士誘之。

○　林有樸樕，野有死鹿。白茅純束，有女如玉。

○　舒而脫脫兮，無感我帨兮，無使尨也吠。

末章「兮」與「也」俱助辭。不以四言出之，蓋欲其舒徐有詠歎之致也。「脫」、「帨」、「吠」叶韻，俱在上古音入聲「月」部。三百篇亦時用助辭「矣」字作結，如上引〈卷耳〉是，「矣」字與「兮」字都非韻腳。〈卷耳〉末章韻腳是「砠」、「瘏」、「痡」、「吁」。

〈大雅・卷阿〉第二、三、四章云：

○　伴奐爾游矣，優游爾休矣。豈弟君子，俾爾彌爾性，似先公酋矣。

○　爾土宇昄章，亦孔之厚矣。豈弟君子，俾爾彌爾性，百神爾主矣。

○ 爾受命長矣，茀祿爾康矣。豈弟君子，俾爾彌爾性，純嘏爾常矣。

此處「矣」字足成五言之句，然都非韻腳。句末助辭多如此。又如〈小雅・隰桑〉之「心乎愛矣，遐不謂矣。中心藏之，何日忘之」，「愛」、「謂」上古音在入聲「物」部，「藏」、「忘」在「陽」部，「矣」、「之」都非韻腳。

至於四言詩中置一五言或六言句以取其頓挫者亦復不少，尤以置一五言句為多見。如〈邶風・泉水〉二十四句，於四言中插一五言，足見作者於正中求變之志。詩云：

○ 毖彼泉水，亦流于淇。有懷于衛，靡日不思。孌彼諸姬，聊與之謀。

○ 出宿于泲，飲餞于禰。女子有行，遠父母兄弟。問我諸姑，遂及伯姊。

○ 出宿于干，飲餞于言。載脂載舝，還車言邁。遄臻于衛，不瑕有害。

○ 我思肥泉，茲之永歎。思須與漕，我心悠悠。駕言出遊，以寫我憂。

〈衞風・竹竿〉十六句，亦獨有一句五言，餘皆四言。其詩亦有「女子有行，遠父母兄弟」及「駕言出遊，以寫我憂」。〈王風・采葛〉云：「彼采葛兮。一日不見，如三月兮。」〈鄭風・子衿〉則云：「挑兮達兮，在城闕兮。一日不見，如三月兮。」是作者之所為邪？抑編者之所為邪？固不得而知矣。

〈鄘風・載馳〉二十八句，只末句五言，餘皆四言。末二句云：「百爾所思，不如我所之。」亦見作者刻意求變之心。詩云：

○ 載馳載驅，歸唁衛侯。驅馬悠悠，言至于漕。大夫跋涉，我心則憂。

○ 既不我嘉，不能旋反。視爾不臧，我思不遠。

○ 既不我嘉，不能旋濟。視爾不臧，我思不閟。

○ 陟彼阿丘，言采其蝱。女子善懷，亦各有行。許人尤之，眾穉且狂。

○ 我行其野，芃芃其麥。控于大邦，誰因誰極。大夫君子，無我有尤。百爾所思，不如我所之。

他如〈王風・丘中有麻〉十二句，有一五言句云：「將其來施施。」〈鄭風・子衿〉十二句，有一五言句云：「子寧不嗣音。」〈秦風・小戎〉三十句，有一五言句云：「胡然我念之。」〈陳風・宛丘〉十二句，有一五言句云：「宛丘之上兮。」〈豳風・東山〉四十八句，亦只末句五言。其末四句云：「親結其縭，九十其儀。其新孔嘉，其舊如之何？」「縭」、「儀」、「嘉」、「何」都在「歌」部，句句用韻，噴薄而出，固亦力求警動之所為。

至如〈小雅・常棣〉三十二句，有五言「兄弟鬩于牆」一句，餘皆四言；〈小雅・蓼蕭〉二十四句，有六言「是以有譽處兮」一句，餘皆四言；〈小雅・白駒〉亦二十四句，有五言「毋金玉爾音」一句，餘皆四言；〈小雅・小宛〉三十六句，有五言「無忝爾所生」一句，餘皆四言；〈小雅・小弁〔音「盤」〕〉六十四句，有六言「君子無易由言」一句，餘皆四言；〈小雅・巧言〉四十八句，末句乃五言「爾居徒幾何」，餘皆四言；〈小雅・何人斯〉亦四十八句，有五言「始者不如今」一句，餘皆四言；〈小雅・蓼莪〉三十二句，有六言「不如死之久矣」一句，餘皆四言；〈小雅・信南山〉三十六句，有五言「益之以霢霂」一句，餘皆四言；〈小雅・采菽〉四十句，有五言「殿天子之邦」一句，餘皆四言。此等篇章本非不能全篇用四言，獨置五、六言一句於其間以醒人耳目，蓋是謀篇之一法。

〈魏風・伐檀〉二十七句，含四、五、六、七、八言，更見其音節之多姿，其詩云：

○ 坎坎伐檀兮，置之河之干兮，河水清且漣猗。不稼不穡，胡取禾三百廛兮。不狩不獵，胡瞻爾庭有縣貆兮。彼君子兮，不素餐兮。

○ 坎坎伐輻兮，置之河之側兮，河水清且直猗。不稼不穡，胡取禾三百億兮。不狩不獵，胡瞻爾庭有縣特兮。彼君子兮，不素食兮。

○ 坎坎伐輪兮，置之河之漘兮，河水清且淪猗。不稼不穡，胡取禾三百囷兮。不狩不獵，胡瞻爾庭有縣鶉兮。彼君子兮，不素飧兮。

然此詩甚多句末助辭「兮」及「猗」，此等助辭都非韻腳，然有助於一唱三歎。若刪去助辭，固亦成詩，如第一章則為：「坎坎伐檀，置之河之干，河水清且漣。不稼不穡，胡取禾三百廛。

不狩不獵，胡瞻爾庭有縣貆。彼君子，不素餐。」「檀」、「干」、「漣」、「廛」、「貆」、「餐」押韻。然如此則失詠歎之致矣。

《詩經》篇章固以四言為主，縱雜言諸篇亦多四言。次則五言。通首五言唯〈魏風・十畝之間〉六句短篇，云：

○ 十畝之間兮，桑者閑閑兮，行與子還兮。
○ 十畝之外兮，桑者泄泄兮，行與子逝兮。

六句都以「兮」字收，去之則成四言，是以此六句雖五言而非真五言。除此則別無五言之篇。然五言句連用而不以「兮」字收者則有數處。二句連用者如〈衞風・木瓜〉云：「投我以木瓜，報之以瓊琚。」又云：「投我以木桃，報之以瓊瑤。」又云：「投我以木李，報之以瓊玖。」〈小雅・斯干〉云：「無非無儀，唯酒食是議，無父母詒罹。」後二句連用五言。〈小雅・甫田〉云：「琴瑟擊鼓，以御田祖，以祈甘雨。以介我稷黍，以穀我士女。」後二句亦連用五言。〈召南・行露〉云：「誰謂雀無角？何以穿我屋？誰謂女無家？何以速我獄？」又云：「誰謂鼠無牙？何以穿我墉？誰謂女無家？何以速我訟？」則四句連用五言。

〈小雅・小旻〉四十五句，其中四言三十五句，五言七句，六言兩句，七言一句，亦極音節變化之能事。其第四章云：

○ 哀哉為猶，匪先民是程，匪大猶是經。維邇言是聽，維邇言是爭。如彼築室于道謀，是用不潰于成。

此章連用四句五言，並無助辭。〈小雅・北山〉三十句，有四言十七句，餘十三句屬五言，其中十二句連用，在四、五、六章，云：

○ 或燕燕居息，或盡瘁事國。或息偃在牀，或不已于行。
○ 或不知叫號，或慘慘劬勞。或棲遲偃仰，或王事鞅掌。
○ 或湛樂飲酒，或慘慘畏咎。或出入風議，或靡事不為。

句句用韻，兩句一轉，鏗鏘可誦。〈大雅・緜〉九章之末章云：「虞芮質厥成，文王蹶厥生。予曰有疏附，予曰有先後。予曰有奔奏，予曰有禦侮。」亦全章用五言，俱能開漢五言詩之先河也。

上舉〈行露〉以下諸例之五言句都無句末助辭，故似漢世五言之詩。然都旨在加重語氣，如句首兩用「匪」字及「維邇言是」、十二用「或」字以及四用「予曰」，絕非平常敍事而已。故在三百篇中，五言連用都專為加重語氣，強調事物，然亦是漢五言之大輅椎輪也。

〈商頌・玄鳥〉一章二十二句，五言共七句，只散見，其用與四言無異。則知古人為四言五言，每每隨意之所之。詩云：

○ 天命玄鳥，降而生商。宅殷土芒芒。古帝命武湯，正域彼四方。方命厥后，奄有九有。商之先后，受命不殆，在武丁孫子。武丁孫子，武王靡不勝。龍旂十乘，大糦是承。邦畿千里，維民所止，肇域彼四海。四海來假，來假祁祁，景員維河。殷受命咸宜，百祿是何。

此詩四、五言混用，流暢無礙，更見五言萌芽於上古，是四言而外之首選。

五言無論寫景言情，都勝四言，且句頓變化較多，更覺生氣盎然。故四言詩變而成五言詩，勢也。

漢世於四言、五言及雜言而外，亦有七言之詩。漢四言取其雅正，或懷家國，或述志向，敷陳直言，筆調凝重，質勝乎文，韋孟〈諷諫〉、〈在鄒〉二詩，韋玄成〈自劾〉、〈戒子孫〉二詩是也。比興寄情，四言不及五言，〈古詩〉十九首是也。雜言多是樂府歌詞。漢世視七言為四言益以三言，故一七言句即兩短句。漢世七言句句用韻，蓋是以兩短句視七言所致。范曄《後漢書・儒林列傳》謂時人稱任安曰「居今行古任定祖」，稱楊政曰「說經鏗鏗楊子行」，稱戴憑曰「解經不窮戴侍中」，稱召馴曰「德行恂恂召伯春」，稱許慎曰「五經無雙許叔重」。此等七字語（遇複姓則八字，作四四讀）都於第四字及第七字用韻，其例甚多。漢世視七言之句為四言益以三言，更無疑也。

五言盛於漢，歷代不衰。南朝沈約、周顒等倡八病之說，都只關乎五言，四言不與也。

《詩經》用韻舉隅

漢詩分徒詩與歌詩。徒詩或四言，或五言，雙句用韻，單句偶用韻，或轉韻，或一韻到底。歌詩之句或有長短，用韻不拘於一式。然都是三百篇之遺。三百篇除〈周頌〉中無韻詩外，必轉韻。其用韻之法多端，下舉三十例以明之。

下引三十篇，韻腳後都附上古音之韻部（分韻據郭錫良《漢字古音手冊》）。此等韻部皆明清以來音韻家所設，非謂上古已有其韻部之名。三百篇國異音殊，韻有工拙，若非古之人總其韻而理之，後之學者安能以歸納繫聯諸法構擬上古音而定其韻部邪？

三十例如下。

01 〈周南・關雎〉

○ 關關雎鳩〔幽，韻〕，在河之洲〔幽，叶〕。窈窕淑女，君子好逑〔幽，叶〕。

○ 參差荇菜，左右流〔幽，韻〕之。窈窕淑女，寤寐求〔幽，叶〕之。

○ 求之不得〔職，韻〕，寤寐思服〔職，叶〕。悠哉悠哉，輾轉反側〔職，叶〕。

○ 參差荇菜〔之，韻〕，[1] 左右采〔之，叶〕之。窈窕淑女，琴瑟友〔之，叶〕之。

○ 參差荇菜，左右芼〔宵，韻〕之。窈窕淑女，鍾鼓樂〔藥，叶〕之。[2]

---

1 「采」與「友」是此章韻腳，「菜」與「采」、「友」同屬上古音「之」部，姑亦視之為韻腳耳。

2 上古音「藥」部是「宵」部之入聲韻部，「樂」字去塞音韻尾便入「宵」部，故「宵」、「藥」兩部通叶，即所謂「對轉」也。

02 〈周南・漢廣〉

○ 南有喬木，不可休〔幽，韻〕息〔疑當作「思」〕。漢有游女，不可求〔幽，叶〕思。漢之廣〔陽，韻〕矣，不可泳〔陽，叶〕思。江之永〔陽，叶〕矣，不可方〔陽，叶〕思。

○ 翹翹錯薪，言刈其楚〔魚，韻〕。之子于歸，言秣其馬〔魚，叶〕。漢之廣〔陽，韻〕矣，不可泳〔陽，叶〕思。江之永〔陽，叶〕矣，不可方〔陽，叶〕思。[3]

○ 翹翹錯薪，言刈其蔞〔侯，韻〕。之子于歸，言秣其駒〔侯，叶〕。漢之廣〔陽，韻〕矣，不可泳〔陽，叶〕思。江之永〔陽，叶〕矣，不可方〔陽，叶〕思。

03 〈周南・麟之趾〉

○ 麟之趾〔之，韻〕，振振公子〔之，叶〕。于嗟麟兮。

○ 麟之定〔耕，韻〕，振振公姓〔耕，叶〕。于嗟麟兮。

○ 麟之角〔屋，韻〕，振振公族〔屋，叶〕。于嗟麟兮。

04 〈召南・鵲巢〉

○ 維鵲有巢，維鳩居〔魚，韻〕之。之子于歸，百兩御〔魚，叶〕之。

○ 維鵲有巢，維鳩方〔陽，韻〕之。之子于歸，百兩將〔陽，叶〕之。

○ 維鵲有巢，維鳩盈〔耕，韻〕之。之子于歸，百兩成〔耕，叶〕之。

---

3 「陽」部之陰聲韻部是「魚」部，或以此為對轉通叶。然審第一、三章格式，則亦可以此章為先押陰聲韻、後押陽聲韻，不用通叶之法。

05 〈召南・草蟲〉

○ 喓喓草蟲〔冬，韻〕，趯趯阜螽〔冬，叶〕。未見君子，憂心忡忡〔冬，叶〕。亦既見止，亦既覯止，我心則降〔冬，叶〕。

○ 陟彼南山，言采其蕨〔月，韻〕。未見君子，憂心惙惙〔月，叶〕。亦既見止，亦既覯止，我心則説〔月，叶〕。

○ 陟彼南山，言采其薇〔微，韻〕。未見君子，我心傷悲〔微，叶〕。亦既見止，亦既覯止，我心則夷〔脂，叶〕。[4]

06 〈召南・行露〉

○ 厭浥行露〔鐸，韻〕，豈不夙夜〔鐸，叶〕，謂行多露〔鐸，叶〕。

○ 誰謂雀無角〔屋，韻〕？何以穿我屋〔屋，叶〕？誰謂女無家？何以速我獄〔屋，叶〕？雖速我獄〔屋，叶〕，室家不足〔屋，叶〕。

○ 誰謂鼠無牙〔魚，韻〕？何以穿我墉〔東，韻〕？誰謂女無家〔魚，叶〕？[5] 何以速我訟〔東，叶〕？雖速我訟〔東，叶〕，亦不女從〔東，叶〕。

07 〈召南・羔羊〉

○ 羔羊之皮〔歌，韻〕，素絲五紽〔歌，叶〕。退食自公，委蛇委蛇〔歌，叶〕。

---

4 「脂」、「微」旁轉通叶。

5 「牙」與「家」單句自為韻。

○　羔羊之革〔職，韻〕，素絲五緎〔職，叶〕。委蛇委蛇，自公退食〔職，叶〕。

○　羔羊之縫〔東，韻〕，素絲五總〔東，叶〕。委蛇委蛇，退食自公〔東，叶〕。

08 〈邶風・旄丘〉

○　旄丘之葛〔月，韻〕兮，何誕之節〔質，叶〕兮。[6] 叔兮伯兮，何多日〔質，叶〕也。

○　何其處〔魚，韻〕也，必有與〔魚，叶〕也。何其久〔之，韻〕也，必有以〔之，叶〕也。

○　狐裘蒙戎〔冬，韻〕，匪車不東〔東，叶〕。[7] 叔兮伯兮，靡所與同〔東，叶〕。

○　瑣兮尾兮，流離之子〔之，韻〕。叔兮伯兮，褎如充耳〔之，叶〕。

09 〈衛風・碩人〉

○　碩人其頎〔文，韻〕，[8] 衣錦褧衣〔微，叶〕。齊侯之子，衛侯之妻〔脂，叶〕。東宮之妹，邢侯之姨〔脂，叶〕。譚公維私〔脂，叶〕。

○　手如柔荑〔脂，韻〕，膚如凝脂〔脂，叶〕。領如蝤蠐〔脂，叶〕，齒如瓠犀〔脂，叶〕。螓首蛾眉〔脂，叶〕。巧笑倩

6　「質」、「月」旁轉通叶。

7　「東」、「冬」旁轉通叶。

8　「頎」以「斤」為聲符，故置於「文」部。上古音「微」部是「文」部之陰聲韻（即非鼻音韻）部，故「文」、「微」對轉通叶。「沂」亦以「斤」為聲符，音韻家則置於「微」部，見此可知梗概。

〔耕，韻〕兮，[9] 美目盼〔文，叶〕兮。

○ 碩人敖敖〔宵，韻〕，説于農郊〔宵，叶〕。四牡有驕〔宵，叶〕，朱幩鑣鑣〔宵，叶〕。翟茀以朝〔宵，叶〕。大夫夙退，無使君勞〔宵，叶〕。

○ 河水洋洋，北流活活〔月，韻〕。施罛濊濊〔月，韻〕，鱣鮪發發〔月，叶〕。葭菼揭揭〔月，叶〕，庶姜孽孽〔月，叶〕。庶士有朅〔月，叶〕。

10 〈衞風・木瓜〉

○ 投我以木瓜〔魚，韻〕，報之以瓊琚〔魚，叶〕。匪報〔幽，韻〕也，永以為好〔幽，叶〕也。

○ 投我以木桃〔宵，韻〕，報之以瓊瑤〔宵，叶〕。匪報〔幽，韻〕也，永以為好〔幽，叶〕也。[10]

○ 投我以木李〔之，韻〕，報之以瓊玖〔之，叶〕。匪報〔幽，韻〕也，永以為好〔幽，叶〕也。

11 〈王風・黍離〉

○ 彼黍離離〔歌，韻〕，彼稷之苗〔宵，韻〕。行邁靡靡〔歌，叶〕，[11] 中心搖搖〔宵，叶〕。知我者謂我心憂〔幽，韻〕，

---

9 「倩」以「青」為聲符，故音韻家置諸「耕」部，〈-ŋ〉收音。「盼」字在「文」部，〈-n〉收音。「耕」、「文」韻尾異而韻腹近，古可通叶，即所謂通轉。〈齊風・東方未明〉第二章：「東方未晞，顛倒裳衣。倒之顛之，自公令之。」「顛」、「令」叶韻。然「顛」在「真」部，〈-n〉收音；「令」在「耕」部，〈-ŋ〉收音，因韻腹同，亦通叶。

10 或以此章為「幽」、「宵」旁轉，一韻到底。

11 「離」與「靡」單句自為韻。

不知我者謂我何求〔幽，叶〕。悠悠蒼天〔真，韻〕，此何人〔真，叶〕哉？

○ 彼黍離離〔歌，韻〕，彼稷之穗〔質，韻〕。行邁靡靡〔歌，叶〕，中心如醉〔物，叶〕。[12] 知我者謂我心憂〔幽，韻〕，不知我者謂我何求〔幽，叶〕。悠悠蒼天〔真，韻〕，此何人〔真，叶〕哉？

○ 彼黍離離〔歌，韻〕，彼稷之實〔質，韻〕。行邁靡靡〔歌，叶〕，中心如噎〔質，叶〕。知我者謂我心憂〔幽，韻〕，不知我者謂我何求〔幽，叶〕。悠悠蒼天〔真，韻〕，此何人〔真，叶〕哉？

12 〈王風・君子陽陽〉

○ 君子陽陽〔陽，韻〕。左執簧〔陽，叶〕，右招我由房〔陽，叶〕。其樂只且。

○ 君子陶陶〔幽，韻〕。左執翿〔幽，叶〕，右招我由敖〔宵，叶〕。[13] 其樂只且。

13 〈鄭風・大叔于田〉

○ 大叔于田，乘乘馬〔魚，韻〕。執轡如組〔魚，叶〕，兩驂如舞〔魚，叶〕。叔在藪，火烈具舉〔魚，叶〕。襢裼暴虎〔魚，叶〕，獻于公所〔魚，叶〕。將叔無狃，戒其傷女〔魚，叶〕。

○ 叔于田，乘乘黃〔陽，韻〕。兩服上襄〔陽，叶〕，兩驂

12 「質」、「物」旁轉通叶。

13 「幽」、「宵」旁轉通叶。

鴈行〔陽，叶〕。叔在藪，火烈具揚〔陽，叶〕。叔善射〔鐸，韻〕忌，[14] 又良御〔魚，叶〕忌。[15] 抑磬控〔東，韻〕忌，抑縱送〔東，叶〕忌。[16]

○ 叔于田，乘乘鴇〔幽，韻〕。兩服齊首〔幽，叶〕，兩驂如手〔幽，叶〕。叔在藪，火烈具阜〔幽，叶〕。叔馬慢〔元，韻〕忌，叔發罕〔元，叶〕忌。抑釋掤〔蒸，韻〕忌，抑鬯弓〔蒸，叶〕忌。

14 〈鄭風・女曰雞鳴〉

○ 女曰雞鳴，士曰昧旦〔元，韻〕。子興視夜，明星有爛〔元，叶〕。將翱將翔，弋鳧與鴈〔元，叶〕。

○ 弋言加〔歌，韻〕之，與子宜〔歌，叶〕之。宜言飲酒〔幽，韻〕，與子偕老〔幽，叶〕。琴瑟在御，莫不靜好〔幽，叶〕。

○ 知子之來〔之，韻〕之，雜佩以贈〔蒸，叶〕之。[17] 知子之順〔文，韻〕之，雜佩以問〔文，叶〕之。知子之好〔幽，韻〕之，雜佩以報〔幽，叶〕之。

---

14 「射忌」之「忌」，陸德明《經典釋文》云：「音『記』，辭也。」「記」之粵讀是〈ˉgei〉。今粵口語助辭「嘅」(〈ˉgɛ〉) 當從此來。如「騎」之讀書音是〈ˌkei〉，口語音是〈ˌkɛ〉；「青」之讀書音是〈ˈtsiŋ〉，口語音是〈ˈtsɛŋ〉；以及「錫」之讀書音是〈ˉsik〉，口語音是〈ˉsɛk〉是也。

15 「魚」部之入聲韻部是「鐸」部，對轉通叶。

16 此章「魚」、「鐸」對轉通叶，「陽」、「鐸」、「魚」可對轉通叶，「陽」、「東」可旁轉通叶，或視作一韻到底。然第三章有三組韻，故為求格式一致，亦可謂此章有三組韻。

17 「蒸」部之陰聲韻部是「之」部，「之」、「蒸」對轉通叶。

15〈齊風・著〉

○ 俟我於著〔魚，韻〕乎而，充耳以素〔魚，叶〕乎而，尚之以瓊華〔魚，叶〕乎而。

○ 俟我於庭〔耕，韻〕乎而，充耳以青〔耕，叶〕乎而，尚之以瓊瑩〔耕，叶〕乎而。

○ 俟我於堂〔陽，韻〕乎而，充耳以黃〔陽，叶〕乎而，尚之以瓊英〔陽，叶〕乎而。

16〈齊風・猗嗟〉

○ 猗嗟昌〔陽，韻〕兮，頎而長〔陽，叶〕兮。抑若揚〔陽，叶〕兮，美目揚〔陽，叶〕兮。巧趨蹌〔陽，叶〕兮，射則臧〔陽，叶〕兮。

○ 猗嗟名〔耕，韻〕兮，美目清〔耕，叶〕兮。儀既成〔耕，叶〕兮，終日射侯，不出正〔耕，叶〕兮。展我甥〔耕，叶〕兮。

○ 猗嗟孌〔元，韻〕兮，清揚婉〔元，叶〕兮。舞則選〔元，叶〕兮，射則貫〔元，叶〕兮。四矢反〔元，叶〕兮，以禦亂〔元，叶〕兮。

17〈魏風・園有桃〉

○ 園有桃〔宵，韻〕，其實之殽〔宵，叶〕。心之憂〔幽〕矣，[18] 我歌且謠〔宵，叶〕。不我知〔原文如是〕者謂我士也驕〔宵，叶〕。彼人是哉〔之，韻〕，子曰何其〔之，叶〕？心

18 「幽」、「宵」可旁轉通叶。然此章首數句「宵」部韻腳已足，且「憂」後有助辭，句型不同，姑不以「憂」字為韻腳。

之憂矣〔之，叶〕，其誰知之〔之，叶〕？其誰知之〔之，叶〕？蓋亦勿思〔之，叶〕。

○ 園有棘〔職，韻〕，其實之食〔職，叶〕。心之憂矣，聊以行國〔職，叶〕。不我知〔原文如是〕者謂我士也罔極〔職，叶〕。彼人是哉〔之，韻〕，子曰何其〔之，叶〕？心之憂矣〔之，叶〕，其誰知之〔之，叶〕？其誰知之〔之，叶〕？蓋亦勿思〔之，叶〕。[19]

18 〈唐風・椒聊〉

○ 椒聊之實，蕃衍盈升〔蒸，韻〕。彼其之子，碩大無朋〔蒸，叶〕。椒聊〔幽，韻〕且，遠條〔幽，叶〕且。

○ 椒聊之實，蕃衍盈匊〔覺，韻〕。彼其之子，碩大且篤〔覺，叶〕。椒聊〔幽，韻〕且，遠條〔幽，叶〕且。

19 〈陳風・東門之枌〉

○ 東門之枌，宛丘之栩〔魚，韻〕。子仲之子，婆娑其下〔魚，叶〕。

○ 穀旦于差〔歌，韻〕，南方之原〔元，叶〕。[20] 不績其麻〔歌，叶〕，市也婆娑〔歌，叶〕。

○ 穀旦于逝〔月，韻〕，越以鬷邁〔月，叶〕。視爾如荍〔幽，韻〕，貽我握椒〔幽，叶〕。

---

19 「之」、「職」可對轉通叶，或謂此章一韻到底。然第一章韻分兩組，此章固亦可視作先押入聲韻、後押陰聲韻。

20 「元」部是「歌」部之陽聲韻部，「元」部字去〈-n〉韻尾即入「歌」部，「元」、「歌」對轉通叶。

20 〈檜風・素冠〉

○ 庶見素冠〔元，韻〕兮，棘人欒欒〔元，叶〕兮，勞心慱慱〔元，叶〕兮。

○ 庶見素衣〔微，韻〕兮，我心傷悲〔微，叶〕兮，聊與子同歸〔微，叶〕兮。

○ 庶見素韠〔質，韻〕兮，我心蘊結〔質，叶〕兮，聊與子如一〔質，叶〕兮。

21 〈豳風・東山〉

○ 我徂東山〔元，韻〕，慆慆不歸〔微，叶〕。[21] 我來自東〔東，韻〕，零雨其濛〔東，叶〕。我東曰歸〔微，韻〕，我心西悲〔微，叶〕。制彼裳衣〔微，叶〕，勿士行枚〔微，叶〕。蜎蜎者蠋〔屋，韻〕，烝在桑野〔魚，韻〕。敦彼獨宿〔覺，叶〕，[22] 亦在車下〔魚，叶〕。

○ 我徂東山〔元，韻〕，慆慆不歸〔微，叶〕。我來自東〔東，韻〕，零雨其濛〔東，叶〕。果贏之實〔質，韻〕，亦施于宇〔魚，韻〕。伊威在室〔質，叶〕，[23] 蠨蛸在户〔魚，叶〕。町畽鹿場〔陽，韻〕，熠燿宵行〔陽，叶〕。[24] 不可畏〔微，韻〕也，伊可懷〔微，叶〕也。

○ 我徂東山〔元，韻〕，慆慆不歸〔微，叶〕。我來自東〔東，韻〕，零雨其濛〔東，叶〕。鸛鳴于垤〔質，韻〕，婦歎于

---

21 「元」、「文」旁轉通叶，「微」、「文」對轉通叶，故「微」、「元」旁對轉通叶。

22 「蠋」、「宿」單句自為韻。「屋」、「覺」旁轉。

23 「實」、「室」單句自為韻。

24 「魚」、「陽」對轉，「東」、「陽」旁轉，皆可通叶，然各自為韻亦可。

室〔質，叶〕。洒埽穹窒〔質，叶〕，我征聿至〔質，叶〕。有敦瓜苦，烝在栗薪〔真，韻〕。自我不見〔元〕，[25] 于今三年〔真，叶〕。[26]

○ 我徂東山〔元，韻〕，慆慆不歸〔微，叶〕。我來自東〔東，韻〕，零雨其濛〔東，叶〕。倉庚于飛〔微，韻〕，熠燿其羽〔魚，韻〕。之子于歸〔微，叶〕，[27] 皇駁其馬〔魚，叶〕。親結其縭〔歌，韻〕，九十其儀〔歌，叶〕。其新孔嘉〔歌，叶〕，其舊如之何〔歌，叶〕？

22 〈小雅‧常棣〉

○ 常棣之華，鄂不韡韡〔微，韻〕。凡今之人，莫如兄弟〔脂，叶〕。[28]

○ 死喪之威〔微，韻〕，兄弟孔懷〔微，叶〕。原隰裒〔幽，韻〕矣，兄弟求〔幽，叶〕矣。

○ 脊令在原〔元，韻〕，兄弟急難〔元，叶〕。每有良朋，況也永嘆〔元，叶〕。

○ 兄弟鬩于牆〔陽，韻〕，外禦其務〔侯，叶〕。[29] 每有良朋〔蒸，韻〕，烝也無戎〔冬，叶〕。[30]

---

25 「元」、「真」可旁轉通叶。然此章末四句有「薪」、「年」押韻，韻腳已足，姑不以「見」字為韻腳。

26 「質」、「真」對轉，可通叶。

27 「飛」、「歸」單句自為韻。

28 「脂」、「微」旁轉通叶。

29 「侯」部之入聲韻部為「屋」部，「陽」部之入聲韻部為「鐸」部，「屋」、「鐸」旁轉通叶，故「侯」、「陽」旁對轉通叶。

30 「蒸」、「冬」旁轉通叶。

○ 喪亂既平〔耕，韻〕，既安且寧〔耕，叶〕。雖有兄弟，不如友生〔耕，叶〕。

○ 儐爾籩豆〔侯，韻〕，飲酒之飫〔侯，叶〕。兄弟既具〔侯，叶〕，和樂且孺〔侯，叶〕。

○ 妻子好合〔緝，韻〕，如鼓瑟琴〔侵，韻〕。兄弟既翕〔緝，叶〕，[31] 和樂且湛〔侵，叶〕。

○ 宜爾家室，樂爾妻帑〔魚，韻〕。是究是圖〔魚，叶〕，亶其然乎〔魚，叶〕？

23 〈小雅・瞻彼洛矣〉

○ 瞻彼洛〔鐸，韻〕矣，維水泱泱〔陽，叶〕。[32] 君子至〔質，韻〕止，福祿如茨〔脂，叶〕。[33] 韎韐有奭，以作六師〔脂，叶〕。

○ 瞻彼洛〔鐸，韻〕矣，維水泱泱〔陽，叶〕。君子至〔質，韻〕止，鞞琫有珌〔質，叶〕。君子萬年〔真〕，[34] 保其家室〔質，叶〕。

○ 瞻彼洛〔鐸，韻〕矣，維水泱泱〔陽，叶〕。君子至止，福祿既同〔東，韻〕。君子萬年，保其家邦〔東，叶〕。

24 〈小雅・裳裳者華〉

○ 裳裳者華〔魚，韻〕，其葉湑〔魚，叶〕兮。我覯之子，

---

31 「緝」是「侵」之入聲韻部，「侵」是「緝」之陽聲韻部。此章「合」、「翕」自為入聲韻，與「侵」通叶亦可，視乎歌詠時音之短長耳。

32 「陽」是入聲韻「鐸」之陽聲韻部，「陽」、「鐸」對轉通叶。

33 入聲韻「質」部之陰聲韻是「脂」部，「脂」、「質」對轉通叶。

34 「真」部是「質」部之陽聲韻部，故「真」、「質」可對轉通叶。然此章末四句「質」部韻腳已足，姑不以「年」字為韻腳。

我心寫〔魚，叶〕兮。我心寫〔魚，叶〕兮，是以有譽處〔魚，叶〕兮。

○　裳裳者華，芸其黃〔陽，韻〕矣。我覯之子，維其有章〔陽，叶〕矣。維其有章〔陽，叶〕矣，是以有慶〔陽，叶〕矣。

○　裳裳者華，或黃或白〔鐸，韻〕。我覯之子，乘其四駱〔鐸，叶〕。乘其四駱〔鐸，叶〕，六轡沃〔藥〕若〔鐸，叶〕。[35]

○　左之左〔歌，韻〕之，君子宜〔歌，叶〕之。右之右〔之，韻〕之，君子有〔之，叶〕之。維其有〔之，叶〕之，是以似〔之，叶〕之。

25 〈小雅・隰桑〉

○　隰桑有阿〔歌，韻〕，其葉有難〔歌，叶〕。既見君子，其樂如何〔歌，叶〕？

○　隰桑有阿，其葉有沃〔藥，韻〕。既見君子，云何不樂〔藥，叶〕？

○　隰桑有阿，其葉有幽〔幽，韻〕。既見君子，德音孔膠〔幽，叶〕。

○　心乎愛〔物，韻〕矣，遐不謂〔物，叶〕矣。中心藏〔陽，韻〕之，何日忘〔陽，叶〕之？

26 〈小雅・何草不黃〉

○　何草不黃〔陽，韻〕？何日不行〔陽，叶〕？何人不將〔陽，叶〕？經營四方〔陽，叶〕。

35　「若」是助詞，「沃若」即「沃然」，是以助詞為韻腳。不然「藥」、「鐸」亦可旁轉通叶。

○ 何草不玄〔真，韻〕？何人不矜〔真，叶〕？哀我征夫，獨為匪民〔真，叶〕。

○ 匪兕匪虎〔魚，韻〕，率彼曠野〔魚，叶〕。哀我征夫〔魚，叶〕，朝夕不暇〔魚，叶〕。

○ 有芃者狐〔魚，韻〕，率彼幽草〔幽，韻〕。有棧之車〔魚，叶〕，[36] 行彼周道〔幽，叶〕。

27 〈大雅・旱麓〉

○ 瞻彼旱麓，榛楛濟濟〔脂，韻〕。豈弟君子，干祿豈弟〔脂，叶〕。

○ 瑟彼玉瓚，黃流在中〔冬，韻〕。豈弟君子，福祿攸降〔冬，叶〕。

○ 鳶飛戾天〔真，韻〕，魚躍于淵〔真，叶〕。豈弟君子，遐不作人〔真，叶〕。

○ 清酒既載〔之，韻〕，騂牡既備〔職，韻〕。以享以祀〔之，叶〕，[37] 以介景福〔職，叶〕。

○ 瑟彼柞棫，民所燎〔宵，韻〕矣。豈弟君子，神所勞〔宵，叶〕矣。

○ 莫莫葛藟〔微，韻〕，施于條枚〔微，叶〕。豈弟君子，求福不回〔微，叶〕。

36 「狐」、「車」單句自為韻。

37 「載」、「祀」單句自為韻。「之」、「職」亦可對轉。

28〈大雅・假樂〉

○ 假樂君子〔之，韻〕，顯顯令德〔職，叶〕。[38] 宜民宜人〔真，韻〕，受祿于天〔真，叶〕。保右命〔耕，叶〕之，[39] 自天申〔真，叶〕之。

○ 干祿百福〔職，韻〕，子孫千億〔職，叶〕。穆穆皇皇〔陽，韻〕，宜君宜王〔陽，叶〕。不愆不忘〔陽，叶〕，率由舊章〔陽，叶〕。

○ 威儀抑抑〔質，韻〕，德音秩秩〔質，叶〕。無怨無惡，率由羣匹〔質，叶〕。受福無疆〔陽，韻〕，四方之綱〔陽，叶〕。

○ 之綱之紀〔之，韻〕，燕及朋友〔之，叶〕。百辟卿士〔之，叶〕，媚于天子〔之，叶〕。不解于位〔物，韻〕，民之攸塈〔物，叶〕。

29〈大雅・崧高〉

○ 崧高維嶽，駿極于天〔真，韻〕。維嶽降神〔真，叶〕，生甫及申〔真，叶〕。維申及甫，維周之翰〔元，韻〕。四國于蕃〔元，叶〕，四方于宣〔元，叶〕。[40]

○ 亹亹申伯〔鐸，韻〕，王纘之事〔之，韻〕。于邑于謝〔鐸，叶〕，[41] 南國是式〔職，叶〕。[42] 王命召伯〔鐸，韻〕，定申

---

38 「之」是入聲「職」之陰聲韻部，「之」、「職」對轉通叶。

39 「耕」部與「真」部可通轉叶韻。「耕」與「真」韻腹相同，韻尾則異。

40 「真」、「元」旁轉通叶。

41 「伯」、「謝」單句自為韻。

42 「職」、「之」對轉通叶。

伯之宅〔鐸，叶〕。登是南邦〔東，韻〕，世執其功〔東，叶〕。

○ 王命申伯，式是南邦〔東，韻〕。因是謝人，以作爾庸〔東，叶〕。王命召伯，徹申伯土田〔真，韻〕。王命傅御，遷其私人〔真，叶〕。

○ 申伯之功，召伯是營〔耕，韻〕。有俶其城〔耕，叶〕，寢廟既成〔耕，叶〕。既成藐藐〔藥，韻〕，王錫申伯〔鐸，叶〕。[43] 四牡蹻蹻〔藥，叶〕，鉤膺濯濯〔藥，叶〕。

○ 王遣申伯，路車乘馬〔魚，韻〕。我圖爾居〔魚，叶〕，莫如南土〔魚，叶〕。錫爾介圭，以作爾寶〔幽，韻〕。往近王舅〔幽，叶〕，南土是保〔幽，叶〕。

○ 申伯信邁，王餞于郿〔脂，韻〕。申伯還南，謝于誠歸〔微，叶〕。[44] 王命召伯，徹申伯土疆〔陽，韻〕。以峙其粻〔陽，叶〕，式遄其行〔陽，叶〕。

○ 申伯番番〔元，韻〕，[45] 既入于謝，徒御嘽嘽〔元，叶〕。周邦咸喜，戎有良翰〔元，叶〕。不顯申伯，王之元舅，文武是憲〔元，叶〕。

○ 申伯之德〔職，韻〕，柔惠且直〔職，叶〕。揉此萬邦，聞于四國〔職，叶〕。吉甫作誦，其詩孔碩〔鐸，韻〕。其風肆好，以贈申伯〔鐸，叶〕。[46]

43 「藥」、「鐸」旁轉通叶。

44 「脂」、「微」旁轉通叶。

45 「番番」，陸德明《經典釋文》云：「音『波』，勇武貌。」即謂此章發端三句一韻。上古「番」字固不在「歌」部，縱在，「歌」、「元」亦可對轉通叶。

46 「職」、「鐸」可旁轉通叶，然各自為韻亦可。

30 〈周頌‧清廟〉

○ 於穆清廟，肅雝顯相。濟濟多士〔之〕，秉文之德〔職〕。[47]
對越在天，駿奔走在廟。不顯不承，無射於人斯。

三百篇以兩句一韻為主，一句一韻次之。發端兩句用韻，亦是常法。間有三句一韻。〈周頌〉且有無韻之詩。觀上所引諸篇，可知梗概。

用助辭

三百篇句末好用助辭，如「兮」、「之」、「也」、「矣」、「忌」(音「記」)、「思」、「猗」、「止」、「且」(音「苴」)、「乎而」之類，蓋是詠歎之餘音，例非韻腳。助辭前間有看似不叶韻者，上古音當亦叶韻，實乃韻腳所在。如例 14〈鄭風‧女曰雞鳴〉第三章云：「知子之來之，雜佩以贈之。知子之順之，雜佩以問之。知子之好之，雜佩以報之。」「來」與「贈」之中古音絕不同韻，然則「之」是韻腳邪？然而後四句「之」字都非韻腳，則首二句「之」字恐亦非韻腳矣。案「來」字上古音在「之」部，是陰聲韻 (即非鼻韻) 字，「贈」字上古音在「蒸」部，是陽聲韻 (即鼻韻) 字，去其鼻韻，即歸「之」部。故上古「來」、「贈」當通叶，亦即「之」、「蒸」通叶耳。

然例 17〈魏風‧園有桃〉共二章，每章末都有此六句：「彼

47 「職」是「之」之入聲韻部，故「士」、「德」可叶。然此篇則似刻意無韻，以顯莊嚴體貌。

人是哉，子曰何其？心之憂矣，其誰知之？其誰知之？蓋亦勿思。」此處「思」是動詞實字，非助辭。「思」在「之」部，是韻腳。前五句「哉」、「其」(音「基」) 、「矣」、「之」四字上古音都在「之」部；而「是」在「支」部，「何」在「歌」部，「憂」在「幽」部，「知」在「支」部，則「子曰何其」之「何」字恐非韻腳，如是則助辭「其」字當是韻腳矣。如是則第一個「其誰知之」之「之」字亦當是韻腳而成兩句一韻矣。然「其誰知之」重言，又添一韻腳，則「哉」與「矣」亦可為韻腳矣。句句用韻，更覺有力。如是則一連五句以助辭為韻腳，以實音代歎息，一二人為之，絕非三百篇常法。

至於例 22〈小雅・常棣〉末章云：「宜爾家室，樂爾妻帑。是究是圖，亶其然乎？」助辭「乎」亦是韻腳。然類此者並不多見。

三句一韻

三句一韻亦頗常見。如例 05〈召南・草蟲〉三章，每章末都三句一韻；例 29〈大雅・崧高〉第七章之「不顯申伯，王之元舅，文武是憲」亦三句為韻。〈大雅・韓奕〉首章之「奕奕梁山，維禹甸之，有倬其道〔韻〕。韓侯受命，王親命之，纘戎祖考〔叶〕」及第二章之「四牡奕奕，孔脩且張〔韻〕。韓侯入覲，以其介圭，入覲于王〔叶〕」及〈商頌・玄鳥〉之「四海來假，來假祁祁，景員維河〔韻〕。殷受命咸宜〔叶〕，百祿是何〔叶〕」，都見三句一韻。

《史記・秦始皇本紀》錄始皇所刻諸碑銘六篇，三句為韻者有〈泰山銘〉、〈之罘銘〉、〈之罘東觀銘〉、〈碣石銘〉、〈會稽銘〉。只〈琅邪銘〉近乎全篇二句為韻，然其末十二句亦三句一韻。

尾句無韻

《詩經》篇章亦間有尾句不用韻者，多屬讚歎之句。如例 03〈周南・麟之趾〉之「于嗟麟兮」、例 12〈王風・君子陽陽〉之「其樂只且」是。讚歎句若不止一句，則或自為韻，如例 11〈王風・黍離〉之「悠悠蒼天，此何人哉」、例 18〈唐風・椒聊〉之「椒聊且，遠條且」是。

或以三百篇之章首亦間有不叶韻句，此未必然。如例 21〈豳風・東山〉四章，每章首言「我徂東山，慆慆不歸」，看似無韻。然「山」在「元」部，「歸」在「微」部，「微」之陽聲韻是「文」，「文」與「元」通叶。「元」之陰聲韻是「歌」，則「歌」、「微」又通叶，故此二句是韻句。〈小雅・谷風〉第三章：「習習谷風，維山崔嵬〔微〕。無草不死，無木不萎〔微〕。忘我大德，思我小怨〔元〕。」是「元」、「微」通叶。〈小雅・楚茨〉第四章：「我孔熯〔元〕矣，式禮莫愆〔元〕。工祝致告，徂賚孝孫〔文〕。苾芬孝祀，神嗜飲食〔職〕。卜爾百福〔職〕，如幾如式〔職〕。既齊既稷〔職〕，既匡既敕〔職〕。永錫爾極〔職〕，時萬時億〔職〕。」是「元」、「文」通叶。〈小雅・桑扈〉第三章：「之屏之翰〔元〕。百辟為憲〔元〕。不戢不難〔元〕，受福不那

〔歌〕。」是「歌」、「元」通叶。皆可證「我徂東山，慆慆不歸」乃用韻句。又如例 22〈小雅・常棣〉第四章云：「兄弟鬩于牆，外禦其務。每有良朋，烝也無戎。」首二雙句亦似無韻。然「務」在「侯」部，「侯」之陽聲韻是「東」。「戎」在「冬」部，「冬」、「東」通叶。「冬」之陰聲韻是「幽」，則「幽」、「侯」又通叶。故「務」與「戎」當通叶。「務」通「侮」，「侮」字亦在「侯」部。第一句「牆」字在「陽」部，「陽」、「東」亦旁轉通叶。

至如例 23〈小雅・瞻彼洛矣〉三章每章首云：「瞻彼洛矣，維水泱泱。」上古「洛」在「鐸」部，「泱」在「陽」部，「鐸」是「陽」之入聲韻，故通叶。例 28〈大雅・假樂〉首章首二句：「假樂君子，顯顯令德。」「子」在「之」部，「德」在「職」部，「職」是「之」之入聲韻，故亦通叶。例 29〈大雅・崧高〉第二章首四句：「亹亹申伯，王纘之事。于邑于謝，南國是式。」亦上古「之」、「職」通叶之例。

單句收

三百篇以雙句收為常式，然單句收亦無不可。若三句為韻者固單句收，如例 05〈召南・草蟲〉是。然用韻句亦可單收，如例 09〈衞風・碩人〉第一章「譚公維私」、第二章「螓首蛾眉」、第三章「翟茀以朝」及第四章「庶士有朅」，既是單句亦是用韻句。以用韻單句收且往往有勾勸之功，能增強語氣。

單句自為韻

亦有單句自為韻者，取其鏗鏘多趣，然多用亦不免流於纖巧。如例 06〈召南・行露〉第三章云：「誰謂鼠無牙？何以穿我墉？誰謂女無家？何以速我訟？」是「牙」與「家」叶，都在「魚」部；「墉」與「訟」叶，都在「東」部。又如例 21〈豳風・東山〉第一章云：「蜎蜎者蠋，烝在桑野。敦彼獨宿，亦在車下。」則「屋」部與「覺」部通叶。第二章云：「果臝之實，亦施于宇。伊威在室，蠨蛸在戶。」則「實」與「室」叶，都在「質」部。第四章云：「倉庚于飛，熠燿其羽。之子于歸，皇駁其馬。」則「飛」與「歸」叶，都在「微」部。又例 26〈小雅・何草不黃〉第四章云：「有芃者狐，率彼幽草。有棧之車，行彼周道。」則「狐」與「車」叶，都在「魚」部。又例 27〈大雅・旱麓〉第四章云：「清酒既載，騂牡既備。以享以祀，以介景福。」「載」、「祀」都在「之」部。又例 29〈大雅・崧高〉第二章云：「亹亹申伯，王纘之事。于邑于謝，南國是式。」「伯」、「謝」都在入聲「鐸」部。

重韻

《詩經》篇章亦見重韻。因重言而重韻者甚多。非因重言而重韻則偶見而已。如例 06〈召南・行露〉第一章之「厭浥行露」及「謂行多露」、例 16〈齊風・猗嗟〉第一章之「抑若揚兮，美目揚兮」、例 21〈豳風・東山〉第二章之「伊威在室」及第三章之「婦歎于室」是。然前「室」字是單句自為韻耳。例 28〈大雅・

假樂〉首章之「假樂君子」及第四章之「媚于天子」、例 29〈大雅・崧高〉第一章之「維周之翰」及第七章之「戎有良翰」、第二章之「登是南邦」及第三章之「式是南邦」、第四章之「王錫申伯」及第八章之「以贈申伯」，亦可謂之重韻。

無韻

詩用韻則感動人心，又能增詠歌聽賞之樂。然〈周頌〉甚多無韻之句，如例 30〈周頌・清廟〉全篇不用韻。此亦異數。後人謂告神之曲舒緩，緩則有韻與無韻聽者亦不復辨。誠然。然〈魯頌〉、〈商頌〉諸篇都用韻，偶則篇中數句不用韻而已，豈謂此二頌諸篇必不及〈周頌〉諸篇舒緩邪？恐是作者不同，風格各異耳。〈周頌〉最古，故最疏於用韻。又告神之曲既是莊嚴之作，編輯《詩經》者固亦不敢贊一辭也。

漢詩體式

漢四言及五言徒詩兩句一韻，偶有重韻。若變化多端者，唯樂府詩耳。

郊廟歌辭

《漢書・禮樂志》載高祖時〈安世房中歌〉十七章（後之學者或疑今之分章非班固所見，乃宋人據詩中文理而為者。十七之數則古已有之），以四言為主，三言次之，亦見兩句七言。十七章中，第一至五章及第十至十七章皆四言。第七至九章皆三言。獨第六章則兩句七言、四句三言。又今本〈禮樂志〉中〈安世房中歌〉第十章首云：「都荔遂芳，窅窊桂華。」章後有「桂華」一詞。第十一章云：「馮馮翼翼，承天之則。」又云：「慈惠所愛，美若休德。」章後有「美芳」一詞。第十二章首云：「磑磑即即，師象山則。」或以「桂華」為第十章詩題，又以「美芳」為第十一章詩題而易「芳」為「若」。唐顏師古〈注〉引晉尚書郎晉灼曰：「桂華似殿名，次下言『桂華馮馮翼翼，承天之則』，言樹此香草以絜齊其芳氣，乃達於宮殿也。」師古非之，謂「此言都良薜荔俱有芬芳，桂華之形窅窊然也。皆謂神宮所有耳」。後之學者或據此以證「桂華」一詞當連下讀，作「桂華馮馮翼翼」，「美芳」一詞亦當連下讀，作「美芳磑磑即即」，謂兩詞俱非詩題。若然，則〈安世房中歌〉有六言句二。然此說未免牽強。

〈房中〉各章以兩句一韻為經。第一章四言云：

> 大孝備矣，休德昭清。高張四縣，樂充宮廷。芬樹羽林，雲景杳冥。金支秀華，庶旄翠旌。

此章一韻到底。第七章三言云：

> 安其所，樂終產。樂終產，世繼緒。飛龍秋，游上天。高賢愉，樂民人。

此章「緒」與「所」遙叶，繼而「人」與「天」叶。第六章雜言云：

大海蕩蕩水所歸，高賢愉愉人所懷。大山崔，百卉殖。民何貴？貴有德。

此章「懷」與「歸」叶，「德」與「殖」叶。

漢初廟堂歌詩，猶用上古之韻。如第三章「心」與「申」、「親」、「轃」俱為韻腳，然「心」在「侵」部，餘三字則在「真」部，是閉口鼻韻字與開口鼻韻字叶，即「侵」、「真」通轉，上古則可。第六章「歸」與「懷」是韻腳，上古音同在「微」部。在《廣韻》則「歸」屬「微」韻，「懷」屬「皆」韻，不復相叶矣。第八章「施」與「回」是韻腳，「施」在「歌」部，「回」在「微」部，上古「歌」、「微」旁轉通叶；中古音則「施」屬「支」韻，「回」屬「灰」韻，相距頗遠。第九章「燿」、「約」、「大」通叶。上古音「燿」與「約」都在「藥」部，〈-k〉收音；「大」在「月」部，〈-t〉收音。「藥」、「月」韻腹亦異，此則強為通轉耳。中古音則「燿」屬「笑」韻，「約」屬「藥」韻，「大」屬「泰」韻，無復叶也。

第十章云：

都荔遂芳，窅窊桂華。孝奏天儀，若日月光。乘玄四龍，回馳北行。羽旄殷盛，芬哉芒芒。孝道隨世，我署文章。

「芳」、「光」、「行」、「芒」、「章」都在「陽」部，「芳」與「光」可以遙叶。然「華」在「魚」部，「魚」之陽聲韻是「陽」，陰陽對轉，故上古音「華」與「芳」、「光」通叶，則此章第一、二句俱用韻。實則此十七章首二句俱用韻者不少，臚列如下：

第四章云：

王侯秉德，其鄰翼翼，顯明昭式。清明鬯矣，皇帝孝德。竟全大功，撫安四極。

此章首二句用韻，且韻腳甚多，「德」、「翼」、「式」、「德」、「極」俱韻腳，在入聲「職」部。第十一章云：

馮馮翼翼，承天之則。吾易久遠，燭明四極。慈惠所愛，美若休德。杳杳冥冥，克綽永福。

此章「翼」、「則」、「極」、「德」、「福」俱韻腳，在入聲「職」部。中古音「福」屬「屋」韻，不與餘四字叶矣。第十二章云：

磑磑即即，師象山則。烏呼孝哉，案撫戎國。蠻夷竭歡，象來致福。兼臨是愛，終無兵革。

此章「則」、「國」、「福」、「革」俱韻腳，在「職」部；獨「即」在「質」部，〈-t〉收音。「職」、「質」通轉可叶，中古音「質」、「職」韻則不甚叶矣。中古音「即」屬「職」韻，「則」屬「德」韻，二韻可同用；然「福」屬「屋」韻，其韻腹大異於「職」、「德」。第十五章云：

浚則師德，下民咸殖。令問在舊，孔容翼翼。

亦於首二句用韻。第十六章云：

> 孔容之常，承帝之明。下民之樂，子孫保光。承順溫良，受帝之光。嘉薦令芳，壽考不忘。

此章一韻到底，亦於首二句用韻。「常」、「明」、「光」、「良」、「芳」、「忘」都在「陽」部。第十七章云：

> 承帝明德，師象山則。雲施稱民，永受厥福。承容之常，承帝之明。下民安樂，受福無疆。

上引六章俱於首二句用韻，故第十章第二句「華」字與「芳」字叶，無可疑矣。首二句用韻，即〈關雎〉之遺也。而第十三章云：

> 嘉薦芳矣，告靈饗矣。告靈既饗，德音孔臧。惟德之臧，建侯之常。承保天休，令問不忘。

首二句「矣」字是助辭，「芳」、「饗」是韻腳，此亦三百篇之遺。兩字上古音俱在「陽」部；中古音則「芳」屬「陽」韻，「饗」屬「養」韻，平仄不叶。

《漢書·禮樂志》又載武帝時〈郊祀歌〉十九章，亦廟堂之詩。十九章俱轉韻，以隔句用韻、四句轉韻為主，八句轉韻次之。第一、十、十五、十六、十七、十八及十九章純三言；第二、三、四、五、六、七、十三及十四章純四言；第八、九、十一、十二章皆雜言。其句長變化多端，過於〈房中〉。

第八章〈天地〉云：

天地並況，惟予有慕。爰熙紫壇，思求厥路。恭承禋祀，縕豫為紛。黼繡周張，承神至尊。千童羅舞成八溢，合好効歡虞泰一。九歌畢奏斐然殊，鳴琴竽瑟會軒朱。璆磬金鼓，靈其有喜，百官濟濟，各敬厥事。盛牲實俎進聞膏，神奄留，臨須搖。長麗前掞光燿明，寒暑不忒況皇章。展詩應律鋗玉鳴，函宮吐角激徵清。發梁揚羽申以商，造茲新音永久長。聲氣遠條鳳鳥鴹，神夕奄虞蓋孔享。

此章有三、四、七言句，得樂府徐疾變化之旨。詩中四言句隔句用韻，七言句則句句用韻。「溢」、「一」叶，「殊」、「朱」叶。「明」、「章」、「商」、「長」、「鴹」、「享」上古音在「陽」部，「鳴」、「清」上古音在「耕」部，「陽」、「耕」通叶，所謂「旁轉」。謂「鳴」、「清」自為韻亦可，因第十二章「耕」部韻並無摻以「陽」部韻故也。具見後。

第九章〈日出入〉云：

日出入安窮？時世不與人同。故春非我春，夏非我夏，秋非我秋，冬非我冬。泊如四海之池，徧觀是邪謂何？吾知所樂，獨樂六龍。六龍之調，使我心若。訾黃其何不徠下？

此章有四、五、六、七言句。「池」、「何」同在「歌」部。「龍」上古音在「東」部。「東」之入聲韻是「屋」；「樂」在入聲韻「藥」

部，與「屋」通叶。「若」在入聲韻「鐸」部，亦與「屋」通叶。「下」在「魚」部，「魚」之入聲韻是「鐸」，故「下」與「若」通叶。可見廟堂之上，仍用古音。

第十一章〈天門〉云：

天門開，詄蕩蕩。穆並騁，以臨饗。光夜燭，德信著。靈寖鴻，長生豫。大朱涂廣，夷石為堂。飾玉梢以舞歌，體招搖若永望。星留俞，塞隕光。照紫幄，珠熉黃。幡比翄回集，貳雙飛常羊。月穆穆以金波，日華燿以宣明。假清風軋忽，激長至重觴。神裴回若留放，殣冀親以肆章。函蒙祉福常若期，寂漻上天知厥時。泛泛滇滇從高斿，殷勤此路臚所求。佻正嘉吉弘以昌，休嘉砰隱溢四方。專精厲意逝九閡，紛云六幕浮大海。

此章有三、四、五、六、七言句。五言是漢世徒詩之流調，六言乃賦體所見，亦為四六文之肇始。七言則句句用韻，「時」叶「期」，「求」叶「斿」，「方」叶「昌」，「海」叶「閡」。

第十二章〈景星〉云：

景星顯見，信星彪列。象載昭庭，日親以察。参侔開闔，爰推本紀。汾脽出鼎，皇祐元始。五音六律，依韋饗昭。雜變並會，雅聲遠姚。空桑琴瑟結信成，四興遞代八風生。殷殷鐘石羽籥鳴，河龍供鯉醇犧牲。百末旨酒布蘭生，泰尊柘漿析朝酲。微感心攸通修名，周流常羊思所并。穰穰復正直往寧，馮蠵切和疏寫平。上天布施后土成，穰穰豐年四時榮。

此章有四言句及七言句。四言句「察」與「列」叶，「始」與「紀」叶，「姚」與「昭」叶。七言句則句句用韻，一韻到底。

廟堂之外，無須泥古，故用韻能因其時。漢初枚乘〈七發〉云：「龍門之桐，高百尺而無枝。中鬱結之輪菌〔即「輪囷」，屈曲貌〕，根扶疏以分離。上有千仞之峯，下臨百丈之谿。湍流遡波，又澹淡之。」上古音「枝」、「谿」字在「支」部，「之」字在「之」部，「離」字在「歌」部；此則「歌」部字與「支」、「之」部字叶，已見中古音之肇始。一九七三年，考古家於湖南長沙馬王堆墓得帛書《周易》，並確認其鈔成於漢武帝之前。在帛書中，離卦之「離」俱寫作「羅」。二〇〇八年，北京清華大學得戰國竹簡，其中離卦之「離」亦作「羅」。蓋上古「離」、「羅」音同或音近，都在「歌」部。三百篇中，「離」字且不與「之」、「支」部字叶。枚乘〈七發〉亦作於漢武帝之前，而「離」已與「支」、「之」部字叶。乃知中土變新而南方守舊，更信屈子〈九歌〉「悲莫悲兮生別離」之「離」字非韻腳矣。

據音韻表，上古音「離」有齊齒呼韻頭，故變而成中古「支」韻字，開口三等；上古音「羅」無韻頭，故變而成中古「歌」韻字，開口一等。然上古「離」、「羅」混用，則「離」、「羅」或曾是同音字。

四言五言

漢世文人樂府詩句漸趨整齊，其四言五言樂府之體式與徒詩無異，所異者間或在題材內容耳。梁昭明太子《文選》卷二十七錄樂府詩十四首，卷二十八錄樂府詩二十七首，以純五言為主，純四言次之，純七言則有曹丕〈燕歌行〉一首。雜言只卷二十八陸機〈猛虎行〉一首，詩中首二句六言，餘皆五言。其選錄雖未足以見樂府體式之全貌，亦足以見文人樂府詩句之尚整齊也。現據《四部叢刊》六臣註本，錄《文選》所收漢樂府於後，以見其用韻之法。七言〈燕歌行〉亦並收之。時無平上去入之名而已有其實，且諸韻四聲分用，直是後世楷模矣。

01 〈飲馬長城窟行〉 古辭

青青河畔草〔上聲韻〕，緜緜思遠道〔叶〕。遠道不可思〔轉平聲韻〕，夙昔夢見之〔叶〕。夢見在我傍〔轉平聲韻〕，忽覺在他鄉〔叶〕。他鄉各異縣〔轉去聲韻〕，展轉不可見〔叶〕。枯桑知天風，海水知天寒〔轉平聲韻〕。入門各自媚，誰肯相為言〔叶〕。客從遠方來，遺我雙鯉魚〔轉平聲韻〕。呼兒烹鯉魚〔叶〕，中有尺素書〔叶〕。長跪讀素書〔叶〕，書中竟何如〔叶〕？上有加餐食〔轉入聲韻〕，下有長相憶〔叶〕。

02 〈君子行〉 古辭

君子防未然〔平聲韻〕，不處嫌疑間〔叶〕。瓜田不納履，李下不正冠〔叶〕。嫂叔不親授，長幼不比肩〔叶〕。勞謙得其柄，和光甚獨難〔叶〕。周公下白屋，吐哺不及餐〔叶〕。一沐三握髮，後世稱聖賢〔叶〕。

03 〈傷歌行〉 古辭

昭昭素明月，暉光燭我牀〔平聲韻〕。憂人不能寐，耿耿夜何長〔叶〕。微風吹閨闥，羅帷自飄颺〔叶〕。攬衣曳長帶，屣履下高堂〔叶〕。東西安所之，徘徊以彷徨〔叶〕。春鳥翻南飛，翩翩獨翱翔〔叶〕。悲聲命儔匹，哀鳴傷我腸〔叶〕。感物懷所思，泣涕忽霑裳〔叶〕。佇立吐高吟，舒憤訴穹蒼〔叶〕。

04 〈長歌行〉 古辭

青青園中葵〔平聲韻〕，朝露待日晞〔叶〕。陽春布德澤，萬物生光暉〔叶〕。常恐秋節至，焜黃華葉衰〔叶〕。百川東到海，何〔註本作「河」，誤〕時復西歸〔叶〕？少壯不努力，老大徒傷悲〔叶〕。

05 〈怨歌行〉 班婕妤

新裂齊紈素，鮮絜如霜雪〔入聲韻〕。裁成合歡扇，團團似明月〔叶〕。出入君懷袖，動搖微風發〔叶〕。常恐秋節至，涼颷奪炎熱〔叶〕。弃捐篋笥中，恩情中道絕〔叶〕。

06 〈短歌行〉 曹操

對酒當歌〔平聲韻〕，人生幾何〔叶〕？譬如朝露，去日苦多〔叶〕。慨當以慷〔轉平聲韻〕，憂思難忘〔叶〕。何以解憂？唯有杜康〔叶〕。青青子衿〔轉平聲韻〕，悠悠我心〔叶〕。但為君故，沈吟至今〔叶〕。呦呦鹿鳴〔轉平聲韻〕，食野之苹〔叶〕。我有嘉賓，鼓瑟吹笙〔叶〕。明明如月〔轉入聲韻〕，何時可掇〔叶〕？憂從中來，不可斷絕〔叶〕。越陌度阡〔轉平聲韻〕，枉用相存〔叶〕。契闊談讌，心念舊恩〔叶〕。月明星希〔轉平聲韻〕，烏鵲南飛〔叶〕。繞樹三帀，何枝可依〔叶〕？山不厭高，海不厭深〔轉平聲韻〕。周公吐哺，天下歸心〔叶〕。

07 〈苦寒行〉 曹操

北上太行山，艱哉何巍巍〔平聲韻〕。羊腸阪詰屈，車輪為之摧〔叶〕。樹木何蕭索，北風聲正悲〔叶〕。熊羆對我蹲，虎豹夾路啼〔叶〕。谿谷少人民，雪落何霏霏〔叶〕。延頸長歎息，遠行多所懷〔叶〕。我心何怫鬱，思欲一東歸〔叶〕。水深橋梁絕，中道正徘徊〔叶〕。迷惑失故路，薄暮無宿栖〔叶〕。行行日已遠，人馬同時饑〔叶〕。擔囊行取薪，斧冰持作糜〔叶〕。悲彼東山詩，悠悠使我哀〔叶〕。

08 〈善哉行〉 曹丕

上山采薇〔平聲韻〕，薄暮苦饑〔叶〕。谿谷多風，霜露沾衣〔叶〕。野雉羣雊，猴猨相追〔叶〕。還望故鄉，鬱何壘壘〔叶〕。高山有崖〔叶。自此以下屬「支」韻〕，林木有枝〔叶〕。憂來無方，人莫之知〔叶〕。人生如寄，多憂何為〔叶〕？今我不樂，日月如馳〔叶〕。湯湯川流〔轉平聲韻〕，中有行舟〔叶〕。隨波轉薄，有似客游〔叶〕。策我良馬，被我輕裘〔叶〕。載馳載驅，聊以忘憂〔叶〕。

09 〈燕歌行〉 曹丕

秋風蕭瑟天氣涼〔平聲韻〕，草木搖落露為霜〔叶〕。羣鷰辭歸鴈南翔〔叶〕，念君客遊思斷腸〔叶〕。慊慊思歸戀故鄉〔叶〕，何為淹留寄他方〔叶〕？賤妾煢煢守空房〔叶〕，憂來思君不敢忘〔叶〕，不覺淚下霑衣裳〔叶〕。援琴鳴絃發清商〔叶〕，短歌微吟不能長〔叶〕。明月皎皎照我牀〔叶〕，星漢西流夜未央〔叶〕。牽牛織女遙相望〔叶〕，爾獨何辜限河梁〔叶〕？

10 〈箜篌引〉 曹植

置酒高殿上，親友從我遊〔平聲韻〕。中廚辦豐膳，烹羊宰肥牛〔叶〕。秦箏何慷慨，齊瑟和且柔〔叶〕。陽阿奏奇舞，京洛出名謳〔叶〕。樂飲過三爵，緩帶傾庶羞〔叶〕。主稱千金壽，賓奉萬年酬〔叶〕。久要不可忘，薄終義所尤〔叶〕。謙謙君子德，磬折欲何求〔叶〕？驚風飄白日，光景馳西流〔叶〕。盛時不可再，百年忽我遒〔叶〕。生在華屋處，零落歸山丘〔叶〕。先民誰不死，知命復何憂〔叶〕？

11 〈名都篇〉 曹植

名都多妖女，京洛出少年〔平聲韻〕。寶劍直千金，被服麗且鮮〔叶〕。鬭雞東郊道，走馬長楸間〔叶〕。馳騁未能半，雙兔過我前〔叶〕。攬弓捷鳴鏑，長驅上南山〔叶〕。左挽因右發，一縱兩禽連〔叶〕。餘巧未及展，仰手接飛鳶〔叶〕。觀者咸稱善，眾工歸我妍〔叶〕。歸來宴平樂，美酒斗十千〔叶〕。膾鯉臇胎鰕，炮鼈炙熊蹯〔叶〕。鳴儔嘯匹侶，列坐竟長筵〔叶〕。連翩擊鞠壤，巧捷惟萬端〔叶〕。白日西南馳，光景不可攀〔叶〕。雲散還城邑，清晨復來還〔叶〕。

12 〈美女篇〉 曹植

美女妖且閑〔平聲韻〕，采桑歧路間〔叶〕。柔條紛冉冉，葉落何翩翩〔叶〕。攘袖見素手，皓腕約金環〔叶〕。頭上金爵釵，腰佩翠琅玕〔叶〕。明珠交玉體，珊瑚間木難〔叶〕。羅衣何飄颻，輕裾隨風還〔叶〕。顧眄遺光彩，長嘯氣若蘭〔叶〕。行徒用息駕，休者以忘餐〔叶〕。借問女安居，乃在城南端〔叶〕。青樓臨大路，高門結重關〔叶〕。容華耀朝日，誰不希令顏〔叶〕？媒氏何所營？玉帛不時安〔叶〕。佳人慕高義，求賢良獨難〔叶〕。眾人徒嗷嗷，安知彼所觀〔叶〕？盛年處房室，中夜起長歎〔叶〕。

13 〈白馬篇〉 曹植

白馬飾金羈〔平聲韻〕，連翩西北馳〔叶〕。借問誰家子，幽并遊俠兒〔叶〕。少小去鄉邑，揚聲沙漠垂〔叶〕。宿昔秉良弓，楛矢何參差〔叶〕。控弦破左的，右發摧月支〔叶〕。仰手接飛猱，俯身散馬蹄〔叶〕。狡捷過猴猨，勇剽若豹螭〔叶〕。邊城多警急，虜騎數遷移〔叶〕。羽檄從北來，厲馬登高隄〔叶〕。長驅蹈匈奴，左顧陵鮮卑〔叶〕。弃身鋒刃端，性命安可懷〔叶〕？父母且不顧，何言子與妻〔叶〕？名編壯士籍，不得中顧私〔叶〕。捐軀赴國難，視死忽如歸〔叶〕。

〈苦寒行〉詩中「糜」字上古音在「歌」部，在《廣韻》則屬「支」韻。〈善哉行〉詩中「為」、「馳」兩字，以及〈白馬篇〉詩中「羈」、「馳」、「垂」、「差」、「螭」、「移」六字亦然。今則與「支」、「脂」、「微」部字叶韻，如〈苦寒行〉「啼」上古音在「支」部，「栖」在「脂」部，「巍」、「摧」、「悲」、「霏」、「懷」、「歸」、「徊」、「饑」、「哀」在「微」部；〈善哉行〉「崖」、「枝」、「知」在「支」部，「薇」、「饑」、「衣」、「追」、「壘」在「微」部；〈白馬篇〉「兒」、「支」、「蹄」、「隄」、「卑」在「支」部，「妻」、「私」在「脂」部，「懷」、「歸」在「微」部，即「糜」、「為」等古「歌」部字之韻腹元音已由洪變細。而上古音各韻部字之音值俱在變化之中，第緩急異耳。

漢世四、五言徒詩之體式與四、五言樂府無異。韋孟乃西漢徒詩之祖。《文選》卷十九「勸勵」類錄韋孟〈諷諫詩〉及魏晉時張華〈勵志詩〉，俱四言，韋詩首見於《漢書．韋賢傳》。今錄此二詩，以見韋詩古韻未盡去，而張詩則廣用中古音韻矣。五言則於卷二十「公讌」類取曹植、王粲、劉楨〈公讌詩〉各一首，以見漢末詩體。

01〈諷諫詩〉 韋孟

肅肅我祖，國自豕韋〔平聲韻〕。黼衣朱黻，四牡龍旂〔叶〕。彤弓斯征，撫寧遐荒〔轉平聲韻〕。揔齊羣邦，以翼大商〔叶〕。迭彼大彭〔叶〕，勳績惟光〔叶〕。至于有周，歷世會同〔轉平聲韻〕。王赧聽譖，寔絕我邦〔叶〕。我邦既絕〔轉入聲韻〕，厥政斯逸〔叶〕。賞罰之行，非由〔《漢書》作「繇」〕王室〔叶〕。庶尹羣后，靡扶靡衛〔轉去聲韻〕。五服崩離，宗周以墜〔叶〕。我祖斯微，遷于彭城〔轉平聲韻〕。在予小子，勤唉厥生〔叶〕。阸此嫚秦，耒耜斯〔《漢書》作「以」〕耕〔叶〕。悠悠嫚秦，上天不寧〔叶〕。乃眷南顧，授漢于京〔叶。上古音「京」字在「陽」部，「城」、「生」、「耕」、「寧」、「征」、「平」俱在「耕」部，西漢初「京」字韻腹當已由洪變細，乃與諸「耕」部字叶。漢末曹操〈薤露〉五言以「京」字叶「良」、「彊」、「王」、「殃」、「喪」、「行」、「傷」，則用古讀。「行」字作動詞用，於此亦用古讀〕。於赫有漢，四方是征〔叶〕。靡適不懷，萬國攸平〔叶〕。乃命厥弟，建侯于楚〔轉上聲韻〕。俾我小臣，惟傅是輔〔叶〕。矜矜〔《漢書》作「兢兢」〕元王，恭儉靜一〔轉入聲韻〕。惠此黎民，納彼輔弼〔叶〕。享國漸世，垂烈於〔《漢書》作「于」〕後〔轉上聲韻〕。乃及夷王，剋〔《漢書》作「克」〕奉厥次〔《漢書》作「緒」，是，上聲叶〕。咨命不永，惟王統祀〔轉上聲韻〕。左右陪臣，斯〔《漢書》作「此」〕惟皇士〔叶〕。如何我王，不思守保〔轉上聲韻〕。不惟履冰，以繼祖考〔叶〕。邦事是廢，逸游是娛〔轉平聲韻〕。犬馬悠悠〔《漢書》作「繇繇」〕，是放是驅〔叶〕。務此〔《漢書》作「彼」〕鳥獸，忽此稼苗〔叶〕。蒸民以匱，我王以媮〔叶〕。所弘匪〔《漢書》作「非」，下同〕德，所親匪俊〔轉去聲韻〕。唯囿是恢，唯諛是信〔叶〕。睮睮諂夫，諤諤〔《漢書》作「咢咢」〕黄髮〔轉入聲韻〕。如何我王，曾不是察〔叶〕？既藐下臣，追欲縱〔《漢書》作「從」〕逸〔叶〕。嫚彼顯祖，輕此〔《漢書》作「茲」〕削黜〔叶〕。嗟嗟我王，漢之睦親〔轉平聲韻〕。曾不夙夜，以休令聞〔叶〕？穆穆天子，臨照〔《漢書》作「爾」〕下土〔轉上聲韻〕。明明羣司，執憲靡顧〔去聲叶。《漢書》顏師古〈注〉：「『顧』讀如『古』，協韻。」〕。正遐由〔《漢書》作「繇」〕近，殆其茲怙〔上聲叶。「土」、「顧」、「怙」上古音俱在「魚」部。「茲怙」，《漢書》作「怙茲」，「茲」字與後之「思」字叶韻〕。嗟嗟我王，曷不斯〔《漢書》作「此」〕思〔如上之韻句為「殆其怙茲」，則「思」字以平聲叶韻；如作「殆其茲怙」，則「思」字於此轉韻。「思」字上古音在「之」部，「之」之入聲是「職」部。此「思」字能與後之「則」、「國」對轉通叶。「則」、「國」上古音都在「職」部〕？匪思匪監〔《漢書》作「非思非鑒」〕，嗣其罔則〔叶〕。彌彌其逸〔《漢書》作「失」〕，岌岌其國〔叶〕。致冰匪霜，致墜匪慢〔轉去聲韻。「匪慢」，《漢書》作「靡嫚」〕。瞻惟我王，時〔《漢書》作「昔」〕靡不練〔叶〕。興國救顛，孰違悔過〔轉去聲韻〕。追思黄髮，秦繆以霸〔叶。「霸」字上古音在入聲「鐸」部，「過」字則在「歌」部。「歌」之入聲是「月」部，「月」、「鐸」不通叶，故知「霸」字已有新音〕。歲月其徂，年其逮耇〔轉上聲韻〕。於赫〔《漢書》作「昔」〕君子，庶顯于後〔叶〕。我王如何，曾不斯覽〔轉上聲韻。《漢書》顏師古〈注〉：「覽，視也，叶韻音

『濫』。」〕？黃髮不近，胡不時鑒〔去聲叶。「鑒」，《漢書》作「監」。「覽」、「鑒」上古音都在「談」部〕？

02〈勵志詩〉 張華

大儀斡運，天迴地游〔《廣韻》平聲「尤」韻〕。四氣鱗次，寒暑環周〔「尤」韻叶〕。星火既夕，忽焉素秋〔「尤」韻叶〕。涼風振落，熠燿宵流〔「尤」韻叶〕。吉士思秋，寔感物化〔轉去聲「禡」韻〕。日歟月歟，荏苒代謝〔「禡」韻叶〕。逝者如斯，曾無日夜〔「禡」韻叶〕。嗟爾庶士，胡寧自舍〔「禡」韻叶。舍，止也〕。仁道不遐，德輶如羽〔轉上聲「麌」韻〕。求焉斯至，眾鮮克舉〔「語」韻叶〕。大猷玄漠，將抽厥緒〔「語」韻叶〕。先民有作，貽我高矩〔「麌」韻叶〕。雖有淑姿，放心縱逸〔轉入聲「質」韻〕。出般于游，居多暇日〔「質」韻叶〕。如彼梓材，弗勤丹漆〔「質」韻叶〕。雖勞朴斲，終負素質〔「質」韻叶〕。養由矯矢，獸號于林〔轉平聲「侵」韻〕。蒱盧縈繳，神感飛禽〔「侵」韻叶〕。末伎〔註本作「伎」〕之妙，動物應心〔「侵」韻叶〕。研精耽道，安有幽深〔「侵」韻叶〕？安心恬蕩，棲志浮雲〔轉平聲「文」韻〕。體之以質，彪之以文〔「文」韻叶〕。如彼南畝，力耒既勤〔「欣」韻叶〕。藨蓘致功，必有豐殷〔「欣」韻叶〕。水積成川，載瀾載清〔轉平聲「清」韻〕。土積成山，歊蒸鬱冥〔「青」韻叶〕。山不讓塵，川不辭盈〔「清」韻叶〕。勉志含弘，以隆德聲〔「清」韻叶〕。高以下基，洪由纖起〔轉上聲「止」韻〕。川廣自源，成人在始〔「止」韻叶〕。累微以著，乃物之理〔「止」韻叶〕。纆牽之長，實累千里〔「止」

韻叶〕。復禮終朝，天下歸仁〔轉平聲「真」韻〕。若金受礪，若泥在鈞〔「諄」韻叶〕。進德脩業，暉光日新〔「真」韻叶〕。隰朋仰慕，予亦何人〔「真」韻叶〕？

03 〈公讌詩〉 曹植

公子〔謂其兄五官中郎將曹丕〕敬愛客，終宴不知疲〔平聲韻〕。清夜游西園，飛蓋相追隨〔叶〕。明月澄清景，列宿正參差〔叶〕。秋蘭被長坂，朱華冒綠池〔叶〕。潛魚躍清波，好鳥鳴高枝〔叶〕。神飇接丹轂，輕輦隨風移〔叶〕。飄颻放志意，千秋長若斯〔叶〕。

04 〈公讌詩〉 王粲

昊天降豐澤，百卉挺葳蕤〔平聲韻〕。涼風撤蒸暑，清雲卻炎暉〔叶〕。高會君子堂，並坐蔭華榱〔叶〕。嘉肴充圓方，旨酒盈金罍〔叶〕。管絃發徽音，曲度清且悲〔叶〕。合坐同所樂，但愬杯行遲〔叶〕。常聞詩人語，不醉且無歸〔叶〕。今日不極歡，含情欲待誰〔叶〕？見眷良不翅，守分豈能違〔叶〕？古人有遺言，君子福所綏〔叶〕。願我賢主人〔謂丞相曹操〕，與天享巍巍〔叶〕。克符周公業，奕世不可追〔叶〕。

05 〈公讌詩〉 劉楨

永日行游戲，歡樂猶未央〔平聲韻〕。遺思在玄夜，相與復翺翔〔叶〕。輦車飛素蓋，從者盈路傍〔叶〕。月出照園中，珍木鬱蒼蒼〔叶〕。清川過石渠，流波為魚防

〔叶〕。芙蓉散其華，菡萏溢金塘〔叶〕。靈鳥宿水裔，
仁獸游飛梁〔叶〕。華館寄流波，豁達來風涼〔叶〕。生
平未始聞，歌之安能詳〔叶〕？投翰長歎息，綺麗不可
忘〔叶〕。

齊梁間劉勰《文心雕龍・明詩》云：「漢初四言，韋孟首唱；匡諫之義，繼軌周人。孝武愛文，柏梁列韻；嚴馬之徒，屬辭無方。至成帝品錄，三百餘篇，朝章國采，亦云周備，而辭人遺翰，莫見五言，所以李陵班婕妤見疑於後代也。」案《漢書・藝文志》總序云：「至成帝時，以書頗散亡，使謁者陳農求遺書於天下，詔光祿大夫劉向校經傳諸子詩賦，步兵校尉任宏校兵書，太史令尹咸校數術，侍醫李柱國校方技。每一書已，向輒條其篇目，撮其指意，錄而奏之。會向卒，哀帝復使向子侍中奉車都尉歆卒父業。歆於是總羣書而奏其《七略》，故有〈輯略〉，有〈六藝略〉，有〈諸子略〉，有〈詩賦略〉，有〈兵書略〉，有〈術數略〉，有〈方技略〉。」〈藝文志・詩賦略〉錄高祖歌詩、宗廟歌詩等，云：「右歌詩二十八家，三百一十四篇。」所錄皆歌詩，可入樂，固應以雜言居多。然劉彥和從何得以盡見此三百餘篇而知其無五言？固然，縱有亦必屬少數矣。

五言新體，縱出士大夫之手，亦必發生乎民間。既徒詩不歌，本不宜與樂府並論。後世因劉彥和數語，乃輒疑西漢人五言之作。復因《詩品》謂東漢班固〈詠史〉質木無文，乃以為西漢不當有文采燦然之五言古詩。然而班固詠史，古詩言情；若言情則《詩》、〈騷〉已文采燦然，何待西漢？故若僅以成帝品

錄歌詩無五言及班固〈詠史〉五言無文采，因謂西漢必無五言詩，則恐失之遠也。

七言

漢末前七言詩句句用韻，有「兮」字句者亦多如是，此歌體也。見於《史記》，荊軻有歌云：「風蕭蕭兮易水寒，壯士一去兮不復還。」見於《漢書》，項羽有歌云：「力拔山兮氣蓋世，時不利兮騅不逝。騅不逝兮可柰何？虞兮虞兮柰若何？」漢高祖劉邦有歌云：「大風起兮雲飛揚，威加海內兮歸故鄉，安得猛士兮守四方？」皆句句用韻，此即漢歌詩之椎輪也。

漢武帝劉徹好為歌詩。《史記・河渠書》記漢武於瓠子臨黃河缺口而作歌，云：

> 天子既臨河決，悼功之不成，乃作歌曰：「瓠子決兮將柰何〔平聲韻〕？皓皓旰旰兮閭殫為河〔叶〕。殫為河兮地不得寧〔轉平聲韻〕，功無已時兮吾山平〔叶〕。吾山平兮鉅野溢〔轉入聲韻〕，魚沸鬱兮柏冬日〔叶〕。延道弛兮離常流〔轉平聲韻〕，蛟龍騁兮方遠遊〔叶〕。歸舊川兮神哉沛〔轉去聲韻。「沛」之上古音在入聲「月」部〕，不封禪兮安知外〔叶。「外」之上古音在入聲「月」部〕？為我謂河伯兮何不仁〔轉平聲韻〕，泛濫不止兮愁吾人〔叶〕。齧桑浮兮淮泗滿〔轉上聲韻〕，久不反兮水維緩〔叶〕。」一曰：「河

湯湯兮激潺湲〔平聲韻〕，北渡污兮浚流難〔叶〕。搴長茭兮沈美玉〔轉入聲韻〕，河伯許兮薪不屬〔叶〕。薪不屬兮衛人罪〔轉上聲韻〕，燒蕭條兮噫乎何以禦水〔叶〕？穨林竹兮楗石菑〔轉平聲韻〕，宣房塞兮萬福來〔叶〕。」於是卒塞瓠子，築宮其上，名曰宣房宮。

二詩多七言八言句，八言句去「兮」字即成七言，故所多者實乃顯七言與隱七言之句也。

梁昭明太子蕭統《文選》卷四十五載漢武〈秋風辭〉，亦歌詩也。辭云：

秋風起兮白雲飛〔平聲韻〕，草木黃落兮鴈南歸〔叶〕。蘭有秀兮菊有芳〔轉平聲韻〕，攜〔原文如是〕佳人兮不能忘〔叶〕。泛樓舡兮濟汾河〔轉平聲韻〕，橫中流兮揚素波〔叶〕。簫鼓鳴兮發棹歌〔叶〕，歡樂極兮哀情多〔叶〕，少壯幾時兮奈老何〔叶〕？

全詩皆七言八言，句句用韻。

南朝陳徐陵《玉臺新詠》卷九有西漢司馬相如〈琴歌〉二首，其一有六句七言、兩句八言，俱用韻；其二六句皆七言，亦俱用韻。茲據《四部叢刊》本錄之如下：

鳳兮鳳兮歸故鄉〔平聲韻〕，遊遨四海求其皇〔叶〕。時未遇兮無所將〔叶〕，何悟今夕兮昇斯堂〔叶〕。有艷淑女在此方〔叶〕，室近人遐獨我傷〔叶〕。何緣交頸為鴛鴦〔叶〕？頡頡頏頏兮共翱翔〔叶〕。

鳳〔原文如是〕兮凰兮從我栖〔平聲韻〕，得託孳尾永為妃〔叶〕。交情通意心和諧〔叶〕，中夜相從知者誰〔叶〕？雙翼俱起高翻飛〔叶〕，無感我心使余悲〔叶〕。

其辭鄙陋，不類文豪手筆，姑錄以備參考耳。

《漢書．西域傳下》載漢武帝時江都王建女細君公主在烏孫國所作歌云：

吾家嫁我兮天一方〔平聲韻〕，遠託異國兮烏孫王〔叶〕。穹廬為室兮旃為牆〔叶〕，以肉為食兮酪為漿〔叶〕。居常土思〔顏師古曰：「土思，謂憂思而懷本土。」〕兮心內傷〔叶〕，願為黃鵠兮歸故鄉〔叶〕。

此歌去其「兮」字，即成七言之詩，姑亦錄之。若論純七言，則東漢張衡〈四愁詩〉四章允稱先驅。其詩每章只發端用一「兮」字，不害其為七言也。

《文選》卷二十九及《玉臺新詠》卷九都載張衡〈四愁詩〉。《文選》在《玉臺》前，故現據《四部叢刊》本《六臣註文選》錄其詩如下：

一思曰：我所思兮在太山〔平聲韻〕，欲往從之梁父艱〔叶〕，側身東望涕霑翰〔叶〕。美人贈我金錯刀〔轉平聲韻〕，何以報之英瓊瑤〔叶〕。路遠莫致倚逍遙〔叶〕，何為懷憂心煩勞〔叶〕？

二思曰：我所思兮在桂林〔平聲韻〕，欲往從之湘水深

〔叶〕，側身南望涕霑襟〔叶〕。美人贈我金琅玕〔轉平聲韻〕，何以報之雙玉盤〔叶〕。路遠莫致倚惆悵〔轉平聲韻？《玉臺》亦作「惆悵」，時「悵」或有平聲讀音〕，何為懷憂心煩傷〔叶。《四部叢刊》本《玉臺》作「煩傷」；《四庫全書》本及《四部備要》本《玉臺》作「煩怏」。「悵」、「怏」適去聲叶韻〕？

三思曰：我所思兮在漢陽〔平聲韻〕，欲往從之隴阪長〔叶〕，側身西望涕霑裳〔叶〕。美人贈我貂襜褕〔轉平聲韻〕，何以報之明月珠〔叶〕。路遠莫致倚踟躕〔叶〕，何為懷憂心煩紆〔叶〕？

四思曰：我所思兮在雁門〔平聲韻〕，欲往從之雪紛紛〔叶〕，側身北望涕霑巾〔叶〕。美人贈我錦繡段〔轉去聲韻〕，何以報之青玉案〔叶〕。路遠莫致倚增歎〔叶〕，何為懷憂心煩惋〔叶〕？

《後漢書・列女・董祀妻傳》載東漢末蔡琰（字文姬）〈悲憤詩〉二首，其二〈騷〉體七言云：

嗟薄祜〔原作「祐」〕兮遭世患〔平聲韻〕，宗族殄兮門戶單〔叶〕。身執略兮入西關〔叶〕，歷險阻兮之羌蠻〔叶〕。山谷眇兮路曼曼〔叶〕，眷東顧兮但悲歎〔叶〕。冥當寢兮不能安〔叶〕，飢當食兮不能餐〔叶〕，常流涕兮眥不乾〔叶〕。薄志節兮念死難〔叶〕，雖苟活兮無形顏〔叶〕。惟彼方兮遠陽精〔轉平聲韻〕，陰氣凝兮雪夏零〔叶〕。沙漠壅兮塵冥冥〔叶〕，有草木兮春不榮〔叶〕。人似禽兮食臭腥〔叶〕，言兜離兮狀窈停〔叶〕。歲聿暮兮時邁征

〔叶〕，夜悠長兮禁門扃〔叶〕。不能寐兮起屏營〔叶〕，登胡殿兮臨廣庭〔叶〕。玄雲合兮翳月星〔叶〕，北風厲兮肅泠泠〔叶〕。胡笳動兮邊馬鳴〔叶〕，孤鴈歸兮聲嚶嚶〔叶〕。樂人興兮彈琴箏〔叶〕，音相和兮悲且清〔叶〕。心吐思兮匈〔胸〕憤盈〔叶〕。欲舒氣兮恐彼驚〔叶〕，含哀咽兮涕沾頸〔叶〕。家既迎兮當歸寧〔叶〕，臨長路兮捐所生〔叶〕。兒呼母兮號失聲〔叶〕，我掩耳兮不忍聽〔叶〕。追持我兮走煢煢〔叶〕，頓復起兮毀顏形〔叶〕。還顧之兮破人情〔叶〕，心怛絕兮死復生〔叶〕。

此詩亦句句韻。前引曹丕〈燕歌行〉亦如是。《玉臺新詠》卷九載曹丕〈燕歌行〉二首，其一即前引「秋風蕭瑟天氣涼」一詩。其二云：

別日何易會日難〔平聲韻〕，山川悠遠路漫漫〔叶〕。鬱陶思君未敢言〔叶〕，寄聲浮雲往不還〔叶〕。涕零雨面毀容顏〔叶〕，誰能懷憂獨不嘆〔叶〕？展詩清歌聊自寬〔叶〕，樂往哀來摧肺肝〔叶〕。耿耿伏枕不能眠〔叶〕，披衣出户步東西〔叶。古音〕。仰看星月觀雲間〔叶〕，飛鶬晨鳴聲可憐〔叶〕，留連顧懷不能存〔叶〕。

此詩亦句句韻。〈燕歌行〉二首都無「兮」字，是真七言也。

七言而句句韻固是當時常體。然據宋郭茂倩《樂府詩集》卷五十九所載蔡文姬〈胡笳十八拍〉之第一拍云：

我生之初尚無為〔平聲韻〕，我生之後漢祚衰〔叶〕。天不仁兮降亂離〔叶〕，地不仁兮使我逢此時〔叶〕。干戈日尋兮道路危〔叶〕，民卒流亡兮共哀悲〔叶〕。煙塵蔽野兮胡虜盛〔不用韻〕，志意乖兮節義虧〔叶〕。對殊俗兮非我宜〔叶〕，遭惡辱兮當告誰〔叶〕？笳一會兮琴一拍〔不用韻〕，心潰死兮無人知〔叶〕。

詩中一八言「兮」字句及一七言「兮」字句不用韻。而第二拍之「兩拍張懸兮弦欲絕」、第六拍之「夜聞隴水兮聲嗚咽」、第八拍之「我不負天兮天何配我殊匹」、第十二拍之「忽逢漢使兮稱近詔」、第十七拍之「去時懷土兮心無緒」(《四部叢刊》本及《四部備要》本《樂府詩集》第十七拍第三、四句云：「去時懷土兮枝枯葉乾，沙場白首兮刀痕箭瘢。」第三句尤其費解。《四庫全書》本《古詩紀》卷十四同詩云：「去時懷土兮心無緒，來時別兒兮思漫漫。塞上黃蒿兮枝枯葉乾，沙場白骨兮刀痕箭瘢。」乃知《樂府詩集》闕十餘字) 俱不用韻，則是楚聲偶有隔句用韻者，非獨七言。唯第十拍云：

城頭烽火不曾滅〔入聲韻〕，疆場〔諸本作「場」〕征戰何時歇〔叶〕？殺氣朝朝衝塞門〔不用韻〕，胡風夜夜吹邊月〔叶〕。故鄉隔兮音塵絕〔叶〕，哭無聲兮氣將咽〔叶〕。一生辛苦兮緣離別〔叶。《四部》本作「別離」，誤，據《古詩紀》改〕，十拍悲深兮淚成〔《四部》本作「代」，誤，據《古詩紀》改〕血〔叶〕。

首四句無「兮」字而第三句不用韻，甚類唐世七絕。雖則此章不過〈騷〉體雜言而偶去「兮」字，唯中有七言隔句用韻，亦可謂一新耳目。唯後世疑〈十八拍〉非漢末之製，亦以此也。魏晉後漸見七言詩隔句用韻，當是樂府之遺矣。

據丁福保《全漢三國晉南北朝詩》及逯欽立《先秦漢魏晉南北朝詩》所載，南朝宋初王韶之有〈詠雪離合〉云：「霰先集兮雪乃零，散輝素兮被簷庭。曲室寒兮朔風厲，州陸涸兮羣籟鳴。」此詩「霰」、「散」離「雨」字，「曲」、「州」離「ヨ」字，「雨」、「ヨ」合「雪」字。其第三句不押韻；然句用〈騷〉體，都有「兮」字，猶未能以真七言視之。

謝莊〈瑞雪詠〉雜言有「溢迎風兮湛承露，亘臨華兮被通天。冪遙途而界遠綺，麗青墀而鏡列錢」諸七言句，雖非句句韻，然句中有「兮」、「而」等字，故亦非真七言。然其〈山夜憂〉雜言有「夜永兮憂綿綿，晨寒起長淵。南皋別鶴佇行漢，東鄰孤管入青天。沈痾白髮共急日，朝露過隙詎賒年」諸句，雖由「兮」字句領起，然其七言句俱不用〈騷〉體，可謂七言隔句韻之萌芽。

鮑照〈擬行路難〉十八首其三云：「璿閨玉墀上椒閣，文窗繡戶垂綺幕。中有一人字金蘭，被服纖羅蘊芳藿。春燕差池風散梅，開帷對影弄禽爵。含歌攬淚不能言，人生幾時得為樂。寧作野中之雙鳧，不願雲間之別鶴。」此詩押入聲韻，亦隔句韻之一例。其十二云：「今年陽初花滿林，明年冬末雪盈岑。推移代謝紛交轉，我君邊戍獨稽沈。執袂分別已三載，邇來寂淹無分音。朝悲慘慘遂成滴，暮思遶遶最傷心。膏沐芳餘久不御，蓬首亂鬢不設簪。徒飛輕埃舞空帷，粉筐黛器靡復遺。自生留世苦不幸，心中惕惕恆懷悲。」此詩七言，首句用韻，繼而隔句用韻及轉韻，其體式與唐之七言古體詩無異。

其後以樂府為題之詩亦偶有七言隔句用韻者，長篇往往可觀，不遜乎唐製，如南梁吳均〈行路難〉五首其一云：

> 洞庭水上一株桐，經霜逐浪困嚴風。昔時抽心耀白日，今旦臥死黃沙中。洛陽名工見咨嗟，一翦一刻作琵琶。白璧規心學明月，珊瑚映面作風花。帝王見賞不見忘，提攜把握登建章。掩抑摧藏張女彈，殷勤促柱楚明光。年年月月對君子，遙遙夜夜宿未央。未央綵女棄鳴篪，爭先拂拭生光儀。茱萸錦衣玉作匣，安念昔日枯樹枝。不學衡山南嶺桂，至今千年猶未知。

其二云：

> 青瑣門外安石榴，連枝接葉夾御溝。金墉城西合歡樹，垂條照彩拂鳳樓。遊俠少年游上路，傾心顛倒想戀慕。摩頂至足買片言，開胸瀝膽取一顧。自言家在趙邯鄲，翩翩舌杪復劍端。青驪白駮的盧馬，金羈綠鞚紫絲鞶。躞蹀橫行不肯進，夜夜汗血至長安。長安城中諸貴臣，爭貴儒者席上珍。復聞梁王好學問，輕棄劍客如埃塵。吾丘壽王始得意，司馬相如適被申。大才大辯尚如此，何況我輩輕薄人。

二首皆七言之純粹者。餘三首雖亦以七言為主，唯都有以「君不見」發端之句，乃雜言詩。

王筠亦有〈行路難〉之作，俱七言而隔句用韻，其詩云：

千門皆閉夜何央，百憂俱集斷人腸。探揣箱中取刀尺，
拂拭機上斷流黃。情人逐情雖可恨，復畏邊遠乏衣裳。
已繅一繭催衣縷，復擣百和裛衣香。猶憶去時腰大小，
不知今日身短長。裲襠雙心共一抹，袙複兩邊作八襊。
襻帶雖安不忍縫，開孔裁穿猶未達。胸前卻月兩相連，
本照君心不照天。願君分明得此意，勿復流蕩不如先。
含悲含怨判不死，封情忍思待明年。

蕭子顯〈燕歌行〉雜言有五言句二，餘皆七言，隔句用韻。詩云：

風光遲舞出青蘋，蘭條翠鳥鳴發春。洛陽梨花落如雪，
河邊細草細如茵。桐生井底葉交枝，今看無端雙燕離。
五重飛樓入河漢，九華閣道暗清池。遙看白馬津上吏，
傳道黃龍征戍兒。明月金光徒照妾，浮雲玉葉君不知。
思君昔去柳依依，至今八月避暑歸。明珠蠶繭勉登機，
鬱金香蘤持香衣。洛陽城頭雞欲曙，丞相府中烏未飛。
夜夢征人縫狐貉，私憐織婦裁錦緋。吳刀鄭綿絡，寒閨
夜被薄。芳年海上水中鳧，日暮寒夜空城雀。

梁元帝蕭繹有〈燕歌行〉七言云：

燕趙佳人本自多，遼東少婦學春歌。黃龍戍北花如錦，
玄菟城前月似蛾。如何此時別夫壻，金羈翠眊往交河。
還聞入漢去燕營，怨妾愁心百恨生。漫漫悠悠天未曉，

遙遙夜夜聽寒更。自從異縣同心別，偏恨同時成異節。
橫波滿臉萬行啼，翠眉暫斂千重結。并海連天合不開，
那堪春日上春臺。乍見遠舟如落葉，復看遙舸似行杯。
沙汀夜鶴嘯羈雌，妾心無趣坐傷離。翻嗟漢使音塵斷，
空傷賤妾燕南垂。

此詩隔句用韻，又數轉韻，較曹丕之作為靈活多變。茲以此殿長篇諸例之後。

長篇如是，七言四句而隔句用韻者亦有見，儼如唐之古絕矣。劉宋鮑照〈夜聽妓〉二首其二云：「蘭膏消耗夜轉多，亂筵雜坐更弦歌。傾情逐節寧不苦，特為盛年惜容華。」其友湯惠休有〈秋思引〉七言四句云：「秋寒依依風過河，白露蕭蕭洞庭波。思君末光光已滅，眇眇悲望如思何。」梁劉孝威〈禊飲嘉樂殿詠曲水中燭影〉云：「火浣花心猶未長，金枝密焰已流芳。芙蓉池畔涵停影，桃花水脈引行光。」梁簡文帝蕭綱〈上留田行〉七言四句云：「正月土膏初欲發，天馬照耀動農祥。田家斗酒羣相勞，為歌長安金鳳凰。」其〈夜望單飛鴈〉七言四句云：「天霜河白夜星稀，一鴈聲嘶何處歸？早知半路應相失，不如從來本獨飛。」梁元帝〈別詩〉二首其一云：「別罷花枝不共攀，別後書信不相關。欲覓行人寄消息，衣〔依〕常潮水暝應還。」其二云：「三月桃花含面脂，五月新油好煎澤。莫復臨時不寄人，謾道江中無估客。」皆其例也。

七言徒詩句句用韻而不轉韻，或謂之「柏梁體」。舊說謂漢武帝登柏梁臺，詔羣臣二千石有能為七言者，乃得上坐，故有

七言聯句之作。其詩見於《藝文類聚》卷五十六及《古文苑》卷八。後世遂以七言不轉韻聯句為柏梁體，復以七言而句句用韻者為柏梁體，或全詩如是，或詩中局部如是。如唐韓愈〈八月十五夜贈張功曹〉詩末云：「君歌且休聽我歌，我歌今與君殊科。一年明月今宵多，人生由命非由他，有酒不飲柰明何？」即用柏梁體；其〈劉生詩〉七言三十一句，句句用韻而一韻到底，即柏梁體詩也。

漢世詩風

漢世詩風以言志興寄為貴。《論語・為政》云：「子曰：『詩三百，一言以蔽之曰：思無邪。』」「思無邪」句見〈魯頌・駉〉，即思與念無乖邪。漢世重儒學，故其詩以雅正為上，不容有邪念也。

〈詩大序〉云：「故正得失，動天地，感鬼神，莫近於詩。先王以是經夫婦，成孝敬，厚人倫，美教化，移風俗。故詩有六義焉，一曰風，二曰賦，三曰比，四曰興，五曰雅，六曰頌。上以風化下，下以風刺上，主文而譎諫。言之者無罪，聞之者足以戒，故曰風。至于〔原文如是〕王道衰，禮義廢，政教失，國異政，家殊俗，而變風變雅作矣。國史明乎得失之迹，傷人倫之廢，哀刑政之苛，吟詠情性以風其上，達於事變而懷其舊俗者也。故變風發乎情，止乎禮義。發乎情，民之性也；止乎禮義，先王之澤也。是以一國之事，繫一人之本，謂之風。言天下之事，形四方之風，謂之雅。雅者正也，言王政之所由廢興也。政有小大，故有小雅焉，有大雅焉。頌者，美盛德之形容，以其成功告於神明者也。是謂四始〔鄭玄〈箋〉：「始者，王道興衰之所由。」〕，詩之至也。」毛序與鄭箋於賦、比、興之義俱闕如。《周禮・春官宗伯・大〔即「太」〕師》云：「教六詩：曰風、曰賦、曰比、曰興、曰雅、曰頌。」鄭玄〈注〉云：「賦之言鋪，直鋪陳今之政教善惡。比見今之失，不敢斥言，取比類以言之。興見今之美，嫌於媚諛，取善事以喻勸之。」鄭玄以賦比興修辭之法全繫乎政教，此與毛序同。鄭又以比只言乎失而興只喻乎美，尤為牽強，後世非之者眾矣。然以三百篇為關乎政教得失之作，則不獨漢世為然，後世亦少有不以為然者。

屈子〈離騷〉文采瑋然，亦漢人所甚愛。《史記・屈原賈生列傳》云：「國風好色而不淫，〈小雅〉怨誹而不亂，若〈離騷〉者，可謂兼之矣。」班固〈離騷序〉以此為淮南王劉安語。《文心雕龍・辨騷》云：「自風雅寢聲，莫或抽緒；奇文鬱起，其〈離騷〉哉！」同書〈比興〉云：「楚襄信讒，而三閭忠烈，依《詩》製〈騷〉，諷兼比興。」觀乎〈古詩〉十九首以芳草佳人寄意，自亦楚〈騷〉之遺。故漢五言詩之務比興，是風氣使然也。初唐陳子昂〈修竹篇序〉云：「文章道弊五百年矣。漢魏風骨，晉宋莫傳，然而文獻有可徵者。僕嘗暇時觀齊梁間詩，彩麗競繁，而興寄都絕，每以永歎。思古人常恐逶迤頹靡，風雅不作，以耿耿也。」興寄乃《詩》、〈騷〉之精神，漢之詩人有之矣。

〈古詩〉十九首雜說

〈古詩〉十九首雜說

〈古詩〉十九首見於梁昭明太子蕭統所撰之《文選》。蕭統選載不知作者之兩漢五言詩十九首，依次為：

其一、　〈行行重行行〉
其二、　〈青青河畔草〉
其三、　〈青青陵上柏〉
其四、　〈今日良宴會〉
其五、　〈西北有高樓〉
其六、　〈涉江采芙蓉〉
其七、　〈明月皎夜光〉
其八、　〈冉冉孤生竹〉
其九、　〈庭中有奇樹〉
其十、　〈迢迢牽牛星〉
其十一、〈迴車駕言邁〉
其十二、〈東城高且長〉
其十三、〈驅車上東門〉
其十四、〈去者日以疎〉
其十五、〈生年不滿百〉

其十六、〈凜凜歲云暮〉

其十七、〈孟冬寒氣至〉

其十八、〈客從遠方來〉

其十九、〈明月何皎皎〉

其一云：

行行重行行，與君生別離。相去萬餘里，各在天一涯。
道路阻且長，會面安可知？胡馬依北風，越鳥巢南枝。
相去日已遠，衣帶日已緩。浮雲蔽白日，游子不顧返。
思君令人老，歲月忽已晚。棄捐勿復道，努力加餐飯。

其二云：

青青河畔草，鬱鬱園中柳。盈盈樓上女，皎皎當窗牖。
娥娥紅粉糚，纖纖出素手。昔為倡家女，今為蕩子婦。
蕩子行不歸，空牀難獨守。

其三云：

青青陵上柏，磊磊澗中石。人生天地間，忽如遠行客。
斗酒相娛樂，聊厚不為薄。驅車策駑馬，游戲宛與洛。
洛中何鬱鬱，冠帶自相索。長衢羅夾巷，王侯多第宅。
兩宮遙相望，雙闕百餘尺。極宴娛心意，戚戚何所迫？

其四云：

今日良宴會，歡樂難具陳。彈箏奮逸響，新聲妙入神。
令德唱高言，識曲聽其真。齊心同所願，含意俱未申。

人生寄一世，奄忽若飆塵。何不策高足，先據要路津？
無為守窮賤，轗軻長苦辛。

其五云：

西北有高樓，上與浮雲齊。交疏結綺窗，阿閣三重階。
上有絃歌聲，音響一何悲。誰能為此曲，無乃杞梁妻？
清商隨風發，中曲正徘徊。一彈再三歎，慷慨有餘哀。
不惜歌者苦，但傷知音稀。願為雙鳴鶴，奮翅起高飛。

其六云：

涉江采芙蓉，蘭澤多芳草。采之欲遺誰？所思在遠道。
還顧望舊鄉，長路漫浩浩。同心而離居，憂傷以終老。

其七云：

明月皎夜光，促織鳴東壁。玉衡指孟冬，眾星何歷歷。
白露霑野草，時節忽復易。秋蟬鳴樹間，玄鳥逝安適？
昔我同門友，高舉振六翮。不念攜手好，棄我如遺跡。
南箕北有斗，牽牛不負軛。良無盤石固，虛名復何益？

其八云：

冉冉孤生竹，結根泰山阿。與君為新婚，兔絲附女蘿。
兔絲生有時，夫婦會有宜。千里遠結婚，悠悠隔山陂。
思君令人老，軒車來何遲？傷彼蕙蘭花，含英揚光輝。
過時而不采，將隨秋草萎。君亮執高節，賤妾亦何為？

其九云：

庭中有奇樹，綠葉發華滋。攀條折其榮，將以遺所思。
馨香盈懷袖，路遠莫致之。此物何足貴？但感別經時。

其十云：

迢迢牽牛星，皎皎河漢女。纖纖擢素手，札札弄機杼。
終日不成章，泣涕零如雨。河漢清且淺，相去復幾許？
盈盈一水間，脈脈不得語。

其十一云：

迴車駕言邁，悠悠涉長道。四顧何茫茫，東風搖百草。
所遇無故物，焉得不速老？盛衰各有時，立身苦不早。
人生非金石，豈能長壽考？奄忽隨物化，榮名以為寶。

其十二云：

東城高且長，逶迆自相屬。迴風動地起，秋草萋已綠。
四時更變化，歲暮一何速。晨風懷苦心，蟋蟀傷局促。
蕩滌放情志，何為自結束？燕趙多佳人，美者顏如玉。
被服羅裳衣，當戶理清曲。音響一何悲，絃急知柱促。
馳情整巾帶，沈吟聊躑躅。思為雙飛鷰，銜泥巢君屋。

其十三云：

驅車上東門，遙望郭北墓。白楊何蕭蕭，松柏夾廣路。
下有陳死人，杳杳即長暮。潛寐黃泉下，千載永不寤。
浩浩陰陽移，年命如朝露。人生忽如寄，壽無金石固。

萬歲更相送，賢聖莫能度。服食求神仙，多為藥所悞。
不如飲美酒，被服紈與素。

其十四云：

去者日以疎，來者日以親。出郭門直視，但見丘與墳。
古墓犂為田，松栢摧為薪。白楊多悲風，蕭蕭愁殺人。
思還故里閭，欲歸道無因。

其十五云：

生年不滿百，常懷千歲憂。晝短苦夜長，何不秉燭遊？
為樂當及時，何能待來茲？愚者愛惜費，但為後世嗤。
仙人王子喬，難可與等期。

其十六云：

凜凜歲云暮，螻蛄夕鳴悲。涼風率已厲，游子寒無衣。
錦衾遺洛浦，同袍與我違。獨宿累長夜，夢想見容輝。
良人惟古懽，枉駕惠前綏。願得常巧笑，攜手同車歸。
既來不須臾，又不處重闈。亮無晨風翼，焉能凌風飛？
眄睞以適意，引領遙相睎。徙倚懷感傷，垂涕霑雙扉。

其十七云：

孟冬寒氣至，北風何慘慄。愁多知夜長，仰觀眾星列。
三五明月滿，四五蟾兔缺。客從遠方來，遺我一書札。
上言長相思，下言久離別。置書懷袖中，三歲字不滅。
一心抱區區，懼君不識察。

其十八云：

客從遠方來，遺我一端綺。相去萬餘里，故人心尚爾。
文綵雙鴛鴦，裁為合歡被。著以長相思，緣以結不解。
以膠投漆中，誰能別離此？

其十九云：

明月何皎皎，照我羅牀帷。憂愁不能寐，攬衣起徘徊。
客行雖云樂，不如早旋歸。出户獨彷徨，愁思當告誰？
引領還入房，淚下霑裳衣。

〔據《四部叢刊》本《六臣註文選》〕

唐李善「〈古詩〉十九首」題下注云：「並云古詩，蓋不知作者。或云枚乘，疑不能明也。詩云：『驅馬〔案：當是「車」〕上〔去聲〕東門。』又云：『遊戲宛〔平聲〕與洛。』此則辭兼東都，非盡是乘明矣。昭明以失其姓氏，故編在李陵之上〔案：〈古詩〉十九首後即李陵〈與蘇武詩〉三首〕。」可謂得蕭統旨意，非謂十九首俱作於李陵之前。

漢世無名氏五言詩流傳至南朝者當尚有數十首。先是西晉陸機有〈擬古詩〉，選古詩而擬其意。《文選》錄十二首，依次為：

其一、　〈擬行行重行行〉
其二、　〈擬今日良宴會〉
其三、　〈擬迢迢牽牛星〉

其四、　〈擬涉江采芙蓉〉
其五、　〈擬青青河畔草〉
其六、　〈擬明月何皎皎〉
其七、　〈擬蘭若生春陽〉
其八、　〈擬青青陵上柏〉
其九、　〈擬東城一何高〉
其十、　〈擬西北有高樓〉
其十一、〈擬庭中有奇樹〉
其十二、〈擬明月皎夜光〉

其九所擬之〈東城一何高〉即〈東城高且長〉。案《玉臺新詠》載陸機〈擬古〉七首，依次為〈擬西北有高樓〉、〈擬東城高且長〉、〈擬蘭若生春陽〉、〈擬迢迢牽牛星〉、〈擬庭中有奇樹〉、〈擬青青河畔草〉、〈擬涉江採芙蓉〉，內文與《文選》同，只偶有異文而已。〈擬東城高且長〉即《文選》之〈擬東城一何高〉也。如此，則除〈擬蘭若生春陽〉外，其餘十一首之原詩皆選入《文選》十九首中。然陸機〈擬古詩〉及昭明太子選錄古詩亦不過隨一己之好尚而已。《文選》又錄宋南平穆王劉鑠〈擬古〉二首，依次為〈擬行行重行行〉及〈擬明月何皎皎〉，亦足見南朝時，古詩已膾炙人口。《文選》於唐代乃學子必讀之總集，故「古詩十九首」之名不脛而走，十九首遂為學子必讀之古詩。

自西晉六朝以還，「古詩」之名籍甚。然十九首因是個人之選，而昭明早逝，南梁又勢弱祚短，梁陳文士服膺十九首之選者未必多。劉勰《文心雕龍》及鍾嶸《詩品》論古詩，不過論漢世無名氏五言詩，非論《文選》所選之十九首明矣。《文心雕龍》始作於南齊，時且未有十九首之選也。

劉勰《文心雕龍・明詩》云：「又古詩佳麗，或稱枚叔；其〈孤竹〉一篇，則傅毅之詞。比采而推，兩漢之作乎？觀其結體散〔去聲〕文，直而不野，婉轉附物，怊悵切情，實五言之冠冕也。」劉勰所指古詩之「佳麗」者，當包西晉陸機所擬之原古詩。若彼等古詩不稱佳麗，陸機安合擬之？劉勰謂時人或以為該等佳麗之古詩乃西漢枚乘所作。枚乘字叔，善屬文，景帝時為吳王濞郎中。吳王怨望謀逆，乘諫不納，乃去而仕梁孝王，作〈七發〉以寓諷諫。孝王之客皆善辭賦，而乘尤高。武帝時，乘已老，帝知其賢，乃以安車蒲輪徵之，終死於道上。至於〈冉冉孤生竹〉一篇，劉勰則謂是東漢初傅毅所作。傅毅字武仲，博學能文，與班固、賈逵同時。芸芸佳構，中有枚乘之詩，誠不足為奇，第不知何詩耳。至於劉彥和謂〈冉冉孤生竹〉乃傅毅之詞，然昭明太子與彥和同時稍後且相友，亦只以〈孤竹〉為無名氏者所作，則不知彥和何所據矣。

劉勰論古詩，並無言及篇章之數。鍾嶸《詩品》則畧及之。其序云：「古詩眇邈，人世難詳，推其文體，固是炎漢之製，非衰周之倡〔同「唱」〕也。」泛稱古詩，統謂無名氏者之作耳。《詩品・上》云：「古詩，其體源出于國風，陸機所擬十四首。文溫以麗，意悲而遠，驚心動魄，可謂幾乎一字千金。其外〈去者日已疎〉四十五首，雖多哀怨，頗為總雜〔即亂雜，蓋謂眾詩取材及運意頗為亂雜，不若陸士衡所擬原詩十四首之純粹〕，舊疑是建安中曹、王所製。〈客從遠方來〉、〈橘柚垂華實〉〔亦在四十五首之內，前者已為昭明選錄〕，亦為驚絕〔即極其驚心動魄〕矣。人代冥滅，而清音獨遠〔即古詩之清音獨能流傳久遠〕，悲夫！」

鍾嶸所指「古詩」，未直言其數，然謂陸機所擬有十四首。《文選》則錄其十二首，然究有兩首不入選抑鍾仲偉誤記，不得而知矣。《詩品》謂「其外〈去者日以疎〉四十五首，雖多哀怨，頗為總雜」，從而可推想鍾仲偉所見古詩已結集，故有「四十五首」之稱而無庸多作解釋。由此亦可知，仲偉所見古詩有陸機所擬原古詩及其外四十五首，即共五十七或五十九首。

《文選》十九首之次序異於陸機十二首〈擬古詩〉，且不包括〈蘭若生春陽〉。此詩以「誰謂我無憂，積念發狂癡」作結，未知是否因其文直而野而不入選以足二十之數。鍾嶸謂〈去者日已疎〉等詩頗為總雜，而昭明太子則選〈去者日以疏〉入十九首之中。故陸機選擬〈蘭若生春陽〉而昭明棄之；昭明取〈去者日以疏〉而鍾嶸貶之，是各依其好尚作取捨而已。

陳徐陵《玉臺新詠》卷一首錄〈古詩〉八首，據《四部叢刊》影印無錫孫氏藏明活字本，依次為：

其一、〈上山採靡蕪〉
其二、〈凜凜歲云暮〉
其三、〈冉冉孤生竹〉
其四、〈孟冬寒氣至〉
其五、〈客從遠方來〉

其六、〈四座且莫諠〉
其七、〈悲與親友別〉
其八、〈穆穆清風至〉

《玉臺》繼錄〈古樂府詩〉六首。繼又錄枚乘〈雜詩〉九首，依次為：

其一、〈西北有高樓〉
其二、〈東城高且長〉
其三、〈行行重行行〉
其四、〈相去日已遠〉
其五、〈涉江採芙蓉〉
其六、〈青青河畔草〉
其七、〈蘭若生春陽〉
其八、〈迢迢牽牛星〉
其九、〈明月何皎皎〉

以上九篇，除〈蘭若生春陽〉外，餘皆在《文選》十九首中。然明活字本之〈蘭若生春陽〉實合兩詩而成，自首句至「積念發狂癡」是本詩，「積念」句後之「庭前有奇樹」至「但感別經時」即十九首其九〈庭中有奇樹〉。《玉臺》以二詩同韻而合之為一。而〈雜詩〉其三與其四即十九首其一，《玉臺》以〈行行重行行〉上下韻部不同，遂析而為二。是徐孝穆按韻腳妄自析合邪？抑後之編輯者妄自析合邪？宋嚴羽《滄浪詩話》云：「〈古詩〉十九首〈行行重行行〉，《玉臺》作兩首，自『越鳥巢南枝』以下別為一首。當以《選》為正。」可知《玉臺》古本確有此分合。

《四庫提要》則據明重刻趙氏所傳《玉臺》宋刻本云：「而嚴羽《滄浪詩話》謂古詩〈行行重行行〉篇，《玉臺新詠》以『越鳥巢南枝』以下另為一首，今此本仍聯為一首。」則此本恐經補正，失其真矣。

徐陵所謂枚乘〈雜詩〉，不知何所據，恐未足盡信。清陳沆《詩比興箋》據此，以〈西北有高樓〉為枚乘諫吳王濞不聽而思遠舉之詩；以〈東城高且長〉為憂吳之詩；以〈行行重行行〉為初去吳至梁之詩；以〈涉江采芙蓉〉為在梁憂吳之詩；以〈青青河畔草〉為自傷仕吳而不見用之詩；以〈蘭若生春陽〉為吳反後重諫吳王而復不見納時之詩；以〈庭中有奇樹〉為去吳已久而追述吳王不納其諫之詩；以〈迢迢牽牛星〉為吳攻大梁、乘在梁城遺書說吳時之詩；以〈明月何皎皎〉為吳敗後憂傷思歸淮陰之詩。恐不免穿鑿附會，聊備一說可矣。

至於劉勰謂〈孤竹〉乃傅毅之辭，而《文選》與《玉臺》但稱古詩，則彥和此說亦不知何所據也。

《文選》所選之古詩十九首，《玉臺》有其十二。陸機所擬古詩十二首，《玉臺》有其九，作枚乘〈雜詩〉。《玉臺新詠》始撰於南梁季世，遠後於《文心雕龍》，亦後於《文選》與《詩品》，彼三書尚無確指某詩為枚乘所作，則《玉臺》從何得知邪？

近人范文瀾《文心雕龍注》卷二云：「〔清〕朱彝尊曰（《曝書亭集・書玉臺新詠後》）：『〈古詩〉十九首，以徐陵《玉臺新詠》勘之，枚乘詩居其八。至〈驅車上東門行〉載樂府〈雜曲歌詞〉，其餘六首，《玉臺》不錄。就《文選》本第十五首而論，「生年不滿百，常懷千歲憂。晝短苦夜長，何不秉燭遊。」則〈西門行〉古辭也。古辭：「夫為樂，為樂當及時。何能坐愁怫鬱，當復待來茲。」而《文選》更之曰：「為樂當及時，何能待來茲。」古辭：「貪財愛惜費，但為後世嗤。」而《文選》更之曰：「愚者愛惜費，但為後世嗤。」古辭：「自非仙人王子喬，計會壽命難與期。」而《文選》更之曰：「仙人王子喬，難可與等期。」裁剪長短句作五言，移易其前後，雜糅置十九首中，沒枚乘等姓名，概題曰「古詩」，要之皆出文選樓中諸學士之手也。徐陵少仕於梁，為昭明諸臣後進，不敢明言其非，乃別著一書，列枚乘姓名，還之作者，殆有微意焉。』案《漢志・歌詩類》二十八家三百一十四篇，彥和謂辭人遺翰，莫見五言，是士大夫所作，或三言，或四言，或雜言；惟採自民間之歌辭為五言耳。朱氏疑昭明輩裁剪長短句作五言，沒枚乘等姓名，恐未必然。鍾嶸《詩品》專評五言詩，若本是長短句，不得列入〈古詩〉十九首之中。乘等姓名，更無湮沒之理。古詩總雜，昭明止取十九首入選，謂其美篇不無遺佚則可，謂其剪裁失真則不可。至於樂府本宜增損辭句以協音律，似不必疑昭明削古辭為五言也。」

清錢大昕序朱筠、徐昆《古詩十九首說》亦云：「或又疑〈生年不滿百〉一篇檃括古樂府而成之，非漢人所作，是猶讀魏武〈短歌行〉而疑〈鹿鳴〉〔《詩・小雅》篇名〕之出於是也，豈其然哉。」范說與此同氣。

《文選》大聞於唐世，故〈古詩〉十九首乃學子必讀之作。後人所為十九首注釋之多，非餘篇所能及，而十九首遂儼然為漢古詩之代稱矣。明陸時雍《古詩鏡》卷二云：「十九首，謂之風餘，謂之詩母。」可謂尊崇備至。十九首者，其意深，其旨遠，其詞婉，其字句有力，故千古名高，今之學詩文者可不讀乎？

唐顯慶年間，李善表進其《文選》注本於高宗，遂廣為士人所傳鈔。開元年間，呂延祚表進五臣集注《文選》於玄宗，頗獲嘉許。五臣者，呂延濟、劉良、張銑、呂向、李周翰。而延祚為具字音。南宋人偶以李善注本及五臣注本合刻，取便參證，遂成《六臣註文選》，通行至今。

南宋編者亦為校勘之語，如〈古詩〉十九首其五「願為雙鳴鶴」後云：「五臣作『鴻鵠』。」其九「此物何足貴」後云：「善作『貢』。」其十二「馳情整巾帶」後云：「善作『中』。」是。又其十八「著以長相思，緣以結不解」後云：「『著』，張慮切。」又：「『緣』，以絹切。」唐人稱「反」，宋人或稱「切」，似亦編者所加。

六臣而後，十九首注釋轉趨長篇，非徒注其用事，且兼剖判旨意，賞析文辭，往往千言萬語，不能自休。近人隋樹森編著《古詩十九首集釋》，為時所重。是書錄前人注釋九種，成〈彙解〉一卷。隋氏則自為〈考證〉及〈箋注〉各一卷置於前，都甚足觀。書末裒集諸家評論，為〈評論〉一卷。〈彙解〉九種者，其一為元末明初劉履一篇，採自其《風雅翼・選詩補註》；以

《補註》序有「先明訓詁，次述作者旨意」之語，隋氏乃目之為〈古詩十九首旨意〉。其二為清初吳淇一篇，採自其《六朝選詩定論》，故隋氏目之為〈古詩十九首定論〉。其三為雍正年間張庚《古詩十九首解》，見《藝海珠塵》。其四為雍、乾間姜任脩《古詩十九首繹》。其五為乾隆年間朱筠口授、徐昆筆述之《古詩十九首説》，見《嘯園叢書》。其六為乾隆年間張玉穀一篇，採自其《古詩賞析》，故隋氏目之為〈古詩十九首賞析〉。其七為道光年間方東樹一篇，採自其《昭昧詹言》，隋氏目之為〈論古詩十九首〉。其八為道光年間饒學斌《月午樓古詩十九首詳解》。其九為光緒年間劉光蕡一篇，採自《烟霞草堂遺書》，隋氏目之為〈古詩十九首注〉。以上諸篇固各有可觀者，然亦非無可議之處也，玆畧言之。

吳淇〈古詩十九首定論〉云：「此漢人選漢詩也，乃一切諸選之始。其於建安之際乎？」漢詩結集，鍾嶸《詩品・序》已畧言及，然非必漢人所選，亦非謂只選此十九首而目之為「古詩」也。吳氏論詩雖偶有灼見，然其弊在穿鑿附會，時入魔道。《四庫提要》誤「淇」為「湛」，謂其「詮釋諸詩亦皆高而不切，繁而鮮要」。故張庚起而糾其謬。張氏《古詩十九首解》云：「睢陽吳氏説《選》詩大有發明，然穿鑿附會，牽強偏執，在在有之；欲求醇者，什僅二三。雍正戊申，館於滿城陳氏，弟子於正課之暇，以〈古詩〉十九首請業，因參其説詮解焉。然為得為失，究不自知耳。為錄一冊，以俟服古者正之。」張庚貶斥吳淇之作，更在《四庫提要》之前。

姜任脩《古詩十九首繹》序云：「〈古詩〉十九首不知定自何代，《文選》錄之而分為二十，《玉臺新詠》存十二而遺其七。」又於〈東城高且長〉後云：「《文選》分『結束』上為一首，『燕趙』下為一首。」仍王士禎《古詩選》之誤（《古詩選》卷一無名氏〈古詩〉十九首題下注：「《文選》作二十首，分『東城高且長』、『燕趙多佳人』為二首。」），厚誣古人，竟至再三。實則析〈東城〉為兩首者乃明張鳳翼，其說見於《文選纂註》。《四庫提要》評張氏云：「其註無名氏古詩，以『東城高且長』與『燕趙多佳人』分為兩篇，十九首遂成二十，不知陸機擬作，文義可尋，未免太自用矣。」誠為的論。

張庚《古詩十九首解》云：「此篇張氏以為『燕趙』以下另是一首，且以重用『促』字韻為據，細玩詞意亦是。但從前都作一首，陸平原〈擬古〉亦作一首擬，仍其舊可也。然必如是解〔即如張庚之作一首解釋〕方不牽強。即作兩首，即如是解亦可。」優柔寡斷，模棱兩可，失之遠矣。反不若姜氏云：「靜案之，『何為』句束上領下，勢若建瓴。佳人，令聞也；如玉，天姿也；被服，盛飾也；當戶，現身也；音響，發聲也；絃急，情迫也；馳情沈吟，臨期鄭重，弱顏故〔原文如是〕植〔《楚辭・招魂》：「弱顏固植，謇其有意些。」固，堅也；植，志也〕也。皆可相與蕩滌放情志者也。通首奔逸，至此勒韁，未可中分傷格。」攻乎異端，義正詞嚴，此其佳處也。

方東樹《昭昧詹言》卷二析〈東城高且長〉為兩首，曰〈東城高且長〉及〈燕趙多佳人〉，而去〈庭中有奇樹〉，實只得十八首。其論既失諸淺，復失諸迂。論〈行行重行行〉云：「此只是室思之詩。」論〈青青河畔草〉云：「以詩而論，用法用筆極佳；而義乏興寄，無可取。」淺也。論〈涉江采芙蓉〉云：「遠道即指黃、農、虞、夏也。」又在古詩〈新樹蕙蘭花〉後云：「凡言遠，皆指黃、農、虞、夏。」論〈去者日以疏〉云：「喻意逐世味者，同歸於一死，而不知反身求道。」迂也。餘亦不見新意，蓋前人已道之矣。

饒學斌《月午樓古詩十九首詳解》好為瑣碎語，下筆萬言，非為闡明典故，判別異文，而是侈談詩法與物理，往往不着邊際，雖多亦奚以為？彼又以十九首為一人之作，云：「此遭讒被棄，憐同患而遙深戀闕者之辭也。首節總冒，標『會面安可知』、『思君令人老』為柱。自其三至其七為一截，承『會面安可知』一柱而申之；自其二其八至其十六為一截，承『思君令人老』一柱而申之。其十七收束思君，其十八收束思友，末以單收下截結。」又云：「上截自『青青陵上柏』至『涉江采芙蓉』，由春及夏；既而促織、秋蟬，由夏及秋；七節由秋及冬，而特自孟冬畫斷。下截自『青青河畔草』至『綠葉發華滋』，由春及夏；既而秋草、白楊，由夏及秋；至末由秋及冬，亦特自孟冬畫斷。上截明月、白露、南箕、北斗等項，特表夜景；下截長夜、夜長、明月、蟾兔等項，亦特表夜景。情事則兩意相承，時景已一絲不亂。又上截曰『遊戲宛與洛』，下截曰『驅車上東門』，又曰『錦衾遺洛浦』，宛屬南陽，洛屬東都，上東門即東都，意此君殆漢末黨錮諸君子之逃竄於邊北者，此什〔即篇什，指十九首〕其成於漢桓二年孟冬下弦夜分之際者乎？通什綺交脈注，脈絡分明，不特於此可見，此尤顯而易見者也。或謂十九首非出於一人一時之事，亦未將全詩併讀而合玩耳。」穿鑿附會至極，古未嘗見。蓋十九首者昭明太子自數十篇中所選出，豈彼於選擇時已知此十九首為一人之作乎？饒氏視〈明月皎夜光〉孟冬與白露同見、〈東城高且長〉秋草與歲暮同見、〈凜凜歲云暮〉歲暮與涼風同見為等閑而不加詮釋，於〈孟冬寒氣至〉後則力斥注家以孟冬為七月之非，云：「孟冬，建亥之月也，即今十月也。解者泥漢用秦正，以十月為歲首，謂漢之孟冬，即今之七月。夫七月正三伏極熱之時，何得云『寒氣』？又何得云『北風慘慄』耶？按漢用秦正，至武帝太初元年，允廷臣司馬遷等所請，已改用夏正。此詩其三曰『洛中何鬱鬱』、『兩宮遙相望』，作者屬東漢無疑，豈西漢既用夏正，而東漢復以秦正紀事乎？則註孟冬為七月，亦解者失攷耳。」戾橫折曲莫過於是。〈孟冬寒氣至〉乃漢武改曆後之詩，孟冬自是十月。以孟冬指七月者乃〈明月皎夜光〉，李善注「玉衡指孟冬」云：「《春秋運斗樞》曰：『北斗七星，第五曰玉衡。』《淮南子》曰：『孟秋之月，招搖指申。』然上云促織，下云秋蟬，明是漢之孟冬，非夏之孟冬矣。《漢書》曰：『高祖十月至灞上，故以十月為歲首。』漢之孟冬，今之七月矣。」闡釋分明，何誤之有？饒氏知〈青青陵上柏〉為東漢詩，遂以十九首俱為東漢詩，且置孟冬而白露、秋草而歲暮以及歲暮而涼風於不顧，反以此孟冬寒氣斥李善等人誤注，然誤者實饒氏一人耳。饒氏以十九首俱東漢黨錮禍中一君子之作，以此立論而釋十九首，於是株連牽引，羅織成冤。高叟聞之，必謂其固也。

至若劉光蕡之〈古詩十九首注〉則缺〈涉江采芙蓉〉注文，餘注亦甚簡略，少發明而多謬誤。其注〈青青陵上柏〉云：「此達人憂世之詞，所謂『眾人皆醉我獨醒』也。賢者清標持操，如青柏磊石挺生陵磵，一任世之昏濁，掉頭遠去而不回顧。於是友朋以斗酒相娛，勸其出而一試，其意良厚矣。然天下之患，自有身任其責者，賢者身在局外，何能為力？則之〔往也〕宛洛，而當道者醉夢未醒，方且極宴娛意，不知天下之已危已亂也。則不惟賢者之遠行為多事，即勸者亦為多事矣。」以「掉頭遠去而不回顧」釋「忽如遠行客」，以「勸其出試，其意良厚」釋「聊厚不為薄」，何誤之甚也？詩人在洛，見洛中權貴爭相求索，遂以一句道盡當道者之所為。繼而述洛中第宅宮闕之可觀。末言極宴娛意，乃詩人與其友之所為，豈可又謂是當道者之所為哉？其於章法亦有乖矣。劉氏曲解原詩以見比興，牽強一至於是。其注〈凜凜歲云暮〉云：「涼風已厲，遊子未歸，慮其無衣，婦人以能衣其夫為職也。洛浦之神，或遺錦衾，遊子不至於寒；然我為同袍而與我違，我不能不遠為慮也。」詩云「錦衾遺洛浦」，此則謂洛神遺遊子以錦衾，顛倒如此，殊可嘆也。劉氏謂「〈古詩〉十九首作非一人一時一地，為由三百篇成五言之祖，殆起於東京」，是亦不信十九首有西漢之作。

歷代注釋，固都有其佳勝之處，而莫過於先師陳湛銓先生所為六萬餘言，原見於一九八九年之《香港學海書樓陳湛銓先生講學集》；二〇一七年收入香港商務印書館出版之《歷代文選講疏》，皆湛師遺稿。湛師以其過人學識，鎔鑄諸家而自出鴻裁，精妙絕倫，足以振聾發聵，乃真定論矣。

唐近體詩雜說

唐近體詩雜説

引言

唐詩氣韻震古鑠今，為後世法。唐近體詩之體式乃千古偉構，諧美無以尚之。其體式因科舉而顯，至今不廢，可謂盛矣。近體之成，當溯源乎四聲之辨與八病之説。無四聲則八病不存，而八病之於近體則猶椎輪之於大輅也。大輅雖鮮有椎輪之質，然不察椎輪之德無以知大輅之功，不覽古無以知今，不追源無以知流變，故請先論聲病。

聲病

南齊以前，上至兩漢，詩人之作幾乎必押韻，而以平、上、去、入分押。時無平、上、去、入之名而有平、上、去、入之實。可見在四聲得名之前，詩人已用四聲押韻。

南梁蕭子顯《南齊書・文學・陸厥傳》云：

〔南齊武帝〕永明末，盛為文章。吳興沈約、陳郡謝

> 朓、琅邪王融以氣類相推轂。汝南周顒善識聲韻。約等文皆用宮商，以平、上、去、入為四聲，以此制韻，不可增減，世呼為「永明體」。

永明體嚴於四聲，然其嚴何如，則語焉不詳。陳姚察、唐姚思廉《梁書・沈約傳》云：

> 〔沈約〕又撰《四聲譜》，以為在昔詞人，累千載而不寤，而獨得胸衿，窮其妙旨，自謂入神之作，高祖〔梁武帝蕭衍〕雅不好焉。帝嘗問周捨〔周顒之子〕曰：「何謂四聲？」捨曰：「天子聖哲」是也。然帝竟不遵用。

四聲之辨，亦無詳及。概隋唐士大夫皆知四聲，故不必贅述也。齊梁人則未必都知四聲，故梁鍾嶸《詩品・序》云：

> 至平上去入，則余病未能；蜂腰鶴膝，閭里已具。

鍾嶸於南齊永明中為國子生，而編著《詩品》時仍未能辨四聲，況他人哉。

唐初李延壽《南史》亦提及永明四聲之說。《南史・沈約傳》云：

> 又撰《四聲譜》，以為在昔詞人千載而不悟，而獨得胸衿，窮其妙旨，自謂入神之作。武帝雅不好焉，嘗問周捨曰：「何謂四聲？」捨曰：「『天子聖哲』是也。」然帝竟不甚遵用約也。

《南史・陸厥傳》云：

> 時盛為文章，吳興沈約、陳郡謝朓、琅邪王融以氣類相推轂，汝南周顒善識聲韻。約等文皆用宮商，將平上去入四聲，以此制韻，有平頭、上尾、蠭腰、鶴膝。五字之中，音韻悉異，兩句之內，角徵不同，不可增減。世呼為「永明體」。

同傳又云：

> 時有王斌者，不知何許人，著《四聲論》行於時。

《文鏡秘府論》天卷〈四聲論〉引隋劉善經云：「洛陽王斌撰《五格四聲論》，文辭鄭重，體例繁多，剖拆推研，忽不能別矣。」指此。然劉文隱晦，不知何所云。

沈約《宋書・謝靈運傳論》云：

> 夫五色相宣，八音協暢，由乎玄黃律呂，各適物宜。欲使宮羽相變，低昂互節，若前有浮聲，則後須切響。一簡之內，音韻盡殊；兩句之中，輕重悉異。妙達此旨，始可言文。

《南史》有關沈約之論說概酙酌上文而成。《南史・周顒傳》則云：

> 始著《四聲切韻》行於時。

綜上所述，可見四聲存於沈約前，南齊永明年間，沈約等辨而名之為平、上、去、入耳。沈約著有《四聲譜》，周顒著有《四聲切韻》，王斌著有《四聲論》，顧名思義，都為闡釋平上去入四聲而作。沈約等利用平上去入聲調之特性，規範詩作，有「平頭」、「上尾」、「蜂腰」、「鶴膝」。《南史》所謂「宮商」、「角徵」，固非指音樂而言，實乃指聲韻而言耳。

沈約乃宋、齊、梁三代元老，在政壇及文壇上舉足輕重，是以平上去入之說風行南朝，然其學理則非士人皆曉。梁武帝與鍾嶸都能詩，鍾嶸更品評名家詩作；然梁武帝下問「何謂四聲」，鍾嶸自謂「余病未能」。雖然周捨之「天子聖哲」四字依次屬平上去入聲調，然未附之以學理解釋，故梁武帝「竟不遵用」。然梁武帝之詩韻平上去入分明，其所不曉者是其名，其所不遵用者是蜂腰鶴膝之說而已。沈約四聲之論盛於南朝，雖非人皆通曉，然鍾嶸《詩品》亦云「閭里已具」，可知其影響力非同小可。

《文鏡秘府論》天卷〈四聲論〉引隋劉善經《四聲指歸》云：「經數聞江表人士說：梁王蕭衍不知四聲，嘗從容謂中領軍朱异曰：『何者名為四聲？』异答云：『「天子萬福」即是四聲。』衍謂异：『「天子壽考」豈不是四聲也？』以蕭主之博洽通識，而竟不能辨之。時人咸美朱异之能言，歎蕭主之不悟。故知心有通塞，不可以一概論也。」陳隋人好惡詆梁武帝，而劉善經所言無異於譏其不辨上、入二聲也。然觀陳徐陵《玉臺新詠》所載梁武帝詩，則非如此。《四庫全書》本《玉臺新詠》卷七載梁武帝詩十四首；卷九以〈東飛伯勞歌〉古辭屬梁武帝；卷十載梁武帝詩二十七首。《四部叢刊》本《玉臺新詠集》卷七亦載梁武帝詩十四首；卷九以〈河中之水歌〉古辭屬梁武帝；卷十仍載梁武帝詩二十七首。《四部備要》本《玉臺新詠》卷七亦載梁武帝詩十四首；卷九但稱〈東飛〉、〈河東〉為歌辭，然置後人妄增之梁武帝七首於同卷之末；卷十除仍載梁武帝詩二十七首外，更置後增之梁武帝詩五首於同卷之末。然原詩及後增詩都絕無韻腳上、入相混之處，其入聲韻且嚴分〈-t〉、〈-p〉、〈-k〉收音。卷七〈擬長安有狹邪十韻〉首四句云：「洛陽有曲陌，陌曲不通驛。忽逢二少童，扶轡問君宅。」餘押平聲韻。「陌」、「驛」、「宅」俱〈-k〉收音。〈芳樹〉全首押〈-p〉收音入聲韻，〈臨高臺〉全首押〈-k〉收音入聲韻，〈有所思〉全首押〈-t〉收音入聲韻，〈織婦〉全首押〈-t〉收音入聲韻。卷九〈遊女曲〉首三句云：「氛氳蘭麝體芳滑，容色玉耀眉如月，珠珮婐姬戲金闕。」餘押平聲韻。「滑」、「月」、「闕」俱〈-t〉收音。〈朝雲曲〉首三句云：「張樂陽臺歌上謁，如寢如興芳晻曖，宵光既豔復還沒。」餘押平聲韻。「謁」與「沒」俱〈-t〉收音，「曖」通「噫」，有去、入兩讀，讀入聲亦〈-t〉收音。卷十〈春歌〉三首其三全首押〈-t〉收音韻，〈秋歌〉四首其三全首押〈-k〉收音韻，〈團扇歌〉全首押〈-t〉收音韻，〈碧玉歌〉全首押〈-k〉收音韻，〈襄陽白銅鞮歌〉三首其二全首押〈-k〉收音韻，〈春歌〉全首押〈-t〉收音韻，〈冬歌〉四首其一全首押〈-k〉收音韻。可謂善辨入聲者也。恐是彼惡時人巧立平上去入名目，故不欲知之耳。

《玉臺》卷七載梁武帝詩十四首，其中十三首用韻非平則入，唯〈擬青青河邊草〉亦用上、去聲押韻，云：「音徽空結遲〔去聲，《廣韻》：「直利切。」〕，半寢覺如至〔去，脂利切〕。」去聲韻；又云：「月以雲掩光，葉似霜催老〔上，盧晧切〕。當途競自容，莫肯為妾道〔上，徒晧切〕。」上聲韻。卷九後增七首用韻非平則入。卷十〈邊戎詩〉絕句云：「秋月出中天，遠近無偏異〔去聲，《廣韻》：「羊吏切。」〕。共照一光輝，各懷離別思〔去，相吏切〕。」去聲韻。〈詠舞〉絕句云：「腕弱復低舉，身輕由迴縱〔去，子用切〕。可謂寫自歡，方與心期共〔去，渠用切〕。」去聲韻。〈春歌〉三首其一云：「階上歌入懷，庭中花照眼〔上，五限切〕。春心一如此，情來不可限〔上，胡簡切〕。」上聲韻。〈夏歌〉四首其三云：「玉盤著朱李，金栖盛白酒〔上，子酉切〕。雖欲持自新，復恐不甘口〔上，苦后切〕。」上聲韻。獨〈夏歌〉四首其一云：「江南蓮花開，紅光覆〔《四庫全書》及《四部備要》本作「光覆」，《四部叢刊》本及宋郭茂倩《樂府詩集》作「光復」，明張溥《漢魏六朝百三家集・梁武帝集》作「花照」〕碧水〔上，式軌切〕。色同心復同，藕異心無異〔去，羊吏切〕。」「水」字上聲，「異」字去聲，即用韻上去同押，於梁武帝集中只此一例。《藝文類聚》卷四十三〈樂部三〉載梁武帝〈夏歌〉云：「江南蓮花水，紅光復碧色。同絲有同藕，異心無異菂。」（據明嘉靖刊本及《四庫全書》本）入聲韻。然唐人所記，未知何所據。故除非當時「水」字有去聲讀法或「異」字有上聲讀法，否則〈夏歌〉其一之韻乃屬上去通叶。此在六朝確甚少見，蓋聲病説亦四聲分述。然此可謂開唐、宋古體詩韻上去通叶之先河也。

關乎平頭、上尾、蜂腰、鶴膝之說，本土文獻本不足徵。而日本高僧釋空海（774 – 835）所編纂之《文鏡秘府論》及《文筆眼心抄》則保留頗多珍貴材料，為日本學界所熟知。釋空海於唐德宗貞元二十年來華留學，居長安西明寺，並在青龍寺受惠果阿闍梨傳法，遂即阿闍梨位，得「遍照金剛」名號，為密教傳人。馬總有〈贈日本僧空海離合詩〉云：「何乃萬里來，可非衒其才？增學助玄機，土人如子稀〔「何」、「可」離「人」字，「增」、「土」離「曾」字，「人」、「曾」合「僧」字〕。」空海回日本後，裒集在華所得關乎詩文體勢聲病之載籍，彙編成《文鏡秘府論》，又抄其要而成《文筆眼心抄》，作為在日本教授漢學之用。空海法號頗多，其中在中國獲授之「遍照金剛」法號，亦廣為人知。圓寂後八十六年，天皇賜諡為「弘法大師」。《文鏡秘府論》與《文筆眼心抄》一向不為中國人所知。清代學人楊守敬在日本見《文鏡秘府論》，其後於自著《日本訪書志》卷十三加以論述，我國學者遂羣起研究《秘府論》，兼及《眼心抄》。二書關乎詩文聲病之資料因在中國失傳已久，故尤覺珍貴。

清初流傳論聲病之文字甚少，大抵最早只見於盛中唐釋皎然《詩式》之「明四聲」一條：

> 樂章有宮商五音之說，不聞四聲。近自周顒、劉繪流〔即輩流〕出，宮商暢于詩體輕重低昂之節，韻合情高，此未損文格。沈休文酷裁八病，碎用四聲，故風雅殆盡。後之才子，天機不高，為沈生弊法所媚，懵然隨流，溺而不返。

〔據清何文煥《歷代詩話》本〕

其中謂沈約「酷裁八病，碎用四聲」，明指沈約等製定八病，而其規範四聲運用之法，亦傷於細碎。

盛中唐殷璠編《河嶽英靈集》，於〈集論〉中亦提及四聲八病：

> 齊梁陳隋，下品實繁。專事拘忌，彌損厥道。夫能文者，匪謂四聲盡要流美，八病咸須避之。縱不拈綴，未為深缺。即「羅衣何飄飄，長裾隨風還」，雅調仍在，況其他句乎？

可知「八病」一詞，在唐代已廣為人知。

「拈綴」，《文鏡秘府論》南卷引殷氏〈集論〉作「拈二」。《文筆眼心抄》於「換頭調聲」條下云：「此換頭，或名拈二。拈二者，謂平聲為一字，上去入為一字。第一句第二字若安上去入聲，第二、第三句第二字皆須平聲。第四、第五句第二字還須上去入聲，第六、第七句第二字安平聲，以次避之。如庾信詩〔〈答王司空餉酒〉〕云：『今日小園中，桃花數樹紅。欣〔原詩作「開」。「欣」或「啟」之訛，「啟」即「開」〕君一壺酒，細酌對春風。』『日』與『酌』同入聲。只如此體，詞合宮商，又復流美，此為佳妙。」然審殷璠原文，當作「拈綴」為是。理據如下：其一，「拈二」是「換頭」之別稱。若殷文是「拈二」，即「縱不換頭，未為深缺」；然「換頭」乃「平頭」所引發者，只涉及一病。以一病概括八病，非行文所應爾。其二，從《文鏡秘府論》得知，沈約等論「平頭」是平、上、去、入分論，「拈二」是平與上去入分論，乃二元化分法，為沈約所無，亦非針對八病之有力論據。其三，觀其所引「羅衣何飄飄，長裾隨風還」兩句十字全平，以「八病」論聲調則之，則犯「平頭」(第一字與第六字同聲，第二字與第七字同聲)、「上尾」(第五字與第十字同聲)、「蜂腰」(第二字與第五字同聲，第七字與第十字同聲)，則豈能以「拈二」概括？「拈綴」既包含「粘」，又包含「連接」，意義較全面，行文亦較「縱不拈二」暢順自然也。

宋世言八病稍詳。南宋初曾慥《類説》卷五十一引北宋李淑《詩苑類格》之「八病」條云：

> 梁沈約曰詩病有八。一曰「平韻」，第一字第二字不得與第六第七字同聲，如「今日良宴會，懽樂難具陳」，「今」、「懽」皆平聲也。第二曰「上尾」，謂第五字不得與第十字同聲，如「青青河畔草，鬱鬱園中柳」，「草」、「柳」皆上聲也。三曰「蜂腰」，謂第二字不得與第五字同聲，如「聞君愛我甘，竊欲自修飾」，「君」、「甘」皆平聲也，「欲」、「飾」皆入聲也。四曰「鶴膝」，謂第五字不得與第十五字同聲，如「客從遠方來，遺我一書札。上言長相思，下言久離別」，「來」、「思」皆平聲也。五曰「大韻」，如「聲」、「鳴」為韻，上九字不得〔疑奪「用」字〕「驚」、「傾」、「平」、「榮」字。六曰「小韻」，除本韻一字外，九字中不得兩字同韻，如「遙」、「條」不同句。七曰「旁

紐」，八曰「正紐」，謂十字內兩字雙聲為正紐，若不共一紐而有雙聲為旁紐，如「流」、「六」為正紐〔按：非是，此為旁紐〕，「流」、「柳」為旁紐〔按：亦非是，此為正紐〕。八種惟上尾、鶴膝最忌，餘病亦通。

南宋嚴羽《滄浪詩話》云：「有四聲，有八病（四聲設于周顒，八病嚴于沈約。八病謂平頭、上尾、蜂腰、隺膝、大韻、小韻、旁紐、正紐之辨，作詩正不必拘此弊法，不足據也）。」既以八病為弊法，則不屑細論，故但標名目而已。

南宋魏慶之《詩人玉屑》卷十一「詩病」條斟酌《類說》之言云：

詩病有八（沈約）：一曰「平頭」（第一第二字不得與第六第七字同聲，如「今日良宴會，讙樂莫具陳」，「今」、「讙」皆平聲也），二曰「上尾」（第五字不得與第十字同聲，如「青青河畔草，鬱鬱園中柳」，「草」、「柳」皆上聲），三曰「蜂腰」（第三字不得與第五字同聲，如「聞君愛我甘，竊欲自修飾」，「君」、「甘」皆平聲，「欲」、「飾」皆入聲），四曰「鶴膝」（第五字不得與第十五字同聲，如「客從遠方來，遺我一書札。上言長相思，下言久離別」，「來」、「思」皆平聲），五曰「大韻」（如「聲」、「鳴」為韻，上九字不得用「驚」、「傾」、「平」、「榮」字），六曰「小韻」，

（除本〔《四庫全書》本誤作「大」。《類説》作「本韻」，是〕一字外，九字中不得兩字同韻，如「遙」、「條」不同〔奪「句」字〕），七曰旁紐，八曰正紐（十字內兩字疊韻為正紐，若不共一紐而有雙聲為旁紐，如「流」、「久」為正紐，「流」、「柳」為旁紐〔按：此改《類説》之「謂十字內兩字雙聲為正紐」為「十字內兩字疊韻為正紐」，誤甚。彼意實指十字內兩字同紐雙聲為正紐，故接以「若不共一紐而有雙聲為旁紐」之句；此改雙聲為疊韻，無從解説矣。於是又改「六」為「久」以求疊韻，然「流」是平聲，「久」是上聲，並非真疊韻，而《類格》與《類説》至此面目全非矣。又此以同紐之「流」、「柳」為旁紐，則是仍《類説》之誤〕）。八種惟上尾、鶴膝最忌，餘病亦皆通。

觀此，知宋人於「八病」已不甚了了，文獻不足故也。宋以後，去古益遠，故不贅述。至《文鏡秘府論》見於中土，四聲八病之本義乃彰。

鍾嶸《詩品・序》對四聲之論頗有微言，從以下引文可見：

昔曹、劉殆文章之聖，陸、謝為體貳之才，鋭精研思，千百年中，而不聞宮商之辨、四聲之論。或謂前達偶然不見，豈其然乎。嘗試言之。古曰詩頌，皆被之金竹。故非調五音，無以諧會。若「置酒高堂上」〔阮瑀〈雜詩〉〕、「明月照高樓」〔曹植〈七哀〉〕，為韻之首。故三祖之詞，文或不工，而韻入歌唱，此重音韻之義也，與世之言宮商異矣。今既不被管絃，亦何取于聲律耶？齊有王元長〔王融字元長，出自《易・乾文言》之「元者，善之長也」，讀如「長幼」之「長」〕者，嘗謂余云：「宮商與二儀俱生，自古詞人不知之。惟顏憲子〔顏延之謚曰憲子〕乃云律呂音調，而其實大謬。唯見范曄、謝莊頗識之耳。嘗欲進〈知音論〉，未就。」王元長創其首，謝朓、沈約揚其波。三賢或貴公子孫，幼有文辯。于是士流景慕，務為精密，襞積細微，專相陵架。故使文多拘忌，傷其真美。余謂文製本須諷讀，不可蹇礙，但令清濁通流，口吻調利，斯為足矣。至平上去入，則余病未能，蜂腰鶴膝，閭里已具。

案鍾仲偉斯言頗有可議之處。其一，四聲是言與文之宮商，非音樂之宮商，誦讀與歌唱有基本差異，不可混為一談。其二，沈約以為四聲之事在昔詞人累千載而不寤，而獨得胸衿，窮其妙旨。其說並不為過，蓋覺四聲之存與知四聲之性而名之目之確有不同。前者感之，後者知之。而鍾嶸所舉例，並不能證前人知四聲。「調五音」指歌唱而言，知四聲則非指歌唱也。沈約等蓋欲於不被管絃時而善用四聲，達至諧會。其三，王融以范曄及謝莊頗識宮商，《宋書・范曄傳》可證。本傳載范曄在獄中與諸甥姪書自道云：

性別宮商，識清濁，斯其然也。觀古今之文，多不全了此處，縱有會此者，不必從根本中來。言之皆有實證，非為空談。年少中，謝莊最有其分，手筆差易，文不拘韻故也。

范曄言宮商，亦只是「文」之宮商，概同書另有「吾於音樂，聽功不及自揮」之語，則直指音樂矣。其四，鍾嶸能用四聲而不能辨四聲，故對沈約等人之四聲論有所非議。然沈約等人碎用四聲，都不過為使詩文「不可蹇礙」，乃因規範四聲拈綴而致「口吻調利」。《文鏡秘府論》天卷〈四聲論〉引隋劉善經《四聲指歸》云：「嶸徒見口吻之為工，不知調和之有術。」又云：「或復云『余病未能』，觀公此病，乃是膏肓之疾。」實不無道理，非徒謗之也。

八病首四病「平頭」、「上尾」、「蜂腰」、「鶴膝」皆關乎四聲，茲略論。

一曰「平頭」。《文鏡秘府論》西卷〈文二十八種病〉云：

平頭詩者，五言詩第一字不得與第六字同聲，第二字不得與第七字同聲。同聲者，不得同平上去入四聲，犯者名為犯平頭。平頭詩曰：「芳時淑氣清，提壺臺上傾。」（如此之類，是其病也）又詩曰：「山方翻類矩，波圓更若規。樹表看猿掛，林側望熊馳。」又詩曰：「朝雲晦初景，丹池晚飛雪。飄枝聚還散，吹楊凝且滅。」釋曰：上句第一、二兩字是平聲，則下句第六、七兩字不得復用平聲，為用同二句之首，即犯為病。餘三聲皆爾，不可不避。三聲者，謂上去入也。

或曰：此平頭如是，近代成例，然未精也。欲知之者，上句第一字與下句第一字同平聲不為病，同上去入聲一字即病。若上句第二字與下句第二字同聲，無問平上去入，皆是巨病。此而或犯，未曰知音。今代文人李安平、上官儀，皆所不能免也〔據考證，此「或曰」之文乃唐元兢《詩髓腦》之語〕。

或曰：沈氏〔沈約《四聲譜》〕云：「第一、第二字不宜與第六、第七同聲。若能參差用之，則可矣。」謂第一與第七、第二與第六同聲，如「秋月」、「白雲」之類，即〈高宴〉詩曰：「秋月照綠波，白雲隱星漢。」此即於理無嫌也。四言、七言及諸賦頌，以第一句首字、第二句首字不得同聲，不復拘以字數次第也。如曹植〈洛神賦〉云：「榮曜秋菊，華茂春松。」是也。銘誄之病，一同此式，乃疥癬微疾，不為巨害〔據考證，此「或曰」之文乃隋劉善經《四聲指歸》之語〕。

據此，乃知平頭之句型如下：

①平平〇〇〇，平平〇〇〇。

②上上〇〇〇，上上〇〇〇。

③去去〇〇〇，去去〇〇〇。

④入入〇〇〇，入入〇〇〇。

又觀其文意，即一、六同聲固犯平頭，二、七同聲亦犯平頭。《詩・小雅・伐木》：「終和且平。」鄭〈箋〉：「平，齊等也。」《説文》：「齊，禾麥吐穗上平也。」又：「䕪，等也。」平頭即謂上句頭與下句頭齊等，無參差之致，故為病。至於謂上句首字與下句首字同平聲不為病，同上、同去、同入方為病，以及上句第二字與下句第二字同平、同上、同去、同入都是巨病，是唐人之見，或非沈氏原意。劉氏謂賦頌第一句首字與第二句首字不得同聲，而所舉例，「榮」與「華」固同平聲，然「曜」與「茂」則同去聲，意即上下句首二字都不宜同平上去入。唐世近體詩下句第二字與上句第二字異聲，雖亦本於此，唯近體詩分平仄，齊梁聲病説則分平上去入，固亦有本質之異。

二曰「上尾」。《文鏡秘府論》西卷〈文二十八種病〉云：

> 上尾詩者，五言詩中，第五字不得與第十字同聲，名為上尾。詩曰：「西北有高樓，上與浮雲齊。」（如此之類，是其病也）又曰：「可憐雙飛鳧，俱來下建章。一個今依是，拂翮獨先翔。」又曰：「蕩子別倡樓，秋庭夜月華。桂葉侵雲長，輕光逐漢斜。」（若以「家」代「樓」，此則無嫌〔一作「妨」〕）釋曰：此即犯上尾病。上句第五字是平聲，則下句第十字不得復用平聲，如此病，比來無有免者。此是詩之疣，急避。
>
> 或云〔原文如是〕：如陸機詩曰：「衰草蔓長河，寒木入雲煙。」（「河」與「煙」平聲）此上尾，齊梁

已前，時有犯者。齊梁已來，無有犯者，此為巨病。若犯者，文人以為未涉文途者也。唯連韻者，非病也。如「青青河畔草，綿綿思遠道」是也〔據考證，此「或云」之文乃唐元兢《詩髓腦》之語〕。（下句有云「鬱鬱園中柳」也）

或曰：其賦頌，以第一句末不得與第二句末同聲。如張然明〈芙蓉賦〉云：「潛靈根於玄泉，擢英耀於清波。」是也。蔡伯喈〈琴頌〉云：「青雀西飛，別鶴東翔。飲馬長城，楚曲明光。」是也。其銘誄等病，亦不異此耳。斯乃辭人痼疾，特須避之。若不解此病，未可與言文也。沈氏亦云：「上尾者，文章之尤疾。自開闢迄今，多慎〔或謂此乃「懼」之訛字〕不免，悲夫。」若第五與第十故為同韻者，不拘此限。即古詩云：「四座且莫喧，願聽歌一言。」此其常也，不為病累。其手筆，第一句末犯第二句末，最須避之。如孔文舉〈與族弟書〉云：「同源派流，人易世疏。越在異域，情愛分隔。」是也。只詩賦之體，悉以第二句末與第四句末以為韻端。若諸雜筆〔有韻曰文，無韻曰筆〕不束以韻者，其第二句末即不得與第四句同聲，俗呼為隔句上尾，必不得犯之。如魏文帝〈與吳質書〉曰：「同乘共載，北遊後園。輿輪徐動，賓從無聲。清風夜起，悲笳微吟。」是也〔案：後之四六文即不如此〕。〔南梁〕劉滔云：「下句之末，文章之韻，手筆之樞要。在文不可奪韻，在筆不可奪聲。且筆之兩句，比文之一句，文事三句之內，筆事六句之中，第二、第四、第六，此六句之末，不宜相犯。」此即是也〔此「或曰」之文當是隋劉善經《四聲指歸》之語〕。

據此，乃知詩中犯上尾之句型如下：

①○○○○平，○○○○平。

②○○○○上，○○○○上。

③○○○○去，○○○○去。

④○○○○入，○○○○入。

《說文》：「丄，高也。」又：「上，篆文丄。」上尾指上句尾與下句尾同聲，則猶下句尾與上句尾同高。此亦嫌其無參差之致，故為病。

唯元兢謂上下句都用韻則不犯上尾，此乃唐人之見，蓋三百篇而後，沈約之前，第一句即用韻之五言詩不數見也。唐世近體詩用平韻，如第一聯第一句末字平聲必用韻；古體詩第一句末字與第二句末字平仄相同亦不必用韻。故上尾雖近體詩之本原，唯只於第一聯為然。

三曰「蜂腰」。《文鏡秘府論》西卷〈文二十八種病〉云：

蜂腰詩者，五言詩一句之中，第二字不得與第五字同聲，言兩頭粗，中央細，似蜂腰也。詩曰：

「青軒明月時，紫殿秋風日。曈曨引夕照，晻曖映容質。」又曰：「聞君愛我甘，竊獨自彫飾。」又曰：「徐步金門出，言尋上苑春。」釋曰：凡一句五言之中，而論蜂腰，則初腰事須急避之，復是劇病。若安聲體，尋常詩中，無有免者。

或曰：「君」與「甘」非為病，「獨」與「飾」是病。所以然者，如第二字與第五字同去上入，皆是病，平聲非病也。此病輕於上尾、鶴膝，均於平頭，重於四病〔餘四病：大韻、小韻、傍紐、正紐〕，清都〔首都也〕師皆避之。已下四病，但須知之，不必須避〔此「或曰」之文當是唐元兢《詩髓腦》之語〕。

劉氏〔劉善經〕曰：「蜂腰者，五言詩第二字不得與第五字同聲。古詩曰：『聞君愛我甘，竊獨自彫飾。』是也。此是一句中之上尾。沈氏云：『五言之中，分為兩句，上二下三。凡至句末，並須要殺〔要，約束；「殺」是助辭。非如《孟子・萬章上》「將要而殺之」之義〕。』即其義也。劉滔亦云：『為其同分句之末也。其諸賦頌，皆須以情斟酌避之。如阮瑀〈止慾賦〉云：「思在體為素粉，悲隨衣以消除。」即「體」與「粉」、「衣」與「除」同聲是也。又第二字與第四字同聲，亦不能善。此雖世無的目，而甚於蜂腰。如魏武帝〈樂府歌〉云：「冬節南食稻，春日復北翔。」是也。』劉滔又云：『四聲之中，入聲最少，餘聲有兩，總歸一入，如征整政隻、遮者柘隻是也。平聲賒緩，有用處最多，參彼三聲，殆為太半。且五言之內，非兩則三，如班婕妤詩曰：「常恐秋節至，涼風奪炎熱。」此其常也。亦得用一用四，若四，平聲無居第四，如古詩云：「連城高且長。」是也。用一，多在第二，如古詩云：「九州不足步。」此謂居其要也。然用全句，平上〔「上」字疑衍，或當是「聲」字，「平聲」一詞可連上句讀〕可為上句取，固無全用〔即若全句用平，上句用則可，固亦不當上下句全用平〕，如古詩曰：「迢迢牽牛星。」亦並不用〔即並不全用〕。若古詩曰：「脈脈不得語。」此則不相廢也。猶如丹素成章，鹽梅致味，宮羽調音，炎涼御節，相參而和矣。』」

據此，乃知蜂腰之句型如下：

①○平○○平

②○上○○上

③○去○○去

④○入○○入

梁陳以還，咸以平聲舒緩非病，二、五字同用上、去、入聲方是病。又以蜂腰病較餘病為輕，皆非沈氏之言。唯近體詩「平平仄仄平」正犯蜂腰，竟是省試詩所用者，則不視此為病矣。然亦有異者，蓋近體詩平收之句必用韻，聲病說平收之句非必用韻也。

然二、五是句中停頓之吃緊處，故永明詩人不欲重複其聲而見其無變化。至於南梁劉滔謂「第二字與第四字同聲亦不能善」，而其病且甚於蜂腰；又以句中第二字及第四字為「其要」；又以上去入為「彼三聲」；即分四聲為平聲與非平聲，由四分法漸至兩分法，皆沈約聲病說後之灼見，亦開唐世近體格式之先河也。

四曰「鶴膝」。《文鏡秘府論》西卷〈文二十八種病〉云：

鶴膝詩者，五言詩第五字不得與第十五字同聲，言兩頭細，中央粗，似鶴膝也，以其詩中央有病。詩曰：「撥棹金陵渚，遵流背城闕。浪蹙飛船影，山掛垂輪月。」又云：「陟野看陽春，登樓望初節。綠池始沾裳，弱蘭未央結。」釋云：取其兩字間似鶴膝，若上句第五「渚」字是上聲，則第三句末「影」字不得復用上聲，此即犯鶴膝。故沈東陽〔沈約〕著辭曰：「若得其會者，則唇吻流易；失其要者，則喉舌蹇難。事同暗撫失調之琴，夜行坎壈之地。」蜂腰、鶴膝，體有兩宗，各互不同。王斌五字制鶴膝，十五字制蜂腰，並隨執用〔謂王斌《五格四聲論》以蜂腰為鶴膝，以鶴膝為蜂腰〕。

或曰：如班姬詩云：「新裂齊紈素，皎潔如霜雪。裁為合歡扇，團團似明月。」「素」與「扇」同去聲是也。此曰第三句者，舉其大法耳。但從首至末，皆須以次避之，若第三句不得與第五〔「五」下奪「句」字〕相犯，第五句不得與第七句相犯。犯法准〔準〕前也〔據考證，此「或曰」之文乃唐上官儀《筆札華梁》之語〕。

劉氏〔劉善經〕云：「鶴膝者，五言詩第五字不得與第十五字同聲。即古詩曰：『客從遠方來，遺我一書札。上言長相思，下言久離別。』是也。皆次第相避，不得以四句為斷。吳人徐陵，東南之秀，所作文筆，未曾犯聲。唯〈橫吹曲〉：『隴頭流水急，水急行難渡。半入隗囂營，傍侵酒泉路。心交贈寶刀，小婦裁紈袴。欲知別家久，戎衣今已故。』亦是通人之一弊也。凡諸賦頌，一同五言之式。如潘安仁〈閑居賦〉云：『陸擴紫房，水挂赬鯉。或宴于林，或禊于氾。』即其病也。其諸手筆，第一句末不得犯第三句末，其第三句末復不得犯第五句末，皆須鱗次避之。溫、邢、魏諸公，及江東才子，每作手筆，多不避此聲。故溫公〔北魏溫子升〕為〈廣陽王碑序〉云：『少挺神姿，幼標令望。顯譽羊車，稱奇虎檻。』邢公〔北齊邢邵〕為〈老人星表〉云：『定律令於遊麟，候宣夜於鳴鳥。醴泉代伯益之功，甘露當屏翳之力。』魏公〔北齊魏收〕為〈赤雀頌序〉曰：『能短能長，既成章於雲表；明吉明凶，亦引氣於蓮上。』謝朓〈為鄱陽王讓〔奪「表」字〕〉云：『玄天蓋高，九重寂以卑聽。皎日著明，三舍迴於至感。』任昉

〈為范雲讓吏部表〉云：『寒灰可煙，枯株復蔚。鎩翮奮飛，奔蹄且騄。』王融〈求試效啟〉云：『蒲柳先秋，光陰不待。貪及明時，展悉愚效。』劉孝綽〈謝散騎表〉云：『邀幸自天，休慶不已。假鳴鳳之條，躡應龍之跡。』諸公等並鴻才麗藻，南北辭宗，動靜應於風雲，咳唾合於宮羽。縱情使氣，不在此聲。後進之徒，宜為楷式。其詩、賦、銘、誄，言有定數，韻無盈縮，必不得犯。且五言之作，最為機妙，既恆宛〔校注家疑是「充」字〕口實，病累尤彰，故不可不事也。自餘手筆，或賒或促，任意縱容，不避此聲，未為心腹之病。又今世筆體〔即非韻文之體裁〕，第四句末不得與第八句末同聲，俗呼為踏發聲，譬如機關踏尾而頭發，以其軒輊不平故也。若不犯此病，謂之鹿盧聲，即是不朽之成式耳。沈氏曰：『人或謂鶴膝為蜂腰，蜂腰為鶴膝，疑未辨。』然則孰謂公為該博乎〔案沈約之徒創聲病之說，則疑未辨者，不當為沈氏矣〕？蓋是多聞闕疑，慎言寡尤者歟？」

據此，乃知詩中犯鶴膝之句型如下：

①○○○○平，○○○○○。○○○○平，○○○○○。

②○○○○上，○○○○○。○○○○上，○○○○○。

③○○○○去，○○○○○。○○○○去，○○○○○。

④○○○○入，○○○○○。○○○○入，○○○○○。

以一連兩出句收用同聲，嫌其呆板無抑揚之致也。

餘四病俱非關乎四聲。

大韻者，〈文二十八種病〉云：

> 大韻詩者，五言詩若以「新」為韻，上九字中，更不得安「人」、「津」、「隣」、「身」、「陳」等字，既同其類，名犯大韻。詩曰：「紫翮拂花樹，黃鸝閑綠枝。思君一歎息，啼淚應言垂。」又曰：「游魚牽細藻，鳴禽哢好音。誰知遲暮節，悲吟傷寸心。」釋云：如此即犯大韻。今就十字內論大韻，若前韻第十字是「枝」字，則上第七字不得用「鸝」字，此為同類，大須避之。通二十字中，並不得安「籭」、「羈」、「雌」、「池」、「知」等類。除非故作疊韻，此即不論。

「鸝」、「思」、「禽」、「吟」即犯大韻。

小韻者，〈文二十八種病〉云：

> 小韻詩，除韻以外，而有迭相犯者，名為犯小韻病也。詩曰：「搴簾出戶望，霜花朝瀁日。晨鶯傍杼飛，早燕排軒出。」又曰：「夜中無與語，獨寤撫躬歎。唯慚一片月，流彩照南端。」釋曰：此即犯小韻。就前九字中而論小韻，若第九字是「瀁」字，則上第五字不得復用「望」字等音，為同是韻〔謂「望」字之韻與此「瀁」字之韻相同〕之病。

「望」與「瀁」、「中」與「躬」、「與」與「語」、「慚」與「南」俱小韻，即上九字中有異乎韻腳之同韻字相沖也。

傍紐者，〈文二十八種病〉云：

> 傍紐詩者，五言詩一句之中有「月」字，更不得安「魚」、「元」、「阮」、「願」等之字，此即雙聲，雙聲即犯傍紐。亦曰：五字中犯最急，十字中犯稍寬。如此之類，是其病。詩曰：「魚游見風月，獸走畏傷蹄。」(如此類者，是又犯傍紐病) 又曰：「元生愛皓月，阮氏願清風。取樂情無已，賞玩未能同。」又曰：「雲生遮麗月，波動亂游魚。涼風便入體，寒氣漸鑽膚。」釋曰：「魚」、「月」是雙聲，「獸」、「傷」並雙聲，此即犯大紐〔即傍紐〕，所以即是「元」、「阮」、「願」、「月」為一紐〔意即此為正紐，「魚」、「月」非正紐，「獸」、「傷」亦非正紐〕。今就十字中論小紐，五字中論大紐。王斌云：「若能迴轉，即應言『奇琴』、『精酒』、『風表』、『月外』〔俱雙聲。同目又引劉善經云：「傍紐者，即雙聲是也。譬如一韻中已有『任』字，即不得復用『忍』、『辱』、『柔』、『蠕』、『仁』、『讓』、『爾』、『日』之類，沈氏所謂『風表』、『月外』、『奇琴』、『精酒』是也。」〕，此即可得免紐之病也〔即合言則不犯傍紐〕。」

此即謂一句或兩句之中不宜有同聲母之字，所謂雙聲字也。「魚」與「月」、「獸」與「傷」犯傍紐 (論者亦有以「魚」、「月」

為正紐者；即以陰〔非鼻音韻〕陽〔鼻音韻〕同歸一入〔塞音韻〕）；「元」與「月」、「阮」與「願」則犯正紐。至於「雲生」兩句，則「月」、「魚」十字中犯傍紐，其病更輕。又見於書中，「傍紐」更略有異釋，茲不贅述。

正紐者，〈文二十八種病〉云：

> 正紐者，五言詩「壬」、「衽」、「任」、「入」四字為一紐，一句之中，已有「壬」字，更不得安「衽」、「任」、「入」等字。如此之類，名為犯正紐之病也。詩曰：「撫琴起和曲，疊管泛鳴驅。停軒未忍去，白日小踟躕。」又曰：「心中肝如割，腹裏氣便燋。逢風迴無信，早雁轉成遙。」(「肝」、「割」同紐，深為不便）釋曰：此即犯小紐〔即正紐〕之病也。今就五字中論，即是下句第十、九〔即九、十，指「踟」、「躕」二字，然「踟」與「躕」不犯正紐〕，雙聲兩字是也。除非故作雙聲，下句復雙聲對，方得免小紐之病也。若為聯綿賦體類，皆如此也。

案「忍」與「日」皆「日」母同紐字，是十字中犯正紐。前文曰十字中論小紐，五字中論大紐，或即謂五字中犯傍紐為病，十字中犯之則非病；而十字中犯正紐亦為病矣。又見於書中，「正紐」更略有異釋，茲不贅述。韻紐之病與近體詩格律無關，姑不詳論矣。

《文鏡秘府論》西卷〈文筆十病得失〉復引劉善經說，反覆闡述平頭、上尾、蜂腰、鶴膝、大韻、小韻、正紐、傍紐八病，又引佚名《文筆式》闡述蜂腰、鶴膝二病，茲不贅錄。然《文筆式》云：

> 然聲之不等，義各隨焉。平聲哀而安，上聲厲而舉，去聲清而遠，入聲直而促。詞人參用，體固不恆。

祖述沈氏四聲之義，甚足觀也。即謂漢語聲調高低長短不齊，故因其特性而命名。平聲哀惋而安和，上聲有力而高舉，去聲高亢而行遠，入聲勁直而短促。四聲中，上聲一定是高升調，入聲一定以塞音收。平、去有相近處，大抵既不高升，亦不短促。唯去聲音階當較平聲為高，故平聲安和，去聲清遠。是以平聲低而平和，有如永歎，上聲低發而上行，去聲高而長，入聲短而急。此四聲之大體也。

律體

《文鏡秘府論》天卷〈調聲〉云：

> 元氏〔元兢《詩髓腦》〕曰：「聲有五聲，角徵宮商羽也。分於文字四聲，平上去入也。宮商為平聲，徵為上聲，羽為去聲，角為入聲〔案「羽」字在《廣韻》有上聲「王矩切」及去聲「王遇切」兩讀，故「宮商角徵羽」之聲調為「平平入上去」，可謂巧合〕。故沈隱侯〔沈約，「隱」其謚也〕論云：『欲使宮徵相變，低昂舛節，

若前有浮聲，則後須切響。一簡之內，音韻盡殊；兩句之中，輕重悉異。妙達此旨，始可言文。』固知調聲之義，其為大矣。調聲之術，其例有三：一曰『換頭』，二曰『護腰』，三曰『相承』。

一，換頭者，若兢〔自稱也〕于〈蓬州野望〉詩曰：『飄颻宕渠域，曠望蜀門隈。水共三巴遠，山隨八陣開。橋形疑漢接，石勢似烟迴。欲下他鄉淚，猿聲幾處催。』此篇第一句頭兩字平，次句頭兩字去上入；次句頭兩字去上入，次句頭兩字平；次句頭兩字又平，次句頭兩字去上入；次句頭兩字又去上入，次句頭兩字又平。如此輪轉，自初以終篇，名為雙換頭，是最善也。若不可得如此，則〔一作「即」〕如篇首第二字是平，下句第二字是用去上入；次句第二字又用去上入，次句第二字又用平。如此輪轉終篇，唯換第二字，其第一字與下句第一字用平不妨，此亦名為換頭，然不及雙換。又不得句頭第一字是去上入，次句頭用去上入，則聲不調也。可不慎歟！

二、護腰者，腰，謂五字之中第三字也；護者，上句之腰不宜與下句之腰同聲。然同去上入則不可，用平聲無妨也。庾信詩曰：『誰言氣蓋代〔唐人避太宗諱，改「世」為「代」〕，晨起帳中歌。』『氣』是第三字，上句之腰也；『帳』亦第三字，是下句之腰。此為不調。宜護其腰，慎勿如此。

三、相承者，若上句五字之內，去上入字則〔此「則」字或疑是「甚」之訛，或疑衍〕多，而平聲極少者，則下句用三平承之。用三平之術，向上向下二途，其歸道一也。三平向上承者，如謝康樂詩云：『溪壑斂暝色，雲霞收夕霏。』上句唯有『溪』一字是平，四字是去上入，故下句之上用『雲霞收』三平承之，故曰上承也。三平向下承者，如王中書〔王融事南齊，嘗為中書侍郎〕詩曰：『待君竟不至，秋雁雙雙飛。』上句唯有一字是平，四去上入，故下句末『雙雙飛』三平承之，故曰三平向下承也。」

上引文字於研究唐初律體之形成，至為重要。《詩髓腦》早於中土失傳，故我國歷代書錄都無著錄。然此書在日本則風行一時，為古東土詩人所宗。《詩髓腦》其後亦佚，只散見於《文鏡秘府論》及《文筆眼心抄》等詩格選集耳。

以下各點，尤當留意。

其一，換頭即粘對。元兢以雙換頭為「最善」，若只換第二字亦可，唯出句對句第一字都用平則不妨，若都用「去上入」則聲不協調，此亦尊平抑仄之意也。上引文凡「去上入」字，弘法大師《文筆眼心抄》在「然不及雙換」句之前俱作「側」字，疑「去上入」是原文，《眼心抄》從簡，故以當時之稱易之耳。另《眼心抄》於「換頭調聲」條下引元氏此書，首云「元兢於〈蓬州野望〉詩曰」，餘與《秘府論》大致相同，而於「可不慎歟」後更補述云：

此換頭，或名拈二。拈二者，謂平聲為一字，上去入〔原文如是〕為一字。第一句第二字若安上去入聲，第二、第三句第二字皆須平聲。第四、第五句第二字還須上去入聲，第六、第七句第二字安平聲，以次避之。如庾信詩云：「今日小園中，桃花數樹紅。欣〔疑誤，見前〕君一壺酒，細酌對春風。」「日」與「酌」同入聲。只如此體，詞合宮商，又復流美，此為佳妙。

則「換頭」、「拈二」，乃「黏」之始稱。《廣韻》置「黏」於「鹽」韻，讀「女廉切」，置「拈」於「添」韻，讀「奴兼切」，「黏」、「拈」讀音無異，且「黏」之同音字「䩇」亦是「拈」之同音字（「黏」小韻共三字：黏、粘〔黏之俗字〕、䩇。「鲇」小韻亦共三字：鲇、䩇、拈）。疑「拈二」之「拈」即「黏」之意也。

按近世學者或以「拈二」之文為元兢《詩髓腦》語，恐未必然。若然，亦不當緊隨「換頭」一段之後。蓋「換頭」段稱「仄」為「去上入」，此則稱「上去入」；「換頭」段已詳言輪轉之法，此復言，不免累贅。元兢於「換頭」段引己詩，此又引詩，而只引庾信詩前四句。蓋原詩八句，下四句即有不換頭者。唐以前詩多如此，故元氏乃舉己詩為例。庾信詩恐是空海所引耳。謂「日」與「酌」同入聲亦非主旨所在，若是元氏語，則當謂「日」與「酌」是去上入，「花」與「君」是平矣。空海於《眼心抄》中自引詩，並非無例。彼於「向上相承」條下云：「謝康樂詩曰：『溪（林）壑斂暝色，雲霞收夕霏。』又王維詩云：『積水不可極，安知滄海東。』」王維遠後於元兢，豈元兢能預識其詩邪？

其二，據元兢所言，知初唐論詩體之平、上、去、入時已不復四分，而是二分，此其大體。至於蜂腰、鶴膝，則言聲之精者，又作別論。杜審言〈和晉陵陸丞早春遊望〉云：

獨有宦遊人，偏驚物候新。
雲霞出海曙，梅柳渡江春。
淑氣催黃鳥，晴光轉綠蘋。
忽聞歌古調，歸思欲霑巾。

句中上、去、入聲絕不重複；其第三、五、七句末字之仄聲則屬去、上、去，不犯鶴膝之病，此是聲之精者，非獨分別平與非平而已。

其三，其護腰之說，乃言聲之精者，謂五言上句第三字不宜與下句第三字同上、同去或同入。所舉庾信詩即兩句第三字同去，是不宜也。若上句去、下句上或入即無妨，元兢〈蓬州野望〉首句第三字用去，次句第三字用入，即無妨。同平固無妨，然近體詩囿於格律，鮮有「平」與「去上入」不相間者矣。

其四，元氏所謂相承，上三平則可，下三平是近體禁忌，清代詩格之書言之甚詳。觀《文苑英華》及《登科記考》，唐世省試律詩亦不見下三平。蓋下三平為唐世古體詩所常用，近體詩不得不避而不用。律體之成，其間採可用之論而棄不可用者，固必然也。元氏相承之說，即有其不可用者。然初唐詩常用下三平，乃知罪不在元氏也。

其實唐人日常酬唱攄懷之詩，於格律向不甚措意，唐人殷璠《河嶽英靈集》及高仲武《中興間氣集》所收之唐詩亦不拘格律。宋石門洪覺範《天廚禁臠》卷上〈近體詩三種頷聯法〉引杜甫〈寒食對月〉詩，其中第二句及六句俱三平；又引賈島〈下第〉詩，首句三平，可見宋初亦不以唐近體詩之三平為忤。

唐殷璠《河嶽英靈集》收祖詠〈終南望餘雪作〉五絕云：「終南陰嶺秀，積雪浮雲端。林表明霽色，城中增暮寒。」第二句用下三平。此固是對景攄懷之作，用三平無妨。

然南宋計有功《唐詩紀事》卷二十「祖詠」條則曰：「有司試〈終南山望餘雪〉詩，詠賦云：『終南陰嶺秀，積雪浮雲端。林表明霽色，城中增暮寒。』四句，即納于有司。或詰之，詠曰：『意盡。』」小說家謂「詰之」，又謂「意盡」，則亦知此兩韻詩非省試常式。祖詠此詩本尋常絕句，而好事者附會誣之，無疑謂其才盡耳。後之學者竟或以此為現存最早之省試詩，恐已為小說家所欺。

元辛文房《唐才子傳》卷一「祖詠」條：「詠，洛陽人，開元十二年杜綰榜進士。有文名，殷璠評其詩：『翦刻省靜，用思尤苦，氣雖不高，調頗淩俗，足稱為才子也。』少與王維為吟侶，維在濟州，寓官舍，贈祖三詩，有云：『結交二十載，不得一日展。貧病子既深，契闊余不淺。』蓋亦流落不偶，極可傷也。後移家歸汝墳間別業，以漁樵自終。有詩一卷，行於世。」無道及省試納五絕事，蓋其事確荒誕不足信也。

唐人亦稱近體詩為「今體詩」，如張籍〈酬秘書王丞見寄〉七律次聯曰「今體詩中偏出格，常參官裏每同班」是。近體詩重格律，故又稱律詩。唐《元氏長慶集》卷五十六載元稹〈唐故工部員外郎杜君墓係銘並序〉云：「唐興，官學大振，歷世之文，能者互出。而又沈、宋之流，研練精切，穩順聲勢，謂之為『律詩』。由是而後，文體之變極焉。」北宋宋祁等《新唐書·杜甫傳贊》：「唐興，詩人乘陳、隋風流，浮靡相矜；至宋之問、沈佺期等研揣聲音，浮切不差，而號『律詩』，競相襲沿。」殆參考元稹銘文而成。

北宋李之儀《姑溪居士文集》卷十六〈謝人寄詩並問詩中格目小紙〉云：「近體見於唐初，賦平聲為韻，而平側協其律，亦曰律詩。由有律體，遂分往體。就以賦側聲為韻，從而別之，亦曰古詩。」

北宋末南宋初張表臣《珊瑚鈎詩話·三》云：「吟詠情性，總合而言志謂之詩。蘇李而上，高簡古淡，謂之古；沈宋而下，法律精切，謂之律。」以上乃律詩得名之梗概。

律詩嚴限平仄。唐殷璠《河嶽英靈集·敍》云：

> 至如曹、劉詩多直語，少切對，或五字並側，或十字俱平，而逸駕終存。

「仄」作「側」。後漢班固《漢書·蕭望之傳》云：「恭〔弘恭〕、顯〔石顯〕又時傾仄見詘。」唐顏師古〈注〉云：「言其不能持正，故議論大事見詘於天子也。『仄』，古『側』字。」案《說文》：「仄，側傾也。从人在厂下。」又：「傾，仄也。从人从頃。頃亦聲。」又：「側，旁也。从人則聲。」側傾即旁傾。如是則「仄」似較「側」為稍佳。

南宋胡仔（「仔」音「茲」）《苕溪漁隱叢話・後集》卷三十三引李易安（清照）云：

> 蓋詩文分平側，而歌詞分五音，又分五聲，又分六律，又分清濁輕重。且如近世所謂〈聲聲慢〉、〈雨中花〉、〈喜遷鶯〉，既押平聲韻，又押入聲韻；〈玉樓春〉本押平聲韻，又押上去聲，又押入聲。本押仄聲韻，如押上聲則協，如押入聲則不可歌矣。

則「側」、「仄」並用，大抵古人不甚介意於此。

欲識唐代近體詩格律，莫若讀其省試諸作，《文苑英華》卷一百八十至一百八十九載省試並州府試詩四百五十餘首，以五言六韻排律為主。唐宋律體以兩句為一韻，十二句即六韻，十六句即八韻，當時似未見「排律」之名。元楊載（字仲宏）《唐音》卷四有「五言排律」之目，選詩二十首，計十句五律一首、十二句五律七首及二十句五律兩首。卷五則有「七言排律」之目，只錄十六句七律及二十句七律各一首。《四庫提要》云：「實則排律之名，亦因此書，非棅〔明高棅《唐詩品彙》〕創始也。」又

《四庫〈唐詩品彙〉提要》云：「至排律之名，古所未有。楊仲宏撰《唐音》，始別為一目。棅祖其說，遂至今沿用。」排律較四韻律為長，故又稱「長律」，如楊載《詩法家數》所云「長律妙在鋪敘」是也。

凡試律之作，須嚴守格律，後人擬定板式，蓋從此等詩作得之。茲舉例於後，並分析例詩格律以見梗概。至於注明各詩韻腳，則用《廣韻》韻目。《廣韻》據隋《切韻》及唐《唐韻》而成於北宋，至今尚稱完整，宜作參考之用，非謂唐世有《廣韻》也。

清徐松《登科記考》據《冊府元龜》定〈玄元皇帝應見賀聖祚無疆〉為玄宗天寶四載尚書省試帖詩題目，《文苑英華》存三首。

〈玄元皇帝應見賀聖祚無疆〉　殷寅

應曆生周日，脩祠表漢年〔先〕。
仄仄平平仄　平平仄仄平

復茲秦嶺上，更似霍山前〔先〕。
仄平平仄仄　仄仄仄平平

昔贊神功起，今符聖祚延〔仙〕。
仄仄平平仄　平平仄仄平

已題金簡字，仍訪玉堂仙〔仙〕。
仄平平仄仄　平仄仄平平

睿祖光元始，曾孫體又玄〔先〕。
仄仄平平仄　平平仄仄平

言因六夢接，慶叶九靈傳〔仙〕。
平平仄仄仄　仄仄仄平平

北闕心超矣，南山壽固然〔仙〕。
仄仄平平仄　平平仄仄平

無由同拜慶，竊忭賀陶甄〔仙〕。
平平平仄仄　仄仄仄平平

此乃五言仄起八韻排律，以題中「玄」字為韻。「言因」句用所謂三仄式。又「慶」字及「山」字重出。「玄」字，《登科記考》避清聖祖玄燁諱作「元」，「玄元」遂作「元元」。

〈玄元皇帝應見賀聖祚無疆〉　李岑

皇綱歸有道，帝系祖玄元〔元〕。
平平平仄仄　仄仄仄平平

運表南山祚，神通北極尊〔魂〕。
仄仄平平仄　平平仄仄平

大同齊日月，興廢應乾坤〔魂〕。
仄平平仄仄　平仄仄平平

聖后趨庭禮，宗臣稽首言〔元〕。
仄仄平平仄　平平仄仄平

千官欣賜覩，萬國賀深恩〔痕〕。
平平平仄仄　仄仄仄平平

錫宴雲天接，飛聲雷地喧〔元〕。
仄仄平平仄　平平平仄平

祥雲飛紫閣，喜氣繞皇軒〔元〕。
平平平仄仄　仄仄仄平平

未預承天命，空勤望帝門〔魂〕。
仄仄平平仄　平平仄仄平

此乃五言平起八韻排律，以題中「元」字為韻。又「飛」、「雲」、「天」、「帝」、「皇」五字重出。

〈玄元皇帝應見賀聖祚無疆〉　趙鐸

聖主今司契，神功格上玄〔先〕。
仄仄平平仄　平平仄仄平

豈唯求傅野，更有叶鈞天〔先〕。
仄平平仄仄　仄仄仄平平

留夢西山下，焚香北闕前〔先〕。
平仄平平仄　平平仄仄平

道光尊聖日，福應集靈年〔先〕。
仄平平仄仄　仄仄仄平平

咫尺真容近，巍峩大象懸〔先〕。
仄仄平平仄　平平仄仄平

觴從百寮獻，形為萬方傳〔仙〕。
平平仄平仄　平仄仄平平

聲教惟皇美，英威固邈然〔仙〕。
平仄平平仄　平平仄仄平

慚無美周頌，徒上祝堯篇〔仙〕。
平平仄平仄　平仄仄平平

此乃五言仄起八韻排律，以題中「玄」字為韻。「觴從」及「慚無」句用「平平仄平仄」，即所謂單拗式。又「上」、「美」兩字重出，詞性不同。「司契」、「傅野」、「留夢」，《文苑英華》作「司禊」、「傳野」、「雷夢」，俱誤，今從《登科記考》。「留夢」，《全唐詩》作「審夢」。

玄宗天寶十載試〈湘靈鼓瑟〉詩，《文苑英華》存五首，而於錢起名下注云：「天寶十載。」《舊唐書・錢徽傳》云：「父起，天寶十年〔原文如是〕登進士第。」故《登科記考》乃定〈湘靈鼓瑟〉為天寶十載省試詩題。

〈湘靈鼓瑟〉　魏璀

瑤瑟多哀怨，朱絃且莫聽〔青〕。
平仄平平仄　平平仄仄平

扁舟三楚客，叢竹二妃靈〔青〕。
平平平仄仄　平仄仄平平

淅瀝聞餘響，依稀欲辨形〔青〕。
仄仄平平仄　平平仄仄平

柱間寒水碧，曲裏暮山青〔青〕。
仄平平仄仄　仄仄仄平平

良馬悲銜草，遊魚思繞萍〔青〕。
平仄平平仄　平平仄仄平

知音若相遇，終不滯南溟〔青〕。
平平仄平仄　平仄仄平平

此乃五言仄起六韻排律，以題中「靈」字為韻。「知音」句用單拗式。

〈湘靈鼓瑟〉　錢起

善撫（一作鼓）雲和瑟，常聞帝子靈〔青〕。
仄仄　㊀仄　平平仄　平平仄仄平

馮夷空自舞，楚客不堪聽〔青〕。
平平平仄仄　仄仄仄平平

逸韻諧（一作苦調淒）金石，清音發（一作入）杳冥〔青〕。
仄 仄 平 (仄)(仄)(平) 平 仄 平 平 仄 (仄) 仄 平

蒼梧來（一作成）怨慕，白芷動芳馨〔青〕。
平 平 平 (平) 仄 仄 仄 仄 仄 平 平

流水傳湘浦，悲風過洞庭〔青〕。
平 仄 平 平 仄 平 平 平/仄 仄 平

曲終人不見，江上數峯青〔青〕。
仄 平 平 仄 仄 平 仄 仄 平 平

此乃五言仄起六韻排律，以題中「靈」字為韻。又「不」字重出。「湘」，《錢考功集》作「瀟」。《文苑英華》詩後注云：「『一作』皆《雜詠》。」

〈湘靈鼓瑟〉　陳季

神女泛瑤瑟，古祠嚴野亭〔青〕。
平 仄 仄 平 仄 仄 平 平 仄 平

楚雲來泱漭，湘水助清泠〔青〕。
仄 平 平 仄 仄 平 仄 仄 平 平

妙指徵幽契，繁聲入杳冥〔青〕。
仄 仄 平 平 仄 平 平 仄 仄 平

一彈新月（一作斜日）白，數曲暮山青〔青〕。
仄 平 平 仄 (平)(仄) 仄 仄 仄 仄 平 平

調苦荊人怨，時遙帝子靈〔青〕。
仄 仄 平 平 仄 平 平 仄 仄 平

遺音如可賞，試奏為君聽〔青〕。
平 平 平 仄 仄 仄 仄 仄 平 平

此乃五言仄起六韻排律，以題中「靈」字為韻。「古祠」句「仄平平仄平」，即後世所謂避孤平。

〈湘靈鼓瑟〉　**莊若訥**

帝子鳴金瑟，餘聲自抑揚〔陽〕。
仄仄平平仄　平平仄仄平

悲風絲上斷，流水曲中長〔陽〕。
平平平仄仄　平仄仄平平

出沒遊魚聽，逶迤彩鳳翔〔陽〕。
仄仄平平仄　平平仄仄平

微音時扣徵，雅韻乍含商〔陽〕。
平平平仄仄　仄仄仄平平

神理誠難測，幽情詎可量〔陽〕。
平仄平平仄　平平仄仄平

至今聞古調，應恨滯三湘〔陽〕。
仄平平仄仄　平仄仄平平

此乃五言仄起六韻排律，以題中「湘」字為韻。「遊」，《登科記考》改作「游」。

〈湘靈鼓瑟〉　**王邕**

寶瑟和琴韻，靈妃應樂章〔陽〕。
仄仄平平仄　平平仄仄平

依俙聞促柱，髣髴夢新粧〔陽〕。
平平平仄仄　仄仄仄平平

波外聲初發，風前曲正長〔陽〕。
平仄平平仄　平平仄仄平

淒清和萬籟，斷續繞三湘〔陽〕。
平 平 仄 仄 仄　　仄 仄 仄 平 平

轉覺雲山迴，空懷杜若芳〔陽〕。
仄 仄 平 平 仄　　平 平 仄 仄 平

誰能傳此意，雅會在宮商〔陽〕。
平 平 平 仄 仄　　仄 仄 仄 平 平

此乃五言仄起六韻排律，以題中「湘」字為韻。「淒清」句用三仄式。又「和」字重出，平仄不同。「俙」，《登科記考》改作「稀」。

肅宗上元二年試〈迎春東郊〉。《唐詩紀事》謂張濯上元進士第，《文苑英華》則有張濯〈迎春東郊〉省試詩。案肅宗乾元三年閏四月改乾元為上元，時已放進士。翌年即上元二年。其九月去上元號，以十一月為歲首，稱寶應元年。故上元進士第即及第於上元二年。以〈迎春東郊〉為題之作，《文苑英華》存兩首：張濯八韻（十六句），王綽六韻（十二句），篇幅長短不一，蓋是當年主司所允許者。

〈迎春東郊〉　張濯

顓頊時初謝，句芒令復陳〔真〕。
平 仄 平 平 仄　　平 平 仄 仄 平

飛灰將應節，賓日已知春〔諄〕。
平 平 平 仄 仄　　平 仄 仄 平 平

考曆明三統，迎祥受萬人〔真〕。
仄 仄 平 平 仄　　平 平 仄 仄 平

衣冠宵執玉，壇墠曉清塵〔真〕。
平 平 平 仄 仄　平 仄 仄 平 平

肅穆來東道，回環拱北辰〔真〕。
仄 仄 平 平 仄　平 平 仄 仄 平

仗前花待發，旂處柳凝新〔真〕。
仄 平 平 仄 仄　平 仄 仄 平 平

雲斂黃山際，冰開素滻濱〔真〕。
平 仄 平 平 仄　平 平 仄 仄 平

聖朝多慶賞，希為薦沈淪〔諄〕。
仄 平 平 仄 仄　平 仄 仄 平 平

此乃五言仄起八韻排律，以題中「春」字為韻。

〈迎春東郊〉　王綽

玉管潛移律，東郊始報春〔諄〕。
仄 仄 平 平 仄　平 平 仄 仄 平

鑾輿膺寶運，天仗出佳辰〔真〕。
平 平 平 仄 仄　平 仄 仄 平 平

睿澤光時輩，恩輝及物新〔真〕。
仄 仄 平 平 仄　平 平 仄 仄 平

虬螭動旌旆，煙景入城闉〔真〕。
平 平 仄 平 仄　平 仄 仄 平 平

御柳初含色（《類詩》作搖日），龍池漸啟津〔真〕。
仄 仄 平 平 仄　㊊ ㊣　平 平 仄 仄 平

誰憐在陰者，得與蟄蟲伸〔真〕。
平 平 仄 平 仄　仄 仄 仄 平 平

此乃五言仄起六韻排律，以題中「春」字為韻。「虬螭」句及「誰憐」句用單拗式。

代宗大歷八年試〈禁中春松〉詩。《文苑英華》存四首。

〈禁中春松〉　陸贄

陰陰清禁裏，蒼翠滿春松〔鍾〕。
平 平 平 仄 仄　平 仄 仄 平 平

雨露恩偏近，陽和色更（一作「正」）濃〔鍾〕。
仄 仄 平 平 仄　平 平 仄 仄　(仄)　平

高枝分曉日，靈韻（一作「虛吹」）雜宵鐘〔鍾〕。
平 平 平 仄 仄　平 仄　(平)(仄)　仄 平 平

嵐（一作「香」）助鑪煙遠，形疑蓋影重〔鍾〕。
平　(平)　仄 平 平 仄　平 平 仄 仄 平

願符千載（《類詩》作「千歲」）壽，不羨五株封〔鍾〕。
仄 平 平 仄　(平)(仄)　仄　仄 仄 仄 平 平

儻得（《類詩》作「長得」）迴天眷，全勝老碧（一作「一」）峯〔鍾〕。
仄 仄　(平)(仄)　平 平 仄　平 平 仄 仄　(仄)　平

此乃五言平起六韻排律，以題中「松」字為韻。「鐘」，《文苑英華》作「鍾」。《登科記考》作「中」，誤。又《文苑英華》陸贄名下注云：「《類詩》〔宋人編《唐宋類詩》〕作白行簡。」案《唐詩紀事》謂白行簡元和二年登進士第，《文苑英華》卷一百八十七有白行簡等〈貢院樓北新栽小松〉五言六韻排律，《登科記考》遂置諸元和二年。

〈禁中春松〉　周存

幾歲含貞節，青青紫禁中〔東〕。
仄仄平平仄　平平仄仄平

日華留偃蓋，雉尾轉春風〔東〕。
仄平平仄仄　仄仄仄平平

不為繁霜改，那將眾木同〔東〕。
仄仄平平仄　平平仄仄平

千條攢翠色，百尺澹晴空〔東〕。
平平平仄仄　仄仄仄平平

影密金莖近，花明鳳沼通〔東〕。
仄仄平平仄　平平仄仄平

安知幽澗側，獨與散樗叢〔東〕。
平平平仄仄　仄仄仄平平

此乃五言仄起六韻排律，以題中「中」字為韻。

〈禁中春松〉　員南溟

鬱鬱貞松樹，陰陰在紫宸〔真〕。
仄仄平平仄　平平仄仄平

蔥蘢偏近日，青翠更宜春〔諄〕。
平平平仄仄　平仄仄平平

雅韻風來起，輕煙霽後新〔真〕。
仄仄平平仄　平平仄仄平

葉深棲語鶴，枝亞拂朝臣〔真〕。
仄平平仄仄　平仄仄平平

全節長依地，淩雲欲致身〔真〕。
平仄平平仄　平平仄仄平

山苗蔭不得，生植荷陶鈞〔諄〕。
平平仄仄仄　平仄仄平平

此乃五言仄起六韻排律，以題中「春」字為韻。「山苗」句用三仄式。「依」，《文苑英華》作「衣」，誤。「淩」，《英華》作「陵」，誤。

〈禁中春松〉　常沂

映殿松偏好，森森列禁中〔東〕。
仄仄平平仄　平平仄仄平

攢柯霑聖澤，疏蓋引皇風〔東〕。
平平平仄仄　平仄仄平平

晚色連秦苑，春香滿漢宮〔東〕。
仄仄平平仄　平平仄仄平

操將貞石固，材與直臣同〔東〕。
平/仄平平仄仄　平仄仄平平

翠影宜青瑣，蒼（一作「纖」）枝秀碧空〔東〕。
仄仄平平仄　平　(平)　平仄仄平

還知沐天眷，千載更葱蘢〔東〕。
平平仄平仄　平仄仄平平

此乃五言仄起六韻排律，以題中「中」字為韻。「還知」句用單拗式。「晚」，《登科記考》作「曉」。

德宗貞元七年試〈青雲干呂〉詩，《文苑英華》存四首。

〈青雲干呂〉　林藻

應節偏干呂，亭亭在紫氛〔文〕。
仄 仄 平 平 仄　平 平 仄 仄 平

綴雲初度（《類詩》作「綴空初布」）影，捧日已成文〔文〕。
仄 平 平 仄　(仄)(平)(平)(仄)　仄　仄 仄 仄 平 平

結蓋祥光迴，為樓（《類詩》作「為峯」）翠色分〔文〕。
仄 仄 平 平 仄　平 平　(平)(平)　仄 仄 平

還同起封上，更似出橫汾〔文〕。
平 平 仄 平 仄　仄 仄 仄 平 平

作瑞來藩國，呈形表聖君〔文〕。
仄 仄 平 平 仄　平 平 仄 仄 平

徘徊如有託（《類詩》作「知有謂」），誰道比閑雲〔文〕。
平 平 平 仄 仄　(平)(仄)(仄)　平 仄 仄 平 平

此乃五言仄起六韻排律，以題中「雲」字為韻。「還同」句用單拗式。《文苑英華》於林藻名下注云：「《類詩》作吳泌。」

〈青雲干呂〉　令狐楚

郁郁復紛紛〔文〕，青霄干呂雲〔文〕。
仄 仄 仄 平 平　平 平 平 仄 平

色令天下見，候向管中分〔文〕。
仄 平 平 仄 仄　仄 仄 仄 平 平

遠覆無人境，遙彰有德君〔文〕。
仄 仄 平 平 仄　平 平 仄 仄 平

瑞容驚不散，冥感信稀聞〔文〕。
仄 平 平 仄 仄　平 仄 仄 平 平

湛露羞依草，南風恥帶薰〔文〕。
仄 仄 平 平 仄　平 平 仄 仄 平

恭惟漢武帝，餘烈尚氛氳〔文〕。
平 平 仄 仄 仄　平 仄 仄 平 平

此乃五言仄起六韻排律，以題中「雲」字為韻。首句入韻。「恭惟」句用三仄式。「恥」，《文苑英華》作「耻」。

〈青雲干呂〉　王履貞

巽方占瑞氣，干呂見青雲〔文〕。
仄 平 平 仄 仄　平 仄 仄 平 平

表聖興中國，來王見六君（《類詩》作「謁大君」）〔文〕。
仄 仄 平 平 仄　平 平 仄 仄 平　(仄)(仄)(平)

迎祥殊大樂，叶慶類橫汾〔文〕。
平 平 平 仄 仄　仄 仄 仄 平 平

自感明時起，非因觸石分〔文〕。
仄 仄 平 平 仄　平 平 仄 仄 平

映霄難辨色，從吹乍成文〔文〕。
仄 平 平 仄 仄　平/仄 仄 仄 平 平

須使留（一作「流」）千載，垂芳在典墳〔文〕。
平 仄 平　(平)　平 仄　平 平 仄 仄 平

此乃五言平起六韻排律，以題中「雲」字為韻。「六君」似當作「大君」，如是則「大」字重出。

〈青雲干呂〉　彭伉

祥輝上干呂，郁郁又紛紛〔文〕。
平 平 仄 平 仄　仄 仄 仄 平 平

遠示無為化，將明至道君〔文〕。
仄仄平平仄　平平仄仄平

勢凝千里靜，色向九霄分〔文〕。
仄平平仄仄　仄仄仄平平

已見從龍意，寧知觸石文〔文〕。
仄仄平平仄　平平仄仄平

狀煙殊散漫，捧日更氛氳〔文〕。
仄平平仄仄　仄仄仄平平

自使來賓國，西瞻仰瑞雲〔文〕。
仄仄平平仄　平平仄仄平

此乃五言平起六韻排律，以題中「雲」字為韻。「祥輝」句用單拗式。

省試詩雖以排律為主，然《文苑英華》載〈青出藍〉詩兩首則只四韻。《登科記考》置二詩於唐德宗貞元十四年，以呂溫乃是年進士也。《四部叢刊》本《呂和叔文集》卷一〈青出藍〉詩題下注云：「題中有〔原文如是〕韻，限四十字成。」乃知是當年知貢舉所定。《文苑英華》存同題詩二首。

〈青出藍〉　王季文

芳藍滋匹帛，人力半天經〔青〕。
平平平仄仄　平仄仄平平

浸潤加新氣，光輝勝本青〔青〕。
仄仄平平仄　平平仄仄平

還同冰出水，不共草為螢〔青〕。
平平平仄仄　仄仄仄平平

翻覆依襟上，偏知造化靈〔青〕。
平 仄 平 平 仄　平 平 仄 仄 平

此乃五言平起律詩，以題中「青」字為韻。王季文，《登科記考》作王季友。蓋《文苑英華》於卷一百八十九錄王季文及呂溫〈青出藍〉各一首，而於卷三十二則錄呂溫、張仲素及王季友省試〈鑒止水賦〉各一首，二者或有一誤。故《記考》乃作取捨如上。

〈青出藍〉　呂溫

物有無窮好，藍青更（集作「又」）出青〔青〕。
仄 仄 平 平 仄　平 平 仄 (仄) 仄 平

朱研方比德，白受始成形〔青〕。
平 平 平 仄 仄　仄 仄 仄 平 平

袍襲宜從政，矜垂可問經〔青〕。
平 仄 平 平 仄　平 平 仄 仄 平

當年（集作「時」）不採擷，佳色幾飄零〔青〕。
平 平 (平) 仄 仄 仄　平 仄 仄 平 平

此乃五言仄起律詩，以題中「青」字為韻。「當年」句用三仄式。「朱」，《文苑英華》作「殊」，誤。

貞元十五年，呂溫中博學宏詞科，其詩六韻，題為〈終南精舍月中聞磬〉，《呂和叔文集》卷一〈終南精舍月中聞磬聲〔集中有「聲」字〕詩〉題下注云：「題中用韻，六十字成。」《文苑英華》存同題詩二首。

〈終南精舍月中聞磬〉 呂温

月中（一作「峯」）禪室掩，幽徑（一作「磬」）淨昏氛〔文〕。
仄平 (平) 平仄仄 平仄 (仄) 仄平平

思入空門妙，聲從覺路聞〔文〕。
仄仄平平仄 平平仄仄平

泠泠流眾（一作「滿虛」）壑，杳杳出重（一作「寒」）雲〔文〕。
平平平仄 (仄)(平) 仄 仄仄仄平 (平) 平

天籟疑難辨，霜鐘詎可分〔文〕。
平仄平平仄 平平仄仄平

偶來依（一作「遊」）法界，便欲謝人羣〔文〕。
仄平平 (平) 仄仄 仄仄仄平平

竟夕聽真響，荷花積露文（一作「塵心自解紛」）〔文〕。
仄仄平平仄 平平仄仄平 (平)(平)(仄)(仄)(平)

此乃五言平起六韻排律，以題中「聞」字為韻。《文苑英華》於詩後注云：「『一作』皆集本。」「鐘」，《文苑英華》作「鍾」。

〈終南精舍月中聞磬〉 獨孤申叔

精廬懋（疑）夜景，天宇滅埃氛〔文〕。
平平平 (平) 仄仄 平仄仄平平

幽磬此時擊，餘音幾處聞〔文〕。
平仄仄平仄 平平仄仄平

隨風樹杪去，支策月中分〔文〕。
平平仄仄仄 平仄仄平平

斷絕如殘漏，淒清不隔雲〔文〕。
仄仄平平仄 平平仄仄平

羇人方罷夢，獨雁忽迷羣〔文〕。
平 平 平 仄 仄　　仄 仄 仄 平 平

響盡河漢落，千山空糾紛〔文〕。
仄 仄 平 仄 仄　　平 平 平 仄 平

此乃五言平起六韻排律，以題中「聞」字為韻。「隨風」句用三仄式；「響盡」聯出句「漢」字拗仄，對句「空」字平救。

武宗會昌三年試〈風不鳴條〉詩，《文苑英華》存六首。

〈風不鳴條〉　盧肇

習習和風至，過條不自鳴〔庚〕。
仄 仄 平 平 仄　　平 平 仄 仄 平

暗通青律起（集作「煖」），遠望白蘋生〔庚〕。
仄 平 平 仄 仄　　　　㊋　　仄 仄 仄 平 平

拂樹花仍落，經林鳥自（一作「詎」）驚〔庚〕。
仄 仄 平 平 仄　　平 平 仄 仄　　　　㊋　平

幾牽蘿蔓動，潛惹柳絲輕〔清〕。
仄 平 平 仄 仄　　平 仄 仄 平 平

入谷迷松響(一作「幽澗迷松韻」)，開(一作「閑」)窻失竹聲〔清〕。
仄 仄 平 平 仄　　　㊥㊋㊥㊥㊋　　平　　㊥　平 仄 仄 平

薰絃方在御，萬國仰皇情〔清〕。
平 平 平 仄 仄　　仄 仄 仄 平 平

此乃五言仄起六韻排律，以題中「鳴」字為韻。

〈風不鳴條〉　姚鵠

吾君理化清〔清〕，上瑞報昇平〔庚〕。
平 平 仄 仄 平　　　仄 仄 仄 平 平

曉吹何曾息，柔條自不鳴〔庚〕。
仄 仄 平 平 仄　平 平 仄 仄 平

花香知暗度，柳色覺潛生〔庚〕。
平 平 平 仄 仄　仄 仄 仄 平 平

只見低垂勢，那聞擊觸聲〔清〕。
仄 仄 平 平 仄　平 平 仄 仄 平

大王初溥暢，少女正輕盈〔清〕。
仄 平 平 仄 仄　仄 仄 仄 平 平

幸遇無私力，幽芳願發榮〔庚〕。
仄 仄 平 平 仄　平 平 仄 仄 平

此乃五言平起六韻排律，以題中「鳴」字為韻。首句入韻。

〈風不鳴條〉　黃頗

五緯（《類詩》作「習習」）起祥飈〔宵〕，無聲瑞聖朝〔宵〕。
仄 仄　(仄)(仄)　仄 平 平　平 平 仄 仄 平

稍開含露蘂（《類詩》作「露葶」），纔轉惹煙條〔蕭〕。
仄 平 平 仄 仄　(仄)(仄)　平 仄 仄 平 平

密葉應潛變（《類詩》作「潛長」），低枝幾暗搖〔宵〕。
仄 仄 平 平 仄　(平)(仄)　平 平 仄 仄 平

林間鶯欲囀，花下蝶微飄〔宵〕。
平 平 平 仄 仄　平 仄 仄 平 平

初滿緣堤草，因生逐水苗〔宵〕。
平 仄 平 平 仄　平 平 仄 仄 平

太平無一事，天外奏虞韶（《類詩》作「雲韶」）〔宵〕。
仄 平 平 仄 仄　平 仄 仄 平 平　(平)(平)

此乃五言仄起六韻排律，以題中「條」字為韻。首句入韻。《文苑英華》於黃頗名下注云：「《類詩》作舒元輿。」

〈風不鳴條〉　左牢

旭日懸清景，微風在綠條〔蕭〕。
仄 仄 平 平 仄　平 平 仄 仄 平

入松聲不發，過柳影空搖〔宵〕。
仄 平 平 仄 仄　平 仄 仄 平 平

長養應潛變（一作「遍」），扶疏每暗飄〔宵〕。
仄 仄 平 平 仄　(仄)　平 平 仄 仄 平

有林時蒻蒻，無樹漸蕭蕭〔蕭〕。
仄 平 平 仄 仄　平 仄 仄 平 平

誤逐青煙散，輕和樹色饒〔宵〕。
仄 仄 平 平 仄　平 平 仄 仄 平

豐年知有待，歌詠美唐堯〔蕭〕。
平 平 平 仄 仄　平 仄 仄 平 平

此乃五言仄起六韻排律，以題中「條」字為韻。《文苑英華》於左牢名下注云：「《類詩》作章孝標。」

〈風不鳴條〉　王甚夷

聖日祥風起，韶暉助發生〔庚〕。
仄 仄 平 平 仄　平 平 仄 仄 平

蒙蒙遙野色，裹裹細條輕〔清〕。
平 平 平 仄 仄　仄 仄 仄 平 平

荏弱看漸動，怡和吹不鳴〔庚〕。
仄 仄 平/仄 仄 仄　平 平 平 仄 平

枝含餘露濕，林靄曉煙平〔庚〕。
平平平仄仄　平仄仄平平

縹緲春光媚，悠揚景氣晴〔清〕。
仄仄平平仄　平平仄仄平

康哉帝堯代，寰宇共澄清〔清〕。
平平仄平仄　平仄仄平平

此乃五言仄起六韻排律，以題中「鳴」字為韻。第三聯上句第四字拗仄，下句第三字用平救。「康哉」句用單拗式。

〈風不鳴條〉　金厚載

寂寂曙風生〔庚〕，遲遲散野輕〔清〕。
仄仄仄平平　平平仄仄平

露華搖有滴，林葉裊無聲〔清〕。
仄平平仄仄　平仄仄平平

暗剪叢芳發，空傳谷鳥鳴〔庚〕。
仄仄平平仄　平平仄仄平

悠揚韶景靜，淡蕩霽煙橫〔庚〕。
平平平仄仄　仄仄仄平平

遠水波瀾息，荒郊草樹榮〔庚〕。
仄仄平平仄　平平仄仄平

吾君垂至化，萬類共澄清〔清〕。
平平平仄仄　仄仄仄平平

此乃五言仄起六韻排律，以題中「鳴」字為韻。首句入韻。

王甚夷〈風不鳴條〉第三聯用拗，雖屬省試詩中少見，亦足見此體可用。其式是「仄仄仄仄仄，平平平仄平」，上句第四字應平而仄，下句第三字用平聲提起，如李商隱〈樂遊原〉五絕首聯之「向晚意不適，驅車登古原」是；又如杜牧〈江南春〉七絕次聯之「南朝四百八十寺，多少樓臺煙雨中」是。

張籍貞元十五年進士（據《登科記考》，《登科記考》則據《唐才子傳》等書）。是年省試詩以澹臺滅明「行不由徑」為題，張籍詩云：

田裏有微徑，賢人不復行。
孰知趨捷步，惟恐異端成。
從易眾所欲，安邪患亦生。
誰能達大路，共此競前程。
子羽有遺跡，孔門傳舊聲。
今逢大君子，士節再應明。

〔見《文苑英華》，異文從略〕

此詩第三聯上句五仄，下句「患」字讀平聲救。則知官試可用此拗體矣。

張籍另有徐州試〈反舌無聲〉詩（據徐松《登科記考》貞元十五年進士張籍名下注）云：

夏木多好鳥，偏知反舌名。
林幽歸舊宿，時過已無聲。
竹外天空曉，溪頭雨自晴。
居人疑寂寞，深院益淒清。
入霧暗相失，當風閑易驚。

來年上林苑，知爾最先鳴。

〔見《文苑英華》〕

此詩首聯上句二四皆仄，下句第三字用平救。按《禮記・月令》云：「仲夏之月，……小暑至，螳蜋生，鶪始鳴，反舌無聲。」鄭玄〈注〉：「反舌，百舌鳥。」孔穎達〈疏〉：「反舌鳥，春始鳴，至五月稍止。其聲數〔頻也〕轉，故名反舌。」則此「反」訓「翻」，亦讀若「翻」，平聲。

然亦有上句二四皆仄而下句不救者。昭宗乾寧二年，王貞白重試及第（據《登科記考》。《登科記考》則據《唐才子傳》等書），其詩為〈宮池產瑞蓮〉五律。詩云：

雨露及萬物，嘉祥有瑞蓮。
香飄鷄樹近，榮占鳳池先。
聖日臨雙麗，恩波照並妍。
願同指佞草，生向帝堯前。

〔見《文苑英華》。題下注云：「帖經日試。」〕

此詩首聯上句五仄，而下句「有」字非平聲，則是拗而不救，首句乃成古句矣。然餘三聯俱依近體格式。試詩可如此，怪哉。

《文苑英華》卷一百八十三載范傳正、陳通方等省試詩〈春風扇微和〉九首，因該九首作者非同榜進士，故似是德宗貞元間制科試詩。另載同名六韻律詩一首，公乘億作。《文苑英華》於公乘億名下注云：「咸通宏詞。」按《唐才子傳》謂億咸通十二年進士。而咸通十四年懿宗崩，徐松《登科記考》乃繫此詩於十三年，云：「按《文苑英華》載公乘億〈春風扇微和〉詩注云：『咸通宏詞。』疑在是年。」此詩自與前九首無涉。九首中，除豆盧榮仄韻十二句古體詩外，餘八首中之七首俱屬常式，獨崔立之（徐松《登科記考》據《韓文考異》謂立之貞元四年登進士第、貞元六年中博學宏詞科）一首異。玆錄於下，並注平仄。

時令忽已變，年光俄又春〔諄〕。
平 仄 仄 仄 仄　　平 平 平 仄 平

高低惠風入，遠近芳氣新〔真〕。
平 平 仄 平 仄　　仄 仄 平 仄 平

靡靡纔偃草，泠泠不動塵〔真〕。
仄 仄 平 仄 仄　　平 平 仄 仄 平

温和乍扇物，煦嫗偏感人〔真〕。
平 平 仄 仄 仄　　仄 仄 平 仄 平

去出桂林漫，來過蕙浦頻〔真〕。
仄 仄 仄 平 仄　　平 平 仄 仄 平

晨輝正澹蕩，披拂長相親〔真〕。
平 平 仄 仄 仄　　平 仄 平 平 平

此詩首聯「令」、「已」皆仄，「俄」字救。第三聯「靡」、「偃」皆仄，然「不」字不救，此即李汝襄《廣聲調譜》所謂「用古句式」。第二及第四聯下句都用「仄仄平仄平」，此即孟浩然「八月湖水平」、「二月湖水清」、「北闕休上書」、「起視江月斜」之體，為其餘省試律詩所無。末聯下句則用下三平。另第二聯上句單拗，第四及第六聯上句用三仄，第五聯上句四仄一平，即全詩用拗句及古句。然詩中每句第二字粘對都合乎律詩格式，對仗既工，用韻亦嚴，律中見古見拗，可名之為拗律。此全因是屆試詩可平韻可仄韻，亦即可近體可古體，規則甚寬，乃有崔立之此作，絕不可視為典要也。

所謂拗律者，南宋嚴羽《滄浪詩話・詩體》謂之「古律」，云：「有古律（陳子昂及盛唐諸公多此體），有今律。」南宋胡仔（音「茲」）《苕溪漁隱叢話・前集》卷四十七引《天廚禁臠》論黃庭堅「只今滿坐且尊酒，後夜此堂空月明」、「清談落筆一萬字，白眼舉觴三百盃」等句，《禁臠》不辨出句末第二字平或仄，但稱「換字對句法」，漁隱則曰：「今俗謂之拗句者是也」。宋人論詩動輒稱拗，宋元間方回《瀛奎律髓》卷二十五「拗字類」評賈島〈早春題湖上友人新居〉五律二首其二第三聯「開篋收詩卷，掃牀移卧衣」云：「『收詩』前句不拗，只『掃床〔原文如是〕移卧衣』一字。『掃』字既仄，即『移』字處合平，亦詩家通例也。」此乃後世所謂避孤平之法，方回亦但稱拗。後世乃以有古句、拗句之律詩為拗律，如《貞一齋詩說》云：「拗體律詩，亦有古近之別。」《峴傭說詩》云：「拗體不可輕作，此是已成功夫。」不復言古律矣。

同榜郭遵〈春風扇微和〉詩云：

微風飄淑氣，散漫及茲晨。
習習何處至，熙熙與春親。
曖空看早辨，映日度逾頻。
高拂非煙雜，低隨眾卉新。

霽天輕有靄，綺陌盡無塵。

還似登臺意，元和欲煦人。

第二聯上句二四俱仄，下句則以第四字平聲補上句第四字仄聲，使下句不成律句，一錯再錯，未免怪異，然可視為負負得正之法。至此，已見處理五律上句二四皆仄之法三。其一是下句仍用「平平仄仄平」常式；其二是下句第三字用平提起；其三是下句第四字用平互補。其二最常見，世乃視之為常法。固然，同題有崔立之之拗律，又有豆盧榮之仄韻古體，此亦何傷？然此詩餘五聯都合乎格律，則「平平仄平平」句型似終非律體所應有者。

《文苑英華》卷一百八十四亦有所謂拗律一首：

〈泗濱得石磬〉　李勳

浮磬潛清深，依依呈碧潯。
平仄平平平　平平平仄平

出水見貞質，在懸含玉音。
仄仄仄平仄　仄平平仄平

對此喜還歎，幾秋還到今。
仄仄仄平仄　仄平平仄平

器古契良覿，韻和諧宿心。
仄仄仄平仄　仄平平仄平

何為值明鑒，適得離幽沉。
平平仄平仄　仄仄平平平

自兹入清廟，無復泥沙侵。
仄平仄平仄　平仄平平平

此詩三用三平，四用失粘，又重用字，是刻意堆砌而成之拗律，其與古體詩幾無異矣。

唐省試詩以題中字為韻，此其常規。如詩題非止一平聲字，則可擇其一。然如〈聞擊壤〉、〈閏月定四時〉等詩題只有一平聲字，則無選擇可言。

又或不用詩題字押韻而主司別為限韻。《文苑英華》載〈薦冰〉詩五首。「冰」屬「蒸」韻，而五詩俱用「庚」、「清」韻而不以「蒸」韻字為韻，此等自是別為限韻之作。至如〈朱絲絃〉一首用「庚」、「清」韻，〈舞干羽兩階〉一首用「真」、「諄」韻，〈寒夜聞霜鐘〉兩首皆用「侵」韻，都不用詩題中字。其例尚多，當是其年試場所規定者。

仄韻

省試詩亦有用仄韻者，仄韻必屬古體，前引北宋李之儀《姑溪居士文集》卷十六答人問詩中格目一文已言及。

據《文苑英華》所載，有同題而平仄韻皆可之詩，卷一百八十〈大學創置石經〉只存佚名一首，以去聲「制」、「替」等字為韻腳，不自詩題中取韻。卷一百八十一有〈冬日可愛〉，《登科記考》謂此乃貞元十年博學宏辭科之詩，存二首，陳諷一首以「時」、「帷」等字為韻腳，是另限韻；庾承宣一首取詩題中入聲「日」字為韻。同卷〈日暮碧雲合〉只存許康佐一首，以題中入聲「碧」字為韻。卷一百八十三〈春風扇微和〉存九首，其中八首在詩題中取平聲字為韻，獨豆盧榮一首以題中去聲「扇」字為韻。同卷〈洛出書〉存四首，其中郭邕詩以題中入聲「洛」字為韻，蕭昕及張欽敬詩以題中入聲「出」字為韻，僅叔孫玄觀詩以題中平聲「書」字為韻。卷一百八十四〈霓裳羽衣曲〉只存李肱一首，以「歲」、「製」等字為韻腳，不自詩題中取韻。卷一百八十六〈亞父碎玉斗〉存三首，皆仄聲韻，孟簡及裴次元詩以題中去聲「碎」字為韻，何儒亮詩以題中入聲「玉」字為韻。卷一百八十七〈落日山照曜〉只存佚名一首，以題中入聲「落」字為韻。同卷〈竹箭有筠〉存三首，其中張仲方一首以題中去聲「箭」字為韻；餘二首則以題中平聲「筠」字為韻。同卷〈霜菊〉存二首，席夔詩及佚名詩皆以題中入聲「菊」字為韻。十卷內仄韻詩為數甚少，可見並非科場主流。以下錄《文苑英華》所載之省試仄韻詩共十五首，用見其格律。

《文苑英華》卷一百八十：

〈大學創置石經〉　佚名

聖唐復古制〔祭〕，德義功無替〔霽〕。
仄平仄仄仄　　仄仄平平仄

奧旨悅詩書，遺文分篆隸〔霽〕。
仄仄仄平平　平平平仄仄

銀鈎互交映，石壁靡塵翳〔霽〕。
平平仄平仄　仄仄仄平仄

永與乾坤期，不逐日月逝〔祭〕。
仄仄平平平　仄仄仄仄仄

儒林道益廣，學者心彌銳〔祭〕。
平平仄仄仄　仄仄平平仄

從此理化成，恩光遍遐裔〔祭〕。
平仄仄仄平　平平仄平仄

此詩押去聲韻，第一句入韻，不自詩題取韻。中四聯對仗，不論平仄。

卷一百八十一：

〈冬日可愛〉　庾承宣

宿霧開天霽，寒郊見初日〔質〕。
仄仄平平仄　平平仄平仄

林踈照逾遠，冰輕影微出〔術〕。
平平仄平仄　平平仄平仄

豈假陽和氣，暫忘玄冬律〔術〕。
仄仄平平仄　仄平/仄平平仄

愁抱望自寬，羇情就如失〔質〕。
平仄平/仄仄平　平平仄平仄

欣欣事幾許，曈曈狀非一〔質〕。
平平仄仄仄　平平仄平仄

傾心儻知期，良願自茲畢〔質〕。
平平仄平平　平仄仄平仄

此詩押入聲韻，以題中「日」字為韻。中四聯對仗，不論平仄。

〈日暮碧雲合〉　許康佐

日際愁陰生，天涯暮雲碧〔昔〕。
仄仄平平平　平平仄平仄

重重不辨蓋，沉沉乍如積〔昔〕。
平平仄仄仄　平平仄平仄

林色黯疑暝，隟光俄已夕〔昔〕。
平仄仄平仄　仄平平仄仄

出岫且從龍，縈空寧觸石〔昔〕。
仄仄仄平/仄平　平平平仄仄

餘輝澹瑤草，浮影凝綺席〔昔〕。
平平仄平仄　平仄平仄仄

時景詎能留，幾思輕尺璧〔昔〕。
平仄仄平平　仄平平仄仄

此詩押入聲韻，以題中「碧」字為韻。首五聯對仗，不論平仄。「暝」，《廣韻》：「莫經切，晦暝也。」又：「莫定切，夕也。」

卷一百八十三：

〈春風扇微和〉　豆盧滎

春晴生縹緲，軟吹和初遍〔線〕。
平平平仄仄　仄仄平平仄

池影動淵淪，山容發葱蒨〔霰〕。
平仄仄平平　平平仄平仄

遲遲入綺閣，習習流芳甸〔霰〕。
平平仄仄仄　仄仄平平仄

樹杪颺鸎啼，堦前落花片〔霰〕。
仄仄平平平　平平仄平仄

韶光恐閑放，旭日宜遊宴〔霰〕。
平平仄平仄　仄仄平平仄

文客拂塵衣，仁風願廻扇〔線〕。
平仄仄平平　平平仄平仄

此詩押去聲韻，以題中「扇」字為韻。中四聯對仗，不論平仄。又此詩每句第二字粘對分明，異於前製。

〈洛出書〉　蕭昕

海內昔凋瘵，天綱斯浡潏〔術〕。
仄仄仄平仄　平平平仄仄

龜靈啟聖圖，龍馬負書出〔術〕。
平平仄仄平　平仄仄平仄

大哉明德盛，遠矣彝倫秩〔質〕。
仄平平仄仄　仄仄平平仄

地敷作乂功，人免為魚恤〔術〕。
仄平仄仄平　平仄平平仄

既彰千國理，豈止百川溢〔質〕。
仄平平仄仄　仄仄仄平仄

永賴至于今，疇庸未云畢〔質〕。
仄仄仄平平　平平仄平仄

此詩押入聲韻，以題中「出」字為韻。詩中一、三、四、五聯對仗，不論平仄。

〈洛出書〉 郭邕

德合天貺呈，龍飛聖人作〔鐸〕。
仄仄平仄平　平平仄平仄

光宅被寰區，圖書薦河洛〔鐸〕。
平仄仄平平　平平仄平仄

象登四氣順，文闢九疇錯〔鐸〕。
仄平仄仄仄　平仄仄平仄

氤氳瑞彩浮，左右靈儀廓〔鐸〕。
平平仄仄平　仄仄平平仄

微造功不宰，神行利攸博〔鐸〕。
平仄平仄仄　平平仄平仄

一見皇家慶，方知禹功薄〔鐸〕。
仄仄平平仄　平平仄平仄

此詩押入聲韻，以題中「洛」字為韻。中四聯對仗，不論平仄；首聯則是寬對。「被」，《廣韻》：「平義切，被服也，覆也。」

〈洛出書〉 張欽敬

浮空九洛水，瑞聖千年質〔質〕。
平平仄仄仄　仄仄平平仄

奇象八卦分，圖書九疇出〔術〕。
平仄仄仄平　平平仄平仄

含微卜筮遠，抱數陰陽密〔質〕。
平平仄仄仄　仄仄平平仄

中得天地心，傍探鬼神吉〔質〕。
平仄平仄平　平平仄平仄

昔聞夏禹代，今獻唐堯日〔質〕。
仄 平 仄 仄 仄　平 仄 平 平 仄

謬此敘彝倫，寰宇賀清謐〔質〕。
仄 仄 仄 平 平　平 仄 仄 平 仄

此詩押入聲韻，以題中「出」字為韻。中四聯對仗，不論平仄；首聯則是寬對。

卷一百八十四：

〈霓裳羽衣曲〉　李肱

開元太平時，萬國賀豐歲〔祭〕。
平 平 仄 平 平　仄 仄 仄 平 仄

梨園獻（《文粹》作「厭」）舊曲，玉座流新製〔祭〕。
平 平 仄 (仄) 仄 仄　仄 仄 平 平 仄

鳳管遞參差，霞衣競搖曳〔祭〕。
仄 仄 仄 平 平　平 平 仄 平 仄

宴罷水殿空，輦餘春草細〔霽〕。
仄 仄 仄 仄 平　仄 平 平 仄 仄

蓬壺事已久，仙樂功無替〔霽〕。
平 平 仄 仄 仄　平 仄 平 平 仄

誰（《文粹》作「詎」）肯聽遺音，聖明知善繼〔霽〕。
平 (仄) 仄 平/仄 平 平　仄 平 平 仄 仄

此詩押去聲韻，不自詩題取韻。中四聯對仗，不論平仄。

卷一百八十六：

〈亞父碎玉斗〉　孟簡

獻謀既我違，積憤從心痗〔隊〕。
仄 平 仄 仄 平　仄 仄 平 平 仄

鴻門入已迫，赤帝時潛退〔隊〕。
平 平 仄 仄 仄　仄 仄 平 平 仄

寶位方苦競，玉斗何情愛〔代〕。
仄 仄 平 仄 仄　仄 仄 平 平 仄

猶看虹氣凝，詎惜冰姿碎〔隊〕。
平 平/仄 平 仄 平　仄 仄 平 平 仄

而嗟大事返，當起千里悔〔隊〕。
平 平 仄 仄 仄　平 仄 平 仄 仄

誰為西楚王，坐見東城潰〔隊〕。
平 仄 平 仄 平　仄 仄 平 平 仄

此詩押去聲韻，以題中「碎」字為韻。首五聯對仗，不論平仄。

〈亞父碎玉斗〉　裴次元

雄謀竟不決，寶玉將何愛〔代〕。
平 平 仄 仄 仄　仄 仄 平 平 仄

倏爾霜刃揮，颯然春冰碎〔隊〕。
仄 仄 平 仄 平　仄 平 平 平 仄

飛光動旗幟，散響驚環珮〔隊〕。
平 平 仄 平 仄　仄 仄 平 平 仄

霜灑繡障前，星流錦筵內〔隊〕。
平 仄 仄 平/仄 平　　平 平 仄 平 仄

圖王業已失，為虜言空悔〔隊〕。
平 平 仄 仄 仄　　平 仄 平 平 仄

獨有青史中，英風觀千載（《類詩》作「冠千載」）〔代〕。
仄 仄 平 仄 平　　平 平 平/仄 平 仄　　　　　　　　㊀仄 ㊀平 ㊀仄

此詩押去聲韻，以題中「碎」字為韻。首五聯對仗，不論平仄。又此詩每句第二字粘對分明，不數見也。《文苑英華》於裴次元名下注云：「《類詩》作『夷直』。」

〈亞父碎玉斗〉　何儒亮

嬴女昔解網，楚王有遺矚〔燭〕。
平 仄 仄 仄 仄　　仄 平 仄 平 仄

破關既定秦，碎首聞獻玉〔燭〕。
仄 平 仄 仄 平　　仄 仄 平 仄 仄

貞姿應刃散，清響因風續〔燭〕。
平 平 仄 仄 仄　　平 仄 平 平 仄

匪徇切泥功，將明懷璧辱〔燭〕。
仄 仄 仄 平 平　　平 平 平 仄 仄

莫量漢祖德，空受項君勖〔燭〕。
仄 平 仄 仄 仄　　平 仄 仄 平 仄

事去見前心，千秋渭水綠〔燭〕。
仄 仄 仄 平 平　　平 平 仄 仄 仄

此詩押入聲韻，以題中「玉」字為韻。中四聯對仗，不論平仄；首聯則用寬對。「徇」，《文苑英華》好用俗字，作「狥」。

卷一百八十七：

〈落日山照曜〉　佚名

徘徊空山下，晼晚殘陽落〔鐸〕。
平 平 平 平 仄　仄 仄 平 平 仄

圓影過峯巒，半規入林薄〔鐸〕。
平 仄 平/仄 平 平　仄 平 仄 平 仄

餘光徹羣岫，亂彩分重壑〔鐸〕。
平 平 仄 平 仄　仄 仄 平 平 仄

石鏡共澄明，巖光同照灼〔藥〕。
仄 仄 仄 平 平　平 平 平 仄 仄

棲禽去杳杳，夕煙生漠漠〔鐸〕。
平 平 仄 仄 仄　仄 平 平 仄 仄

此境（一作「景」）誰復知，獨懷謝康樂〔鐸〕。
仄 仄　(仄)　平 仄 平　仄 平 仄 平 仄

此詩押入聲韻，以題中「落」字為韻。中四聯對仗，不論平仄；第一聯用寬對。

〈竹箭有筠〉　張仲方

東南生綠竹，獨美有筠箭〔線〕。
平 平 平 仄 仄　仄 仄 仄 平 仄

枝葉詎曾凋，風霜孰云變〔線〕。
平 仄 仄 平 平　平 平 仄 平 仄

偏宜林表秀，多向歲寒見〔霰〕。
平 平 平 仄 仄　平 仄 仄 平 仄

碧色乍葱蘢，青光常蒨練〔霰〕。
仄仄仄平平　平平平仄仄

皮開鳳彩出，節勁龍文見〔霰〕。
平平仄仄仄　仄仄平平仄

愛此守堅貞，含歌屬時彥〔線〕。
仄仄仄平平　平平仄平仄

此詩押去聲韻，以題中「箭」字為韻。中四聯對仗，不論平仄。

〈霜菊〉 席夔

時令忽已變，行看被霜菊〔屋〕。
平仄仄仄仄　平平仄平仄

可憐後時秀，當此凜風肅〔屋〕。
仄平仄平仄　平仄仄平仄

淅瀝翠枝翻，淒清金蕊馥〔屋〕。
仄仄仄平平　平平平仄仄

凝姿節堪重，登艷景非淑〔屋〕。
平平仄平仄　平仄仄平仄

寧怯青女威，願盈君子掬〔屋〕。
平仄平仄平　仄平平仄仄

持來泛罇酒，永以照幽獨〔屋〕。
平平仄平仄　仄仄仄平仄

此詩押入聲韻，以題中「菊」字為韻。三四五聯對仗，不論平仄；第二聯用寬對。又此詩每句第二字粘對分明，合乎拈二之法。「怯」，《文苑英華》作「祛」，誤。

〈霜菊〉 佚名

秋盡北風去，律移寒氣肅〔屋〕。
平 仄 仄 平 仄　仄 平 平 仄 仄

淅瀝降繁霜，離披委殘菊〔屋〕。
仄 仄 仄 平 平　平 平 仄 平 仄

華滋尚照灼，幽氣含紛郁〔屋〕。
平 平 仄 仄 仄　平 仄 平 平 仄

的的冒空園，萋萋被幽谷〔屋〕。
仄 仄 仄 平 平　平 平 仄 平 仄

騷人有遺詠，陶令曾盈掬〔屋〕。
平 平 仄 平 仄　平 仄 平 平 仄

儻使懷袖中，猶堪襲餘馥〔屋〕。
仄 仄 平 仄 平　平 平 仄 平 仄

此詩押入聲韻，以題中「菊」字為韻。中四聯對仗，不論平仄；首聯用寬對。

上列仄韻詩十五首，「粘二」者僅三首。有三平，有五仄，有兩平夾三仄，有四平夾一仄，有四仄夾一平，單句亦多仄收，並不如平聲韻排律嚴格。明釋真空《篇韻貫珠集》於第八節「類聚雜法歌訣」內臚列七言及五言詩平仄式共六種，其一是「平起七言八句格式」，云：

平平仄仄仄平平，仄仄平平仄仄平。
仄仄平平平仄仄，平平仄仄仄平平。
平平仄仄平平仄，仄仄平平仄仄平。
仄仄平平平仄仄，平平仄仄仄平平。

其二是「仄起七言八句式」，云：

仄仄平平仄仄平，平平仄仄仄平平。
平平仄仄平平仄，仄仄平平仄仄平。
仄仄平平平仄仄，平平仄仄仄平平。
平平仄仄平平仄，仄仄平平仄仄平。

其三是「平起七言八句反戾式」，云：

平平仄仄平平仄，仄仄平平平仄仄。
仄仄平平仄仄平，平平仄仄平平仄。
平平仄仄仄平平，仄仄平平平仄仄。
仄仄平平仄仄平，平平仄仄平平仄。

其四是「仄起〔臺南《四庫全書存目叢書》影印北京大學圖書館藏明弘治十一年刻本《新編篇韻貫珠集》作「韵」，誤〕七言八句反戾式」，云：

仄仄平平平仄仄，平平仄仄平平仄。
平平仄仄仄平平，仄仄平平平仄仄。
仄仄平平仄仄平，平平仄仄平平仄。
平平仄仄仄平平，仄仄平平平仄仄。

其五是「平起五言八句格式」，云：

平平仄仄平，仄仄仄平平。
仄仄平平仄，平平仄仄平。
平平平仄仄，仄仄仄平平。
仄仄平平仄，平平仄仄平。

其六是「仄起五言八句式」，云：

仄仄仄平平，平平仄仄平。
平平平仄仄，仄仄仄平平。
仄仄平平仄，平平仄仄平。
平平平仄仄，仄仄仄平平。

上述平韻四式都與唐省試平韻詩格式合。其仄韻兩式粘對分明，儼然常式。然觀有唐省試仄韻詩都無如此整齊之作，可知釋真空此二式乃一廂情願者耳。

用平

《篇韻貫珠集》於六種平仄式後附歌訣云：

平對仄，仄對平，反切要分明。有無虛與實，
死活重兼輕。上去入音為仄韵，東西南字是平聲。

繼而另起一行，仍同韻部云：

一三五不論，二四六分明。

其意即七言近體詩一三五字不必拘論平仄，二四六字平仄定要分明。換言之，一三五字可平可仄，二四六字則不然。

明末清初王夫之《薑齋詩話》力詆「一三五不論，二四六分明」之説，其卷下云：

> 〈樂記〉云：「凡音之起，從人心生也。」固當以穆耳協心為音律之準。「一三五不論，二四六分明」之說，不可恃為典要。「昔聞洞庭水」，「聞」、「庭」二字俱平，正爾振起。若「今上岳陽樓」，易第三字為平聲，云「今上巴陵樓」，則語蹇而戾於聽矣。「八月湖水平」，「月」、「水」二字皆仄，自可。若「涵虛混太清」易作「混虛涵太清」，為泥磬土鼓而已。又如「太清上初日」，音律自可；若云「太清初上日」以求合於粘，則情文索然，不復能成佳句。又如楊用修〔楊慎〕警句云：「誰起東山謝安石，為君談笑淨烽煙。」若謂「安」字失粘，更云「誰起東山謝太傅」，拖沓便不成響。足見凡言法者，皆非法也。釋氏有言：「法尚應捨，何況非法？」藝文家知此，思過半矣。

王夫之急於攻堅，竟不覺自亂陣腳。其意本一三五未必不論，二四六未必分明。其論則「昔聞洞庭水」二四皆平，「八月湖水平」二四皆仄，於七言則是四六不必分明。至於「涵虛混太清」，設若一與三平仄互調則聲情不振；至於「太清上初日」，設若三與四平仄互調則索然無味。故三五亦非不論。至於「誰起東山謝安石」，如「安」字以仄聲易之，則不成響。其思路混淆，一至於此。蓋「平平仄平仄」及「仄仄平仄平」是特殊形式，前者屢見於唐試帖詩，後者則孟浩然之徒日常用之，都非隨意不分明。王氏自「涵虛」以下所論乃行文優劣，更與格律無涉。文不對題，何其謬也。

固然，「一三五不論」之説乃入門口訣，自非典要。蓋言三平，七言則關乎五，五言則關乎三；言孤平，七言則關乎三五，五言則關乎一三。二式俱不見於現存唐世試帖律詩。或因三平過強，孤平過弱，故場屋律體咸避之也。

清乾隆年間李汝襄《廣聲調譜》以「平平仄仄仄，仄仄平平平」為「三仄三平對用式」，云：

> 三平句則近於古矣。三仄句可以單用，若三平則多與三仄並用，而且通體中必有一二處拗體以配其氣。

又以「仄平仄仄平」為「孤平式」，云：

> 孤平為近體之大忌，以其不叶也。但五律近古，與七律不同，故唐詩全帙中，不無一二用者，然必借拗體以配之。

又以「仄平平仄平」為「用拗句式」，云：

> 凡遇「平平仄仄平」之句，其第一字斷不宜仄。然亦有第一字用仄者，第三字必用平，謂之「拗句」。

故言孤平，五言則關乎一三，七言則關乎三五，因孤平實為論五而可避者也。

李汝襄之前雖未必有「孤平」之名，然「仄平仄仄平」之宜避，清初王士禎〈律詩定體〉一文已暢言之。其文云：

五律凡雙句二、四應平、仄者，第一字必用平，斷不可雜以仄聲。以平平止有二字相連，不可令單也。其二、四應仄、平者，第一字平仄皆可用，以仄仄仄三字相連，換以平字無妨也。大約仄可換平，平斷不可換仄。第三字同此。若單句第一字可勿論。

此即謂「平平仄仄平」不可作「仄平仄仄平」，「仄仄仄平平」則可作「平仄仄平平」。至若謂「大約仄可換平，平斷不可換仄。第三字同此」，則非盡然，蓋「仄仄仄平平」即不宜作「仄仄平平平」也。下有說。

王漁洋又云：

凡七言第一字俱無論。第三字與五言第一字同例。凡雙句第三字應仄聲者可拗平聲，應平聲者不可拗仄聲。

即謂「平平仄仄仄平平」可作「平平平仄仄平平」，「仄仄平平仄仄平」不可作「仄仄仄平仄仄平」。又漁洋引七言律句「懷古仍登海嶽樓」，於「仍」字下注云：「此字關係。」蓋「仍」字處若用仄，全句便成「平仄仄平仄仄平」，「登」字便成單平。又引七言律句「玉帶山門訪舊遊」，於「山」字下注云：「此字關係。」意即「山」字處若用仄，全句便成「仄仄仄平仄仄平」，「門」字便成單平。又引「待旦金門漏未稀」，於「金」字下注云：「此字必平，凡平不可令單。」又引「劍佩森嚴綵仗飛」，於「森」字下注云：「此字關係。」又引「萬國風雲護紫微」，於「風」

字下注云：「關係。」都強調「仄平仄仄平」是宜避之式。

至於三平式，王漁洋引五言律句「夏過日初長」，於句後注云：「第三字用仄聲。」即謂「仄仄仄平平」不宜作「仄仄平平平」。清代詩格之文大率以「仄仄平平平」為律詩不宜用之古句式，是與王氏同德。

宋劉攽《中山詩話》云：

白樂天詩云：「請錢不早朝。」「請」作平聲，唐人語也。

案「請」字《廣韻》亦讀「疾盈切」，《集韻》亦讀「慈盈切」，並音「情」。《集韻》又讀「親盈切」，音「清」。上推唐世，當可作平聲。劉攽明指「請」字可作平聲，即謂「仄平仄仄平」不宜用，而白居易之「請錢不早朝」實非「仄平仄仄平」句也。故避孤平之說，由來久矣。

借韻

唐世省試近體詩格律森嚴，然日常酬唱攄懷之律句則非必如是，故三平、孤平，時或見之。而用韻尤多變體，一為詩人鶩新好奇，一為詩人以意馭韻。明謝榛《四溟詩話》卷一云：

七言絕律起句借韻，謂之「孤雁出羣」，宋人多有之。寧用仄字，勿借平字，若子美「先帝貴妃俱寂寞」、「諸葛大名垂宇宙」是也。

清汪師韓《詩學纂聞》之「律詩通韻」條則云：

> 唐律第一句多用通韻字，蓋此句原不在四韻之數，謂之「孤雁入羣」。然不可通者亦不用也。

借韻之餘，巧立名目，故謝榛意有所不取，謂不若不押韻而用仄聲收也。然五七言律絕首句本可押韻或不押韻，詩人創為半押韻，亦饒新意。觀唐世孤雁出羣入羣之詩數以百計，蓋是一時風氣，非必關乎詩人技窮與方音之累也。

所謂借韻者，借旁韻也，亦即用通韻字。如「東」、「冬」合用，「支」、「微」合用，「魚」、「虞」合用，「真」、「文」合用，「寒」、「刪」合用等。「江」與「陽」雖非旁韻而音實近，故杜牧〈寄唐州李玭尚書〉合用之。詩云：

> 累代功勳照世光〔唐〕，奚胡聞道死心降〔江〕。
> 書功筆禿三千管，領節門排十六雙〔江〕。
> 先揖耿弇聲寂寂，今看黃霸事摐摐〔江〕。
> 時人欲識胸襟否，彭蠡秋連萬里江〔江〕。
>
> 〔見《全唐詩》〕

韻書「江」韻獨用，「陽」、「唐」韻同用。則此詩首句「唐」韻，乃出羣或入羣孤雁矣。又〈九日〉云：

> 金英繁亂拂蘭香〔陽〕，明府辭官酒滿缸〔江〕。
> 還有玉樓輕薄女，笑他寒燕一雙雙〔江〕。
>
> 〔見《全唐詩》〕

此詩首句借韻，即用孤雁出羣或入羣之體。借韻但求韻近，「江」、「陽」二韻雖不同卷而韻實近，故同用。

皮日休〈南陽廣文欲於荊襄卜居因而有贈〉云：

地脈從來是福鄉〔陽〕，廣文高致更無雙〔江〕。
青精飯熟雲侵竈，白袷裘成雪濺窗〔江〕。
度日竹書千萬字，經冬朮煎兩三缸〔江〕。
鱸魚自是君家味，莫背松江憶漢江〔江〕。

〔見《全唐詩》〕

此亦「江」、「陽」韻合用，詩押「江」韻而首句借「陽」韻。

李白〈訪戴天山道士不遇〉亦用孤雁之體。詩云：

犬吠水聲中〔東〕，桃花帶雨濃〔鍾〕。
樹深時見鹿，溪午不聞鐘〔鍾〕。
野竹分青靄，飛泉挂碧峯〔鍾〕。
無人知所去，愁倚兩三松〔鍾〕。

〔見《全唐詩》〕

韻書「東」獨用，「冬」、「鍾」同用。此詩押「鍾」韻而首句借「東」韻。

金昌緒〈春怨〉云：

打起黃鶯兒〔支〕，莫教枝上啼〔齊〕。
啼時驚妾夢，不得到遼西〔齊〕。

〔見《全唐詩》〕

韻書「支」、「脂」、「之」韻同用，「齊」韻獨用。此詩押「齊」韻而首句借「支」韻。

北宋林逋〈山園小梅〉二首其一傳誦千古，亦於首句借韻。詩云：

眾芳搖落獨暄妍〔先〕，占盡風情向小園〔元〕。
疎影橫斜水清淺，暗香浮動月黃昏〔魂〕。
霜禽欲下先偷眼，粉蝶如知合斷魂〔魂〕。
幸有微吟可相狎，不須檀板共金尊〔魂〕。

〔見《林和靖先生詩集》〕

韻書「元」、「魂」、「痕」韻同用，「先」、「仙」韻同用。此詩首句借「先」韻。

北宋蘇軾〈題西林壁〉亦用孤雁之體。詩云：

橫看成嶺側成峯〔鍾〕，遠近高低無一同〔東〕。
不識廬山真面目，只緣身在此山中〔東〕。

〔見《集註分類東坡先生詩》〕

至若末句借韻，則難以成體。蓋末句本必押韻，於此借一韻，與出韻何異？故詩人用之者少。元稹〈行宮〉五絕即於末句借韻。其詩云：

寥落古行宮〔東〕，宮花寂寞紅〔東〕。
白頭宮女在，閑坐說玄宗〔冬〕。

〔見《全唐詩》〕

崔塗〈秋夕與友人同會〉五律亦於末句借韻。詩云：

章句積微功〔東〕，星霜二十空〔東〕。
僻應如我少，吟喜得君同〔東〕。
月上僧歸後，詩成客夢中〔東〕。
更聞棲鶴警，清露滴青松〔鍾〕。

〔見《全唐詩》〕

至於詩中偶用鄰韻，乃詩人以意為先，不欲受官韻羈軛，故隨意借韻，並無定處。吾人所能知者，乃此等韻腳以當時京師雅音或作者方音讀之必能協，不然用之何為？杜甫〈雨晴〉是詩中借韻一例。詩云：

天水秋雲薄，從西萬里風〔東〕。[1]
今朝好晴景，久雨不妨農〔冬〕。
塞柳行疎翠，山梨結小紅〔東〕。
胡笳樓上發，一雁入高空〔東〕。

〔見《全唐詩》〕

韓偓〈寒食日沙縣雨中看薔薇〉排律亦一例。詩云：

何處遇薔薇〔微〕，殊鄉冷節時〔之〕。
雨聲籠錦帳，風勢偃羅幃〔微〕。
通體全無力，酡顏不自持〔之〕。
綠疎微露刺，紅密欲藏枝〔支〕。

---

1 《全唐詩》於「水」字下注云：「一作『外』，一作『際』，一作『永』。」案論擿詞則『天外』為勝。然此詩作於秦州，則『天水』或是地名。

愜意憑闌久，貪吟放醆遲〔脂〕。

旁人應見訝，自醉自題詩〔之〕。

〔見《全唐詩》〕

韻書「支」、「脂」、「之」韻同用，「微」韻獨用。此詩「微」韻與「支」、「脂」、「之」韻同押，凡兩見，足見古人日常為近體詩，用韻偶爾不拘小節，固無不可。

宋胡仔（音「玆」）《苕溪漁隱叢話・前集》卷三十一引《緗素雜記》云：

> 鄭谷與僧齊己、黃損等共定今體詩格云：「凡詩用韻有數格：一曰葫蘆，一曰轆轤，一曰進退。葫蘆韻者先二後四，轆轤韻者雙出雙入，進退韻者一進一退。失此則繆矣。」

先二後四即六韻排律，首二聯一韻，次四聯用旁韻；雙出雙入至少四韻，首二聯一韻，次二聯用旁韻；一進一退亦至少四韻，單數聯一韻，雙數聯用旁韻。宋詩尤多此數格。然此皆詩人遊戲或自遣所用之變體而已，終非正也。

吳體

唐賢八句平韻詩有所謂「吳體」。《四部叢刊》本《分門集註杜工部詩》於杜甫〈愁〉詩題下注云：「魯〔魯訔，南宋初人，嘗編注杜詩〕曰：『強戲為吳體。』」杜詩云：

江草日日喚愁生，巫峽泠泠非世情。
盤渦鷺浴底心性，獨樹花發自分明。
十年戎馬暗萬國，異域賓客老孤城。
渭水秦山得見否，人今罷病虎縱橫。

其言既務俚俗，亦務古拙。其體裁則失粘失對而少律句，第二、三聯用對仗而不論平仄，自是拗律一體。杜甫〈暮歸〉一詩千古傳誦，雖無明指，實亦此體。詩云：

霜黃碧梧白鶴棲，城上擊柝復烏啼。
客子入門月皎皎，誰家擣練風淒淒。
南度桂水闕舟楫，北歸秦川多鼓鞞。
年過半百不稱意，明日看雲還杖藜。

此詩押韻句五，以「平仄平」收者二，以「平平平」收者一，儼然有古風矣。

至皮日休、陸龜蒙為吳體，務俚俗古拙如杜，其體式則在押韻句第五字且幾全用平聲，於俚拙中更見拗戾。茲據《全唐詩》錄陸龜蒙致皮日休吳體三首及皮日休和詩三首，以見梗概。

〈早春雪中作吳體寄襲美〉陸龜蒙

迎春避臘不肯下，欺花凍草還飄然。
光填馬窟蓋塞外，勢壓鶴巢偏殿巔。
山爐瘦節萬狀火，墨突乾衰孤穗煙。
君披鶴氅獨自立，何人解道真神仙。

〈奉和魯望早春雪中作吳體見寄〉皮日休

威仰噤死不敢語，瓊花雲魄清珊珊。
溪光冷射觸鸀鳿，柳帶凍脆攢欄杆。
竹根乍燒玉節快，酒面新潑金膏寒。
全吳縹瓦十萬戶，惟君與我如袁安。

〈獨夜有懷因作吳體寄襲美〉陸龜蒙

人吟側景抱凍竹，鶴夢缺月沈枯梧。
清澗無波鹿無魄，白雲有根虬有鬚。
雲虬澗鹿真逸調，刀名錐利非良圖。
不然快作燕市飲，笑撫肉枅眠酒壚。

〈奉和魯望獨夜有懷吳體見寄〉皮日休

病鶴帶霧傍獨屋，破巢含雪傾孤梧。
濯足將加漢光腹，抵掌欲捋梁武鬚。
隱几清吟誰敢敵，枕琴高卧真堪圖。
此時枉欠高散物，楠瘤作樽石作壚。

〈早秋吳體寄襲美〉陸龜蒙

荒庭古樹只獨倚，敗蟬殘蛩苦相仍。
雖然詩膽大如斗，爭奈愁腸牽似繩。
短燭初添蕙幌影，微風漸折蕉衣稜。
安得彎弓似明月，快箭拂下西飛鵬。

〈奉和魯望早秋吳體次韻〉皮日休

書淫傳癖窮欲死，譊譊何必頻相仍。
日乾陰蘚厚堪剝，藤把欹松牢似繩。
擣藥香侵白袷袖，穿雲潤破烏紗稜。
安得瑤池飲殘酒，半醉騎下垂天鵬。

六詩俱失粘失對，亦少律句，詩中對仗但視詞性，不論平仄。而押韻句末「平仄平」及「平平平」之多，與七古無異矣。然視之為詩人騖新好奇之作，復何傷焉？

《四庫全書》本《山谷外集詩注》卷二載北宋黃庭堅〈二月丁卯喜雨吳體為北門留守文潞公〔文彥博〕作〉，詩云：

乘輿齋祭甘泉宮，遣使駿奔河岳中。
誰與至尊分旰食，北門臥鎮司徒公。
微風不動天如醉，潤物無聲春有功。
三十餘年霖雨手，淹留河外作時豐。

此詩以氣勝，既不俚俗，亦不古拙，不與老杜及皮陸吳體同趣。其體式則粘對無誤，除第一、四句外，全屬律句，唯第二、六句有古味。而次聯不對偶，亦不合唐人之法。此是尋常拗律耳，恐未得吳體之旨。

觀乎《四部叢刊》本《集註分類東坡先生詩》所載北宋蘇軾〈出潁口初見淮山是日至壽州〉，可謂善用吳體。詩云：

我行日夜向江海，楓葉蘆花秋興長。

平淮忽迷天遠近，青山久與船低昂。

壽州已見白石塔，短棹未轉黃茆〔通「茅」〕岡。

波平風軟望不到，故人久立煙蒼茫。

此詩氣魄不比尋常，然俚俗古拙兼而有之，且失粘失對。押韻句四，以「平仄平」收者一，以三平收者三。詩題雖無明指，然是效唐賢吳體之佳作也。

唐古體詩雜説

唐古體詩雜說

引言

唐人視唐以前之詩為古詩，視其體為古體。近體詩格律成於唐而用於選舉。目其體為近體者，有以別於唐以前之詩體也。而唐人為古體詩則刻意迴避近體詩格律，以免聲調過於諧婉，失卻古意。唐世之古體詩實自成體式，且為後世所宗。明李攀龍《古今詩刪》卷十〈選唐詩序〉云：「唐無五言古詩，而有其古詩。」唐固無漢魏古詩，復何必有？若其言兼明體式之異，則信然也。

體式

唐古體詩非進士雜文所常有，似無官訂體式，然讀唐賢古體之作，則知其公認之體式大率如下：

押韻

一、可押平聲韻、上聲韻、去聲韻或入聲韻，偶見上去聲韻同用，故知上去可同押。

二、用韻較近體為寬，旁韻可通叶，作一韻論，如東、冬、鍾、江韻同用及支、脂、之、微韻同用等是；入聲韻〈-t〉、〈-p〉、〈-k〉偶見混用。

三、不必一韻到底，兩句同韻即可轉韻；首句及轉韻第一句可用韻可不用韻。

四、如詩中全用或間用柏梁體（即句句韻），則柏梁體部分以單句收亦可，非必以雙句收。

平仄

五、五、七言平聲韻句末多用「平平平」或「平仄平」，尤以七言為然；五言亦時見「仄平仄仄平」及二、四字同平仄句。

六、句中之平仄結合盡量不類近體。

對仗

七、並無對仗限制，全詩可不用對仗。

句長

八、以五、七言詩為常，亦有四言詩，又時於雜言詩中見三至九言句。

篇幅

九、長篇短篇均可。

案入聲韻〈-t〉、〈-p〉、〈-k〉混用，古已有之。宋鮑照〈學劉公幹體五首〉其二云：

> 曀曀寒野霧，蒼蒼陰山柏〔入聲韻〈-k〉〕。樹迥霧縈集，山寒野風急〔叶〈-p〉〕。歲物盡淪傷，孤貞為誰立〔叶〈-p〉〕？賴樹自能貞，不計迹幽澀〔叶〈-p〉〕。

此詩〈-p〉與〈-k〉同押。齊謝朓〈奉和隨王殿下十六首〉其九云：

> 肅景遊清都，脩簪侍蘭室〔入聲韻〈-t〉〕。累榭踈遠風，廣庭麗朝日〔叶〈-t〉〕。穆穆神儀靜，愔愔道言密〔叶〈-t〉〕。一餐繫靈表，無吝科年曆〔叶〈-k〉〕。

此詩〈-t〉與〈-k〉同押。梁吳均〈贈朱從事〉云：

> 我行欲何之？千里尋膠漆〔入聲韻〈-t〉〕。長葭歷渚生，踈蒲緣岸出〔叶〈-t〉〕。裊裊能隨風，離離堪度日〔叶〈-t〉〕。客思已飄蕩，相思復非一〔叶〈-t〉〕。未得幸殷勤，先作數行泣〔叶〈-p〉〕。

此詩〈-t〉與〈-p〉同押。然類此者於六朝詩中不過偶見耳。於唐古體詩中亦如是，如杜甫〈北征〉五古七十韻全用入聲字為韻腳，其中「同惡隨蕩析」之「析」字〈-k〉收音，餘六十九韻腳則〈-t〉收音。又如韓愈〈招楊之罘〉五古末四句押入聲韻云：「禮稱獨學陋，易貴不遠復。作詩招之罘，晨夕抱飢渴。」「復」字〈-k〉收音，「渴」字則〈-t〉收音。然似此者究不常見。

現就「上去通叶」與「雜言」兩目舉例說明，並示唐古體詩押韻之法。

上去通叶

仄韻詩本以上、去聲韻分押為經。六朝詩只偶見上、去聲韻同押。今讀六朝詩，或見其頗有上、去聲韻同押者，一則因後世「濁上作去」而讀上聲字為去聲，二則因口語變調而讀去聲字為上聲，故易生混淆。又或齊梁時有某讀而《切韻》、《唐韻》、《廣韻》不收者，則須按文理推而求之矣。

如南齊謝朓〈遊山〉一詩用「蹇」、「辯」、「緬」、「轉」、「澶」、「淺」、「楩」、「蘚」、「衍」、「展」、「踐」、「搴」、「免」、「選」、「善」為韻，除「澶」字外，餘皆上聲。「澶」字於《廣韻》有平去二讀，平聲讀「市連切」，〈-n〉收音，與「蟬」、「嬋」同音，解云：「杜預云：『澶淵，地名，在頓丘縣南。』又音『纏』。」去聲讀「徒案切」，與「憚」同音，解云：「澶漫。」「澶漫」是去聲疊韻形容詞。謝詩云：「堅嵔既崚嶒，迴流復宛澶。」「崚嶒」是平聲疊韻形容詞；「宛」是上聲字，故「澶」於此處當讀上聲，與「宛」合為上聲疊韻形容詞。是以此詩押韻當非上去同用，而是只用上聲。

《漢魏六朝百三家集・何記室集》載有南梁何遜〈與蘇九德別〉轉韻五言十二句，轉韻前諸句云：「宿昔夢顏色，咫尺思言偃。何況杳來期，各在天一面。踟躕暫舉酒，倏忽不相見。春草似青袍，秋月如團扇。」「偃」字上聲，餘韻腳俱去聲，看似上去同用。言偃是孔子弟子，字子游。「咫尺思言偃」無義，蓋若言偃指蘇德，既在咫尺，則無庸思也。明張溥於「偃」字後注云：「疑作『宴』。」是，蓋粗取意於《詩・衛風・氓》之「總角之宴，言笑晏晏」也，而「宴」字去聲亦合。

何遜〈暮秋答朱記室〉五言以「勁」、「淨」、「迥」、「性」、「詠」字為韻。「迥」字《廣韻》及《集韻》都只收上聲讀音，無去聲。如此則此詩韻腳或上去聲同用，即上去通叶。

《玉臺新詠》卷五載南梁江洪〈詠紅牋〉云：「雜彩何足奇，惟紅偏作可。灼爍類蕖開，輕明似霞破。鏤質卷芳脂，裁花承百和。且傳別離心，復是相思裹。不值情牽人，豈識風流座。」「可」字《廣韻》、《集韻》都只收上聲。若此詩抄錄無誤，則或是上去通叶。

至如南梁高爽〈寓居公廨懷何秀才遜〉五言八句，以「聚」、「宇」、「舞」、「愈」為韻。此四字《廣韻》俱作上聲，今則多讀「聚」、「愈」為去聲，乃易誤以此詩為上去通叶矣。

初、盛唐仄韻詩亦以上、去聲韻分押為主。唐玄宗天寶三載芮挺章編《國秀集》，收錄全部及局部押上、去聲韻詩二十四首，並無上去通叶之作。天寶末至德初，殷璠《河嶽英靈集》收錄全部及局部押上、去聲韻詩六十一首，只王昌齡〈觀江淮名山圖〉或上、去聲韻同押。肅宗乾元三年，元結《篋中集》收錄全部及局部押上、去聲韻詩四首，並無上去通叶之作。德宗時，高仲武《中興間氣集》收錄全部及局部押上、去聲韻詩十首，亦無上去通叶之作。故知古體詩上、去聲韻分押，乃當時詩家所守之法。

王昌齡〈觀江淮名山圖〉云：

刻意吟雲山，尤愛丹青妙〔去聲韻〕。稜層列林巒，徹茫出海嶠〔去聲叶。「嶠」，《廣韻》：「渠廟切。」〕。而我高其人，揮毫發幽眇〔上聲叶。「眇」，《廣韻》：「亡沼切。」〕。持此尺寸圖，益展千里眺〔去聲叶〕。淡掃霏素烟，濃抹映殘照〔去聲叶〕。方溯江漢流，忽見淮海徼〔去聲叶。「徼」，《廣韻》：「古弔切。」〕。湘纍謾興哀，英皇復誰弔〔去聲叶〕？遐蹤既云滅，獨往豈殊調〔去聲叶〕。感對懷拂衣，胡寧事漁釣〔去聲叶〕？安期始遺舄，千古謝榮曜〔去聲叶〕。投迹庶可齊，滄浪〔平聲，音「郎」〕有孤棹〔去聲叶。「棹」，《廣韻》：「直教切。」去聲「效」韻〕。

〔據《四部叢刊》本〕

案「眇」即微、小，本亦通「妙」，通「妙」則讀去聲。然此詩第一韻即「妙」字，則如此短篇，恐不宜有二「妙」字矣。以上叶去，蓋從權也。

唐人上、去聲分明，都在《切韻》、《唐韻》之中。後世因濁上作去而讀若干上聲字為去聲；又因口語變調而讀若干去聲字為上聲，今之上去聲與唐之上去聲乃非全同，故讀古人詩時尤須留意。

現於《四部叢刊》本《河嶽英靈集》中選錄一聲到底之上、去聲韻古體詩五首，以見梗概。韻句後注明《廣韻》韻目。蓋《廣韻》上承《切韻》、《唐韻》，非謂唐世有《廣韻》也。

〈滑中贈崔高士瓘〉　王季友

夫子保藥命，外身保无咎〔《廣韻》：「其九切。」上聲「有」韻〕。日月不能老，化腸為筋不〔方久切，上有〕？[1] 十年前見君，甲子過我壽〔殖酉切，上有〕。[2] 于何今相逢，華髮在我後〔胡口切，上厚〕？[3] 近而知其遠，少見今白首〔書九切，上有〕。遙信蓬萊宮，不死世世有〔云九切，上有〕。玄石采盈襜，神方秘其肘〔陟柳切，上有〕。問家惟指雲，愛氣常言酒〔子酉切，上有〕。攝生固如此，履道當不朽〔許久切，上有〕。未能太玄同，願亦天地久〔舉有切，上有〕。

1　「不」即「否」。又「甫鳩切」，平聲；「甫救切」去聲。

2　「壽」，又「承呪切」，去聲。

3　「後」，又「胡豆切」，去聲。

實腹以芝木，賤體仍芻狗〔古厚切，上厚〕。自勉將勉余，良藥在苦口〔苦后切，上厚〕。

此五言古詩通首押上聲韻。

〈望太華贈盧司食〉　陶翰

作吏到西華，乃觀三峯壯〔《廣韻》：「側亮切。」去聲「漾」韻〕。削成元氣中，傑出天河上〔時亮切，去漾〕。[4] 如有飛動色，不知青冥狀〔鋤亮切，去漾〕。巨靈安在哉？厥迹猶可望〔巫放切，去漾〕。[5] 方此顧行旅，未由飭仙裝〔側亮切，去漾〕。[6] 蒽朧記星壇，明滅數雲障〔之亮切，去漾〕。良友垂真契，宿心所微尚〔時亮切，去漾〕。敢投歸山吟，霞徑一相訪〔敷亮切，去漾〕。

此五言古詩通首押去聲韻。

〈營州歌〉　高適

營州少年猒原野〔《廣韻》：「羊者切。」上聲「馬」韻〕，狐裘蒙茸獵城下〔胡雅切，上馬〕。[7] 虜酒千杯不醉人，胡兒十歲能騎馬〔莫下切，上馬〕。

此七言古體絕句通首押上聲韻。

4　「上」，又「時兩切」，上聲，動詞。

5　「望」，又「武方切」，平聲。

6　「裝」，「側亮切」，訓「行裝」。又「側良切」，平聲，訓「裝束」。

7　「下」，《廣韻》：「賤也，去也，後也，底也，降也。」

〈終南雙峯草堂作〉 岑參

斂跡歸山田，息心謝時輩〔《廣韻》：「補妹切。」去聲「隊」韻〕。晝還草堂臥，但與雙峯對〔都隊切，去隊〕。興來恣佳遊，事愜符勝概〔古代切，去代〕。著書高窗下，日夕見城內〔奴對切，去隊〕。曩為世人誤，遂負平生愛〔烏代切，去代〕。久與林壑辭，及來杉松大〔徒蓋切，去泰〕。偶茲近精廬，數預名僧會〔黃外切，去泰〕。[8] 有時逐漁樵，永日不冠帶〔當蓋切，去泰〕。崖口上新月，石門破蒼靄〔於蓋切，去泰〕。色向羣木深，光搖一潭碎〔蘇內切，去隊〕。緬懷鄭生谷，頗憶嚴子瀨〔落蓋切，去泰〕。勝事獨可追，斯人邈千載〔作代切，去代〕。[9]

此五言古詩通首押去聲韻。

〈西陵口觀海〉 薛據

長江漫湯湯，近海勢彌廣〔《廣韻》：「古晃切。」上聲「蕩」韻〕。在昔坯混凝，融為百川泱〔烏朗切，上蕩〕。地形失端倪，天色淏洸瀁〔餘兩切，上養〕。東南際萬里，極目遠無象〔徐兩切，上養〕。山影乍浮沈，潮波忽來往〔于兩切，上養〕。孤帆或不見，棹歌猶嚮像〔徐兩切，上養〕。日暮長風起，客心空振蕩〔徒朗切，上蕩〕。浦口霞未收，

8 「會」，又「古外切」，訓「會稽山名」。

9 「載」，《廣韻》讀「作代切。」去聲，解云：「年也、事也、則也、乘也、始也、盟辭也。」又讀「作亥切」，上聲，解云：「年也。」又讀「昨代切」，去聲，解云：「運也。」

潭心月初上〔時掌切，上養〕。[10] 林嶼幾邅迴，亭皋時偃仰〔魚兩切，上養〕。歲晏訪蓬瀛，真遊非外獎〔即兩切，上養〕。

此五言古詩通首押上聲韻。

至於含上、去聲韻之轉韻古體詩，今亦於《四部叢刊》本《河嶽英靈集》中舉五首為例：

〈行路難〉 李白

金罍清酒價十千〔平聲韻〕，玉盤珍羞直萬錢〔叶〕。停杯投筯不能食，拔劍四顧心茫然〔叶〕。欲度黃河冰塞川〔叶〕，將登太行雲暗天〔叶〕。閒來垂釣坐溪上，忽復乘舟落日邊〔叶〕。行路難，道安在〔轉上聲韻〕？長風破浪會有時，直挂雲帆濟滄海〔上聲叶〕。

此雜言詩仄韻組俱上聲。其詞與通行本頗異，然異文都不在韻腳。

〈古意〉 李頎

男兒事長征，生小幽燕客〔入聲韻〈-k〉〕。賭勝馬蹄下，由來輕七尺〔叶〈-k〉〕。殺人莫敢前，鬚如蝟毛磔〔叶〈-k〉〕。黃雲白雪隴底飛〔轉平聲韻〕，未得報恩不得歸〔叶〕。遼東小婦年十五〔轉上聲韻〕，慣彈琵琶解歌舞〔上聲叶〕。今為羌笛出塞聲，使我三軍淚如雨〔上聲叶〕。

---

10 「上」，《廣韻》：「時掌切。」訓「登也，升也」。又「時亮切」，訓「君也，猶天子也」。

此雜言詩非入聲仄韻組俱上聲。

〈燕歌行〉　高適

漢家烟塵在東北〔入聲韻〈-k〉〕，漢將辭家破殘賊〔叶〈-k〉〕。男兒本自重橫行，天子非常借顏色〔叶〈-k〉〕。摐金伐鼓下榆關〔轉平聲韻〕，旌旆逶迤碣石間〔叶〕。校尉羽書飛瀚海，單于獵火照狼山〔叶〕。山川蕭條極邊土〔轉上聲韻〕，胡騎憑陵雜風雨〔上聲叶〕。戰士軍前半死生，美人帳下猶歌舞〔上聲叶〕。大漠窮秋塞草腓〔轉平聲韻〕，孤城落日鬬兵稀〔叶〕。身當恩遇常輕敵，力盡關山未解圍〔叶〕。鐵衣遠戍辛勤久〔轉上聲韻〕，玉筋應啼別離後〔上聲叶〕。少婦城南欲斷腸，征人薊北空回首〔上聲叶〕。邊庭飄颻那可度？絕域蒼黃何所有〔上聲叶〕？殺氣三時作陣雲，寒聲一夜傳刁斗〔上聲叶〕。相看白刃血紛紛〔轉平聲韻〕，死節從來豈顧勛〔叶〕。君不見沙場征戰苦，至今猶憶李將軍〔叶〕。

此雜言詩只一句八言，餘皆七言。第一非入聲仄韻組用上聲，第二非入聲仄韻組亦用上聲。

〈孟門行〉　崔顥

黃雀銜黃花，翩翩傍簷隙〔入聲韻〈-k〉〕。本擬報君恩，如何返彈射〔叶〈-k〉〕？金罍美酒滿座春〔轉平聲韻〕，平原愛才多眾賓〔叶〕。滿堂盡是忠義士，何意得有讒諛人〔叶〕。諛言翻覆那可道〔轉上聲韻〕，能令君心不自保

〔上聲叶〕。北園新栽桃李枝〔轉平聲韻〕，根株未固何轉移〔叶〕？成陰結子君自取，若問傍人那得知〔叶〕？

此雜言詩非入聲仄韻組俱用上聲。

〈夜歸鹿門歌〉　孟浩然

山寺鳴鐘晝已昏〔平聲韻〕，魚梁渡頭爭渡喧〔叶〕。人隨沙路向江村〔叶〕，予亦乘舟歸鹿門〔叶〕。鹿門月照烟中樹〔轉去聲韻〕，忽到龐公棲隱處〔去聲叶〕。巖扉松徑長寂寥，唯有幽人夜來去〔去聲叶〕。

此七言古詩仄韻組俱用去聲。

然上去分押是經，上去同押是權，故唐世詩人亦不以上去同押為禁忌。中興後尤多見此。下舉數例明之。

韓愈〈月蝕詩效玉川子作〉末云：

天雖高，耳屬地〔去聲置韻〕。感臣赤心，使臣知意〔去置〕。雖無明言，潛喻厥旨〔上聲紙韻〕。有氣有形，皆吾赤子〔上紙〕。雖忿大傷，忍殺孩稚〔去置〕？還女月明，安行于次〔去置〕。盡釋眾罪，以蛙磔死〔上紙〕。

〔據《四部叢刊》本《朱文公校昌黎先生集》〕

此詩即見上去通叶。

李賀〈李憑箜篌引〉末云：

女媧鍊石補天處〔去聲御韻〕，石破天驚逗秋雨〔上聲麌韻〕。夢入神山教神嫗〔去遇〕，老魚跳波瘦蛟舞〔上麌〕。

吳質不眠倚桂樹〔去遇〕，露腳斜飛溼寒兔〔去暮〕。

〔據《四部叢刊》本《李賀歌詩編》〕

此詩亦見上去通叶。

白居易〈長恨歌〉膾炙人口，押仄韻處一般上、去分明，並不混用。如：「承歡侍宴無閑暇，春從春遊夜專夜〔據《四部叢刊》本《白氏長慶集》，下同〕。」「暇」、「夜」讀去聲。「姊妹弟兄皆列土，可憐光彩生門戶。遂令天下父母心，不重生男重生女。」「土」、「戶」、「女」讀上聲。「翠華搖搖行復止，西出都門百餘里。六軍不發無奈何，宛轉蛾眉馬前死。」「止」、「里」、「死」讀上聲。「天旋日轉迴龍馭，到此躊躇不能去。馬嵬坡下泥土中，不見玉顏空死處。」「馭」、「去」、「處」讀去聲。「西宮南苑多秋草，宮葉滿階紅不掃。梨園弟子白髮新，椒房阿監青娥老。」「草」、「掃」、「老」讀上聲。「排雲馭氣奔如電，昇天入地求之遍。上窮碧落下黃泉，兩處茫茫皆不見。」「電」、「遍」、「見」讀去聲。「樓閣玲瓏五雲起，其中綽約多仙子。中有一人字太真，雪膚花貌參差是。」「起」、「子」、「是」讀上聲。「風吹仙袂飄颻舉，猶似霓裳羽衣舞。玉容寂寞淚欄干，梨花一枝春帶雨。」「舉」、「舞」、「雨」讀上聲。「迴頭下望人寰處，不見長安見塵霧。唯將舊物表深情，鈿合金釵寄將去。」「處」、「霧」、「去」讀去聲。「釵留一股合一扇，釵擘黃金合分鈿。但令心似金鈿堅，天上人間會相見。」「扇」、「鈿」、「見」讀去聲。以上所引，每組韻腳俱上、去分明，並無混用。然詩中另有兩組韻腳則宜注意。其一：「鴛鴦瓦冷霜草重，翡翠衾寒誰與共？悠悠生死別經年，魂魄不曾來入夢。」《廣韻》：「共，同也，皆也。」讀「渠用切」，去聲「用」韻。又：「寢，寐中神游。」讀「莫鳳切」，去聲「送」韻。又：「重，多也、厚也、善也、慎也。」讀「直隴切」，上聲「腫」韻。又：「重，更為也。」讀「柱用切」，去聲「用」韻。然則此組韻腳是否上去通叶，似又未必。觀杜甫〈古柏行〉末云：「大廈如傾要梁棟，萬牛迴首丘山重。不露文章世已驚，未辭翦伐誰能送？苦心豈免容螻蟻，香葉終經宿鸞鳳。志士幽人莫怨嗟，古來材大難為用。」「棟」、「重」、「送」、「鳳」、「用」是韻腳。以杜甫詩律之細，似不必置一上聲字於眾去聲字之中，故不妨以唐時「輕重」之「重」亦借用「柱用切」之去聲讀法，亦姑且以〈長恨歌〉之「重」、「共」、「夢」俱讀去聲，故難以作上去通叶之例。然「歸來池苑皆依舊，太液芙蓉未央柳。」「柳」是上聲字，而「舊」字於《廣韻》只有「巨救切」去聲一讀。觀此或是上去通叶。雖則元代《古今韻會舉要》及明世《洪武正韻》於「舊」字加注「巨九切」上聲一讀，與「臼」、「舅」字同音，畢竟是以後證前，「舊」字在唐時未必有上聲讀音。故「歸來」兩句當是上聲「柳」字與去聲「舊」字叶韻。

白居易〈琵琶引〉(其序末云：「命曰〈琵琶行〉。」故又名〈琵琶行〉) 亦疑有上、去同押之韻組。「移船相近邀相見，添酒迴燈重開宴。千呼萬喚始出來，猶抱琵琶半遮面〔據《四部叢刊》本《白氏長慶集》，下同〕。」「見」、「宴」、「面」都讀去聲。「絃絃掩抑聲聲思，似訴平生不得意。低眉信手續續彈，說盡心中無限事。」「思」、「意」、「事」俱讀去聲。「大絃嘈嘈如急雨，小絃切切如私語。」「雨」、「語」俱讀上聲。至於「自言本是京城女，家在蝦蟆陵下住。十三學得琵琶成，名屬教坊第一部。曲罷曾教善才伏，粧成每被秋娘妬。五陵年少爭纏頭，一曲紅綃不知數。鈿頭雲篦擊節碎，血色羅裙翻酒污。今年歡笑復明年，秋月春風等閑度。弟走從軍阿姨死，暮去朝來顏色故。門前冷落鞍馬稀，老大嫁作商人婦。商人重利輕別離，前月浮梁買茶去。」其中「住」、「部」、「妬」、「數」、「污」、「度」、「故」、「去」皆去聲韻腳，而「女」、「婦」則屬上聲。《廣韻》：「女，《禮記》曰：『女者如也，如男子之教。』」讀「尼呂切」，上聲「語」韻。又：「女，以女妻人也。」讀「尼據切」，去聲「御」韻。故此處「女」字必不讀去聲。《廣韻》：「婦，《說文》曰：『婦，服也。从女持帚，洒埽也。』」讀「房久切」，上聲「有」韻。「有」韻不與「語」、「麌」、「姥」等韻叶，唐人語音必不以「婦」為「有」韻字，即如「否」字在《廣韻》讀「方久切」，上聲「有」韻，解云：「《說文》：『不也。』」，而北宋周邦彥〈蘇幕遮〉云：「燎沈香，消溽暑。鳥雀呼晴，侵曉窺檐語。葉上初陽乾宿雨。水面清圓，一一風荷舉。　故鄉遙，何日去？家住吳門，久作長安旅。五月漁郎相憶否？小楫輕舟，夢入芙蓉浦〔據《片玉詞校箋》〕。」「否」字與「暑」、「語」、「雨」、「舉」、「去」、「旅」、「浦」諸字叶，故必不讀「有」韻也。

王維〈偶然作〉云：「陶潛任天真，其性頗耽酒〔「有」韻〕。自從棄官來，家貧不能有〔有〕。九月九日時，菊花空滿手〔有〕。

心中竊自思，倘有人送否〔有〕？白衣攜壺觴，果來遺老叟〔厚〕。且喜得斟酌，安問升與斗〔厚〕。奮衣野田中，今日嗟無負〔有〕。兀傲迷東西，簑笠不能守〔有〕。傾倒強行行，酣歌歸五柳〔有〕。生事不曾問，肯愧家中婦〔有〕？〔據《四部叢刊》本《唐王右丞集》〕」

此詩用韻全依韻書，「否」、「婦」用當時讀書音押韻，與白居易「婦」字用語音叶韻自異。而上引〈琵琶引〉韻組，則是上去通叶無疑。

上去通叶之法，宋世更習以為常。因宋詞亦上去通叶，故作古體詩如是，殊不足怪。如蘇軾〈韓幹十四馬〉云：

> 二馬並驅攢八蹄〔平聲韻〕，二馬宛頸騣尾齊〔叶〕。一馬任前雙舉後，一馬郤避長鳴嘶〔叶〕。老髯奚官騎且顧〔轉去聲「暮」韻〕，前身作馬通馬語〔上聲「語」韻叶〕。後有八匹飲且行〔轉平韻〕，微流赴吻若有聲〔叶〕。前者既濟出林鶴〔轉入聲韻〈-k〉〕，後者欲涉鶴俛啄〔叶〈-k〉〕。最後一匹馬中龍〔轉平聲韻〕，不嘶不動尾搖風〔叶〕。韓生畫馬真是馬〔轉上聲「馬」韻〕，蘇子作詩如見畫〔去聲「卦」韻叶〕。世無伯樂亦無韓〔轉平聲韻〕，此詩此畫誰當看〔叶〕？
>
> 〔據《四部叢刊》本《集註分類東坡先生詩》〕

此詩上去通叶凡兩見，即以「語」叶「顧」及以「畫」叶「馬」。又蘇軾〈郭祥正家醉畫竹石壁上郭作詩為謝且遺古銅劍二〉云：

> 枯腸得酒芒角出〔入聲韻〈-t〉〕，肝肺槎牙生竹石〔叶

〈-k〉〕。森然欲作不可回，寫向君家雪色壁〔叶〈-k〉〕。平生好書仍好畫〔轉去聲「卦」韻〕，書牆涴壁長遭罵〔上聲「馬」韻或去聲「禡」韻叶〕。不瞋不罵喜有餘，世間誰復如君者〔上聲「馬」韻叶〕。一雙銅劍秋水光〔轉平聲韻〕，兩首新詩爭劍鋩〔叶〕。劍在牀頭詩在手〔轉上聲「有」韻〕，不知誰作蛟龍吼〔上聲「厚」韻或去聲「候」韻叶〕。

此詩「畫」、「罵」、「者」是上去通叶；「手」、「吼」則或是上去通叶。又黃庭堅〈題王仲弓兄弟巽亭〉云：

大隗七聖迷，許田連城重〔上聲「腫」韻或去聲「用」韻〕。里中多佳樹，與世作楹棟〔去聲「送」韻叶〕。市門行清渠，湨水可抱甕〔去聲「送」韻叶〕。翬飛城東南，隱几撫羣動〔上聲「董」韻叶〕。人境要俱爾，我乃得大用〔去聲「用」韻叶〕。烏衣之雲孫，昆弟不好弄〔去聲「送」韻叶〕。木末風雨來，卷箔醉賓從〔去聲「用」韻叶〕。事常超然觀，樂與賢者共〔去聲「用」韻叶〕。人登斷龍求，我自歸鴻送〔去聲「送」韻叶〕。溪毛亂錦襭，候蟲響機綜〔去聲「宋」韻叶〕。世紛甚崢嶸，胸次欲空洞〔去聲「送」韻叶〕。讀書開萬卷，謀國妙百中〔去聲「送」韻叶〕。儻無斵鼻工，聊付曲肱夢〔去聲「送」韻叶〕。

〔據《四部叢刊》本《豫章黃先生文集》〕

此詩以去聲韻為主，雜以上聲韻。可見唐以後古體詩上、去聲韻分押之外，亦有同押，正變經權，鮮復辨矣。

雜言

嚴羽《滄浪詩話》：「有古詩，有近體，有絕句，有雜言。」所謂雜言詩，只不過以七言古體為基，輔以三四五六八九言句以取跌宕浩瀚之勢，隨作者之意而為，並無特定格式。讀之時而似歌謠樂府，時而似散文，時而似古詩，變化多端。唐之名家，以李白雜言最豪放不羈。舉例如後。

〈遠別離〉　李白

遠別離，古有皇英之二女〔上聲韻〕。乃在洞庭之南，瀟湘之浦〔上聲叶〕。海水直下萬里深，誰人不言此離苦〔上聲叶〕。日慘慘兮雲冥冥，猩猩啼煙兮鬼嘯雨〔上聲叶〕。我縱言之將何補〔上聲叶〕？皇穹竊恐不照余之忠誠，雷憑憑兮欲吼怒〔上聲叶〕。[11] 堯舜當之亦禪禹〔上聲叶〕。君失臣兮龍為魚，權歸臣兮鼠變虎〔上聲叶〕。或云堯幽囚、舜野死〔轉上聲韻〕，九疑聯綿皆相似〔上聲叶〕。重瞳孤墳竟何是〔上聲叶〕？帝子泣兮綠雲間〔轉平聲韻〕，隨風波兮去無還〔平聲叶〕。慟哭兮遠望，見蒼梧之深山〔平聲叶〕。蒼梧山崩湘水絕〔轉入聲韻〕，竹上之淚乃可滅〔入聲叶〕。

〔據《四部叢刊》本《分類補註李太白詩》〕

此詩除七言句外，尚有三、四、五、六、八、十言句。

11　「怒」字在《廣韻》屬上聲「麌」韻及去聲「遇」韻。

〈蜀道難〉　李白

噫吁戲，危乎高哉！蜀道之難難於上青天〔平聲韻〕，蠶叢及魚鳧，開國何茫然〔叶〕。爾來四萬八千歲，不與秦塞通人煙〔叶〕。西當太白有鳥道，可以橫絕峨眉巔〔叶〕。地崩山摧壯士死，然後天梯石棧相鉤連〔叶〕。上有六龍回日之高標，下有衝波逆折之回川〔叶〕。黃鶴之飛尚不得過，猿猱欲度愁攀援〔叶〕。青泥何盤盤〔叶〕，百步九折縈巖巒〔叶〕。捫參歷井仰脅息，以手撫膺坐長嘆〔叶〕。問君西遊何時還〔叶〕？畏途巉巖不可攀〔叶〕。但見飛鳥號古木，雄飛從雌繞林間〔叶〕。又聞子規啼夜月，愁空山〔叶〕。蜀道之難難於上青天〔叶〕，使人聽此凋朱顏〔叶〕。連峯去天不盈尺〔轉入聲韻〕，枯松倒掛倚絕壁〔叶〕。飛湍瀑流爭喧豗〔轉平聲韻〕，砯厓轉石萬壑雷〔叶〕。其險也如此，嗟爾遠道之人胡為乎來哉〔叶〕！劍閣崢嶸而崔嵬〔叶〕。一夫當關，萬夫莫開〔叶〕。所守或匪親，化為狼與豺〔叶〕。朝避猛虎，夕避長蛇〔轉平聲韻〕。磨牙吮血，殺人如麻〔叶〕。錦城雖云樂，不如早還家〔叶〕。蜀道之難難於上青天，側身西望長咨嗟〔叶〕。

此詩除七言句外，尚有三、四、五、八、九、十一言句。此十一言句固亦可析為六言及五言句各一。

〈夢遊天姥吟留別〉　李白

海客談瀛洲〔平聲韻〕，煙濤微茫信難求〔叶〕。越人語天姥〔轉上聲韻〕，雲霓明滅或可覩〔上聲叶〕。天姥連天向天橫〔轉平聲韻〕，勢拔五嶽掩赤城〔叶〕。天台四萬八千丈，對此欲倒東南傾〔叶〕。我欲因之夢吳越〔轉入聲韻〕，一夜飛度鏡湖月〔叶〕。湖月照我影，送我至剡溪〔轉平聲韻〕。謝公宿處今尚在，淥水蕩漾清猿啼〔叶〕。腳著謝公屐，身登青雲梯〔叶〕。半壁見海日，空中聞天雞〔叶〕。千巖萬轉路不定〔轉去聲韻〕，迷花倚石忽已瞑〔去聲叶〕。熊咆龍吟殷巖泉〔轉平聲韻〕，慄深林兮驚層巔〔叶〕。雲青青兮欲雨，水澹澹兮生煙〔叶〕。列缺霹靂，丘巒崩摧〔轉平聲韻〕。洞天石扉，訇然中開〔叶〕。青冥浩蕩不見底，日月照耀金銀臺〔叶〕。霓為衣兮風為馬〔轉上聲韻〕，雲之君兮紛紛而來下〔上聲叶〕。虎鼓瑟兮鸞回車〔轉平聲「麻」韻而非「魚」韻〕，仙之人兮列如〔原文無「如」字，今補〕麻〔叶〕。忽魂悸以魄動，怳驚起而長嗟〔叶〕。惟覺時之枕席，失向來之煙霞〔叶〕。世間行樂亦如此〔轉上聲韻〕，古來萬事東流水〔上聲叶〕。別君去兮〔原文作「時」，誤〕何時還〔轉平聲韻〕？且放白鹿青崖間〔叶〕，須行即騎訪名山〔叶〕。安能摧眉折腰事權貴，使我不得開心顏〔叶〕？

此詩除七言句外，尚有四、五、六、九言句。

君不見

六朝樂府〈行路難〉常以「君不見」作詩句發端。劉宋鮑照〈擬行路難〉諸製（據《鮑氏集》）即有「君不見河邊草」、「君不見城上日」、「君不見舜華不終朝」、「君不見枯籜走階庭」、「君不見亡靈蒙享祀」、「君不見少壯從君去」、「君不見柏梁臺」、「君不見阿房宮」、「君不見冰上霜」、「君不見春鳥初至時」等句。唐雜言詩好以「君不見」一詞為其中一、兩句之發端語，而有此發端語則其詩不得不為雜言矣。李白〈將進酒〉云：「君不見黃河之水天上來，奔流到海不復回。君不見高堂明鏡悲白髮，朝為青絲暮成雪。」杜甫〈兵車行〉云：「君不見青海頭，古來白骨無人收。」高適〈邯鄲少年行〉云：「君不見即今交態薄，黃金用盡還疎索。」岑參〈戎葵花歌〉云：「有錢向酒家，君不見戎葵花〔末句〕。」以及北宋王安石〈明妃曲〉云：「君不見咫尺長門閉阿嬌，人生失意無南北。」即其例也。

附錄

「一三五不論，二四六分明」雜說

「一三五不論，二四六分明」雜説

── 兼論近體詩拗句

引言

明代釋真空著《篇韻貫珠集》，於第八節「類聚雜法歌訣」內臚列七言及五言詩平仄式共六種。其一是「平起七言八句格式」，「格」即「律」：

平平仄仄仄平平，仄仄平平仄仄平。
仄仄平平平仄仄，平平仄仄仄平平。
平平仄仄平平仄，仄仄平平仄仄平。
仄仄平平平仄仄，平平仄仄仄平平。

其二是「仄起七言八句式」，「格」字不言而喻：

仄仄平平仄仄平，平平仄仄仄平平。
平平仄仄平平仄，仄仄平平仄仄平。
仄仄平平平仄仄，平平仄仄仄平平。
平平仄仄平平仄，仄仄平平仄仄平。

其三是「平起七言八句反戾式」，押仄韻：

平平仄仄平平仄，仄仄平平平仄仄。
仄仄平平仄仄平，平平仄仄平平仄。
平平仄仄仄平平，仄仄平平平仄仄。
仄仄平平仄仄平，平平仄仄平平仄。

其四是「仄韵〔當是「起」〕七言八句反戾式」：

仄仄平平平仄仄，平平仄仄平平仄。
平平仄仄仄平平，仄仄平平平仄仄。
仄仄平平仄仄平，平平仄仄平平仄。
平平仄仄仄平平，仄仄平平平仄仄。

其五是「平起五言八句格式」：

平平仄仄平，仄仄仄平平。
仄仄平平仄，平平仄仄平。
平平平仄仄，仄仄仄平平。
仄仄平平仄，平平仄仄平。

其六是「仄起五言八句式」：

仄仄仄平平，平平仄仄平。
平平平仄仄，仄仄仄平平。
仄仄平平仄，平平仄仄平。
平平平仄仄，仄仄仄平平。

繼而附歌訣云：

> 平對仄，仄對平，反切要分明。有無虛與實，死活重兼輕。上去入音為仄韵，東西南字是平聲。

繼又另起一行以同韻部為以下兩句：

> 一三五不論，二四六分明。[1]

釋真空另起一行標示此二句，其中一個原因或在於「明」韻腳重出；另一原因可能是行文問題，因三五七言詩不宜以五言收。但主因無疑是要揭示這兩句的重要性。《四庫提要》云：「真空號清泉，萬歷中京師慈仁寺僧也。」[2] 然而《篇韻貫珠集》載有弘治戊午（1498）太僕寺丞劉聰序文，故釋真空當不是萬曆年間僧人。釋真空身在京師，可能佔了地利，是以「一三五不論」兩句口訣流傳甚為廣遠。這個口訣屢為清代詩學家所詬病，然而亦有清代詩學家為其回護，是以其重要性確是毋庸置疑的。

究竟「一三五不論，二四六分明」應作如何解釋呢？有見於三五七言歌訣所討論的是近體詩的平仄，可推斷此二句的意思是：七言近體詩一三五位置不必拘論平仄，二四六位置平仄定要分明。換言之，一三五可平可仄，二四六卻並非可平可仄；

1 《新編篇韻貫珠集》，《四庫全書存目叢書》本（臺南縣柳營鄉：莊嚴文化事業有限公司影印北京大學圖書館藏明弘治十一年〔1498〕刻本，1997 年），經部第 213 冊，頁 535。

2 《四庫全書總目提要》（臺北：臺灣商務印書館，1983 年），〈經部・小學類・存目二・《篇韻貫珠集》一卷〉，冊 1，總頁 927。

一三五平仄可以變易，二四六平仄不可變易。

至於五言近體詩，便應當是「一三不論，二四分明」了。

《篇韻貫珠集》所舉仄韻詩兩式，乃唐朝科舉所無。唐朝試帖詩雖偶有仄韻，但並無特定粘對，故該兩式難以視為常式，是以本文略去不論。以下專論近體平韻詩格律，從而見「一三五不論，二四六分明」二語的適切性。

諸家評論

明末清初，王夫之（1619–1692）《薑齋詩話》卷下云：

〈樂記〉云：「凡音之起，從人心生也。」固當以穆耳協心為音律之準。「一三五不論，二四六分明」之説，不可恃為典要。「昔聞洞庭水」，「聞」、「庭」二字俱平，正爾振起。若「今上岳陽樓」，易第三字為平聲，云「今上巴陵樓」，則語蹇而戾於聽矣。「八月湖水平」，「月」、「水」二字皆仄，自可。若「涵虛混太清」易作「混虛涵太清」，為泥磬土鼓而已。又如「太清上初日」，音律自可；若云「太清初上日」以求合於粘，則情文索然，不復能成佳句。又如楊用修警句云：「誰起東山謝安石，為君談笑淨烽煙。」若謂「安」字失粘，更云「誰起東山謝太傅」，拖沓便不成響。足見凡言法者，皆非法也。釋氏有言：「法尚應捨，何況非法？」

藝文家知此，思過半矣。[3]

王夫之論詩格律，並不能說出具體道理，有清一代論詩格諸家似乎都較他當行。不過他的論說重點則很明顯，那就是：一三五不一定不論，二四六也不必分明。「昔聞洞庭水」是二四（於七言則是四六）皆平而失粘，「八月湖水平」則是二四皆仄，故二四六亦不必分明。至於「涵虛混太清」，設若一三平仄互調，則聲情不振；「太清上初日」，設若三四互調而使二四回復一平一仄，則索然無味。故一三五亦非不論。至於「誰起東山謝安石」，如「安」字改為仄聲以求四六不俱平，則不成響。不過，王夫之欲證二四六不必分明，所舉兩例其實是既定的特殊形式，並非隨意不分明。王氏自「涵虛」以下所討論的更是行文優劣的問題，不能與格式混為一談。從律句形式上言，「仄平平仄平」、「仄平平仄仄」和「平仄平平仄仄仄」又有何不可呢？豈能謂凡此等都不成響？可見王夫之的理論相當薄弱。

清初，山東新城王士禎（1634–1711）亦極反對「一三五不論」這個口訣。王氏口授、何世璂（1666–1729）筆述的《然鐙記聞》卷一云：

律句只要辨一三五。俗云「一三五不論」，怪誕之極，決其終身必無通理。[4]

---

3 《薑齋詩話》，收入丁福保（編訂）：《清詩話》（上海：中華書局，1963 年），頁 12-13。王夫之號薑齋，丁福保將夫之論詩著述合為一書，名曰《薑齋詩話》。

4 《然鐙記聞》，收入清王祖源（輯）：《聲調三譜》（臺北：廣文書局，1962 年），卷一，頁二上。

清翁方綱（1733–1818）《小石帆亭著錄》卷二附錄〈漁洋詩問〉十三條，第一條引般陽張篤慶歷友云：

> 七言古大約以第五字為關捩，猶五言古大約以第三字為關捩。彼俗所云「一三五不論」，不唯不可以言近體，而亦不可以言古體也。[5]

針砭「一三五不論」之説都不遺餘力。

「一三五不論」看來確是言過其實，但歌訣往往如是。其實筆記式的著錄也有這個毛病，像《然鐙記聞》的「律句只要辨一三五」便是。如果律句只要辨一三五，那麼二四六要不要分明呢？如果説不要，那當然與近體詩實際規律完全不符；如果説要，而第七字的平仄又無法移易，那就等於説七言律句自第一字至第七字平仄都要論，都要分明。如果律句只要辨一三五的話，則變換格式中每一個字的平仄，便都是違背格式，都是「拗」。清代談「拗」，恐怕就是以反「一三五不論」作為基礎的。所以談「一三五不論」，不能不兼談拗句。

王士禛雖然反對「一三五不論」的説法，但在〈律詩定體〉（以下或簡稱「王文」）中「七言平起不入韻」一條卻説：「凡七言第一字俱無論。」[6] 如果「不論」、「無論」表示可平可仄的話，那麼王漁洋無疑是認為七言律句第一字是不論的。這樣説，縱

5　《小石帆亭著錄》，收入《聲調三譜》，卷二，頁十二上。

6　〈律詩定體〉（《天壤閣叢書》本），收入《聲調三譜》，卷一，頁七上。「無論」，《清詩話》本（頁 114）作「不論」。

使他認為「一三五不論」之説是怪誕之極，但「一不論」他卻是認同的。

王士禎〈律詩定體〉

王漁洋是清代詩格的創始者，趙執信等《聲調譜》系列的作者都奉其説為圭臬。所以他在〈律詩定體〉中的論點，是值得注意的。王文分八條論詩，[7] 第一條「五言仄起不入韻」引例詩一首，首聯「粉署依丹禁，城虛爽氣多」後注云：「如單句『依』字拗用仄，則雙句『爽』字必拗用平。」此立論固然極誤，觀乎唐詩，「仄仄仄平仄」並不必繼以「平平平仄平」，繼以「平平仄仄平」亦可。但王漁洋於五言第三字平仄變換稱「拗」，以五言第三字等同七言第五字視之，可見他不認為「五」可以「不論」。

例詩第三句「好風天上至」後注云：「如『上』字拗用平，則第三字必用仄救之。」此即謂「平平平仄仄」可易作「平平仄平仄」（或「仄平仄平仄」，因例句「好」字仄聲，故云）。故知王漁洋以七言第六字（即五言第四字）平仄變換為拗，而上文已言漁洋以七言第五字（即五言第三字）平仄變換為拗，故「平平仄平仄」是第四字拗，同時拗第三字為救。這裏一再證明漁洋不認為「五」的平仄可以「不論」。

王文在「五言仄起不入韻」條例詩後總注云：

7　王文具見《聲調三譜》，卷一，頁五下至七下。

> 五律凡雙句二、四應平仄者，第一字必用平，斷不可雜以仄聲。以平平止有二字相連，不可令單也。其二、四應仄、平者，第一字平仄皆可用，以仄仄仄三字相連，換以平字無妨也。大約仄可換平，平斷不可換仄。第三字同此。若單句第一字可勿論。

總注之意即「平平仄仄平」不可易為「仄平仄仄平」(「仄平仄仄平」即乾隆間李汝襄《廣聲調譜》所謂「孤平式」，李氏並形容此式為「近體之大忌」，具見後)，此處則第一字(於七言則是第三字)必論。至於「仄仄仄平平」，則第一字(於七言則是第三字)可「不論」。至於謂五言雙句第一字和第三字「仄可換平，平斷不可換仄」，也顯示了甚至五言第三字，即七言的第五字有時也可以不論。至於謂「單句第一字可勿論」，則是完全認同五律不押韻句第一字，即七律不押韻句的第三字是絕對「不論」的。

不過，王漁洋卻認為「仄仄仄平平」的第三字不宜變平。書中第二條「五言仄起入韻」例詩第一句「夏過日初長」後注云：「第三字用仄聲，餘與不入韻者同。」此即表示「仄仄平平平」不可用。此處「三」，即七言之「五」，便不能不論。清代詩格亦大率以「仄仄平平平」為律詩不宜用的古句。

王文第五條「七言平起不入韻」第一句「振衣直上江天閣」於「直」字後注云：「此字可平，凡仄可使單。」此即謂七言「平平仄仄平平仄」第三字仄可變平，可「不論」。第二句「懷古仍登海嶽樓」於「仍」字後注云：「此字關係。」此即謂七言「仄仄平平仄仄平」第三字平不可變仄（其實「三」變仄的條件是「五」變平，王氏並無言及），不可「不論」。第六句「玉帶山門訪舊遊」於「山」字後注云：「此字關係。」其意同前。第七句「我醉吟詩最高頂」於「高」字後注云：

> 二字本宜平、仄，而「最高」二字係仄、平。此謂單句第六字拗用平，則第五字必用仄以救之。與五言三、四一例。

此即謂「仄仄平平平仄仄」第六字如果由仄變平，第五字必由平變仄以作出配合。換言之，在這格式裏，「六」要分明，「五」也不可不論。當然也可以說，「六」是有條件地「不論」，既可保留仄聲，也可在「五」配合之下變成平聲。王文並無言及如果「六」不拗時，「五」可不可以「不論」而用仄。

此例詩後有總注云：

> 凡七言第一字俱無論。第三字與五言第一字同例。凡雙句第三字應仄聲者，可拗平聲；應平聲者，不可拗仄聲。

上文已言及總注第一句。至於「凡雙句」云者，即謂「平平仄仄仄平平」可作「平平平仄仄平平」，「仄仄平平仄仄平」不可作「仄仄仄平仄仄平」。總注最矚目之處，是在七言第三字凡變動平仄，都稱為「拗」。這裏據《天壤閣叢書》本。至於《清詩話》本於此總注「拗」俱作「換」。[8]兩字俱有義。王文別處「拗」

8 《清詩話》，頁 114。

字後面都有「用」字，如「拗用平」便是；但同期趙執信《聲調譜・前譜》五言律詩例詩第一首已有「拗平」之語（見後）。是以王文在此總注中因行文方便而不於「拗」字後置「用」字，亦說得通。至於七言第一字平仄變動稱不稱「拗」，王文並無明言，既然是「俱無論」，大抵是不稱「拗」吧。但如果第三字可平可仄的地方也稱「拗」，便是濫用拗義。如此論詩，則未免流於偏頗了。

「拗」的概念，並不始於王士禛。南宋胡仔（「仔」音「茲」）《苕溪漁隱叢話・前集》卷四十七云：

> 《禁臠》云：「魯直〔黃庭堅〕換字對句法，如『只今滿坐且尊酒，後夜此堂空月明』、『清談落筆一萬字，白眼舉觴三百盃』、『田中誰問不納履，坐上適來何處蠅』、『鞦韆門巷火新改，桑柘田園春向分』、『忽乘舟去值花雨，寄得書來應麥秋』。其法於當下平字處以仄字易之，欲其氣挺然不羣，前此未有人作此體，獨魯直變之。」苕溪漁隱曰：「此體本出於老杜，如『寵光蕙葉與多碧，點注桃花舒小紅』、『一雙白魚不受釣，三寸黃柑猶自青』、『外江三峽且相接，斗酒新詩終日疎』、『負鹽出井此溪女，打鼓發舡何郡郎』、『沙上草閣柳新暗，城邊野池蓮欲紅』。似此體甚多，聊舉此數聯，非獨魯直變之也。余嘗效此體作一聯云：『天連風色共高運，秋與物華俱老成。』今俗謂之拗句者是也。」[9]

---

9 《苕溪漁隱叢話》（香港：中華書局香港分局，1976 年），頁 319。

這裏提及七言律句兩種所謂「拗句」的平仄組合，第一種是「平平仄仄仄平仄，仄仄平平平仄平」，第二種是「平平仄仄仄仄仄，仄仄平平平仄平」。兩種「拗句」的性質其實甚不相同，前者上句第五字由平變仄，而觀乎唐詩，下句第五字不必由仄變平；後者第六字由平變仄，而觀乎唐詩，下句第五字不由仄變平卻是少見的例外。唐人尚且於兩種形式有不同的處理方法，宋人又焉能兩體都稱「拗句」呢？其實兩者的分別，正是前者出句的「五」可平可仄，即「不論」，而後者出句的「六」如變仄，對句的「五」必變平，鮮有例外。所以「五」不論，有時是說得通的。《禁臠》(《天廚禁臠》今本無此條) 不分「五」、「六」，但云其法是於當下平字處以仄字易之，欲其氣挺然不羣。其實這種組合，正是因上句平聲字太少，所以在下句多用一個平聲以振其氣。「挺然不羣」的應該是整聯，不是上句。《禁臠》所言，未免似是而非。

南宋末范晞文《對牀夜語》卷二亦以五言第三字變動聲調為「拗」，有云：

> 五言律詩，固要貼妥，然貼妥太過，必流於衰。苟時能出奇，於第三字中下一拗字，則貼妥中隱然有峻直之風。老杜有全篇如此者，試舉其一云：「帶甲滿天地，胡為君遠行。親朋盡一哭，鞍馬去孤城。草木歲月晚，關河霜雪清。別離已昨日，因見古人情。」散句如「乾坤萬里眼，時序百年心」、「梅花萬里外，雪片一冬深」、「一逕野花落，孤村春水生」、「蟲書玉佩蘚，燕舞

翠帷塵」、「村舂雨外急，鄰火夜深明」、「山縣早休市，江橋春聚船」、「老馬夜知道，蒼鷹飢著人」，用實字而拗也。「行色遞隱見，人烟時有無」、「蟬聲集古寺，鳥影度寒塘」、「簷雨亂淋幔，山雲低度牆」、「飛星過水白，落月動沙虛」，用虛字而拗也。其他變態不一，卻在臨時斡旋之何如耳。苟執以為例，則盡成死法矣。[10]

從上可見，「拗句」、「拗字」二詞，最晚於南宋已見，王漁洋等人但廣其說而已。不過，動輒稱「拗」，以至拗體紛陳，則清代詩論家恐怕是濫用拗義了。

關於拗句，值得順帶一提的是王文第一條「五言仄起不入韻」所引例詩末句後云：「注：乃單拗雙拗之法。」意即以「平平仄平仄」為單拗，以「仄仄仄平仄，平平平仄平」為雙拗。不過這條注文未必是王氏之言，原因有二。其一是王文各注都不以「注」字發端，單拗雙拗注文則以「注」字發端，體例不符。其二是王氏除用「拗」、「救」二字外，都不用詩法術語。觀乎王夫之《薑齋詩話》論「一三五不論」時並無用及詩法術語，而王文他處亦無用及「單拗」、「雙拗」等語，且文中暢論避孤平詩法而亦無「孤平」等術語，故疑明末清初詩評家尚未競創術語，而「單拗」、「雙拗」二詞乃後人所加。

至於第七條「七言仄起入韻」例詩也有三個小注，全是言及

10 范晞文：《對牀夜語》，收入丁福保（輯）：《歷代詩話續編》（臺北：藝文印書館，1974 年三版），卷二，頁三上（總頁 497）。

「仄仄平平仄仄平」不可作「仄仄仄平仄仄平」者，故不贅述。

總結〈律詩定體〉論近體詩格式，可得王士禛於律句「一三五」論與不論的準則如下：

字位	格式	論與不論	備注
第一字		俱不論	凡七言第一字俱無論。
第三字	平 平 仄 仄 平 平 仄	不論	五律單句第一字可勿論。七律此式第三字可平。
	仄 仄 平 平 仄 仄 平	論	此式第三字必用平，斷不可代以仄聲。七律雙句第三字應平聲者，不可拗仄聲。
	仄 仄 平 平 平 仄 仄	不論	五律單句第一字可勿論。
	平 平 仄 仄 仄 平 平	不論	五律雙句二、四應仄、平者，第一字平仄皆可用。七律雙句第三字應仄聲者，可拗平聲。
第五字	平 平 仄 仄 平 平 仄	論	此式如第五字拗用仄，下句第五字必拗用平。
	仄 仄 平 平 仄 仄 平	不論	五律雙句二、四應仄、平者，第一字平仄皆可用；大約仄可換平，平不可換仄，第三字同此。
	仄 仄 平 平 平 仄 仄	?	
	平 平 仄 仄 仄 平 平	論	此式五言第三字須用仄聲。
第六字	仄 仄 平 平 平 仄 仄		此式如第六字拗用平，第五字必用仄救之。

正如前文所言，王漁洋等人的拗句觀恐怕是反「一三五不論」而成的，所以動輒稱拗。但探討過〈律詩定體〉的內容後，我們便知道「拗」和「不論」有時是相提並論的。例如王文一方面謂上句如用「仄仄仄平仄」，下句第三字必拗用平，另一方面又謂「平平仄仄平」第三字仄可換平。雖「拗」而「可換」，於此可見梗概。王文分拗為必救的拗和無須救的拗，客觀地看，無

須救的拗便不是拗，也正是可以「不論」。

王士禛的詩格理論對有清一代影響甚大，其甥婿山東益都趙執信（1662–1747）祖其說，作《聲調譜》，當然也反對「一三五不論」之說。其後以「聲調譜」為書名一部分的詩格著作不少，有些且已散佚。流傳至今的有四種論近體詩格律甚詳：翟翬《聲調譜拾遺》、李汝襄《廣聲調譜》、吳紹澯《聲調譜說》和董文渙《聲調四譜圖說》。其中《聲調譜說》和《聲調四譜圖說》都論及「一三五不論」之說，尤其可資參考。本文現依次取《聲調譜》、《聲調譜說》及《聲調四譜圖說》，論其正拗之說，從而得知各書對近體詩句一三五、二四六要求的寬嚴，並證以唐朝省試及應制詩作，總為一得之見，對近體詩格律研究或有小助。

趙執信《聲調譜》

趙執信是王士禛的甥婿，據趙氏門人仲是保於乾隆三年（1738）為《聲調譜》（以下或簡稱「趙譜」）所寫的序文，趙氏獨宗明末馮定遠，並有得於王漁洋。案馮氏有《古今樂府論》，已佚。趙譜分〈前譜〉、〈後譜〉和〈續譜〉，前後兩譜都論及律詩格式，以下詳加討論。[11]

《聲調譜・前譜》有五言律詩例詩二首，例詩二李商隱〈落

11 《聲調譜》，收入《聲調三譜》。〈前譜〉五言律詩兩首及總注八條見頁四下至五下，〈後譜〉五言律詩六首見頁十二下至十三下，七言律詩四首見頁十三下至十四下。

花〉後總注第二條云：

> 律詩平平仄仄平，第二句之正格。若仄平平仄平，變而仍律者也〔句後注云：「即是拗句。」〕。仄平仄仄平則古詩句矣。此格人多不知者，由「一三五不論」二語誤之也。[12]

趙氏認為時人多不知「仄平仄仄平」不是律句，正由「一三五不論」二語所誤。「仄平仄仄平」不容於律詩，王漁洋已屢次提及。但趙氏又認為「仄平平仄平」是變而仍律的「拗句」。換言之，這有似〈律詩定體〉所提及的「仄仄平平仄平仄」，如第六字平，第五字必仄，雖「論」，卻並非不能變化。不過，趙氏以「平平仄仄平」的第一字不能不論，基本上與王氏之說是一致的。又觀乎趙氏因「平平仄仄平」的「一三」(即七言「仄仄平平仄仄平」的「三五」) 變換平仄而稱拗句，大抵也是反「一三五不論」而來的。趙氏其實是把律句正格以外的形式再分為二：律句可以用的拗句和律句不宜用的古詩句。「仄平平仄平」屬前者，「仄平仄仄平」屬後者。此立論無疑較〈律詩定體〉更為清晰。

《聲調譜・前譜》總注第三條云：

> 七言不過於五言上加平平、仄仄耳，拗處總在第五第六字上。七言之五、六字即五言之三、四字，可以類推。

可以確定，趙執信以七言第一字為「不論」，用平用仄都不為

12 《清詩話》本 (頁 328)「二語」作「一語」。

拗，這點與王漁洋並無二致。所以欲知趙氏對「一三五」以及對「拗」的看法，主要看五言律詩諸例，便可類推到七言。

〈前譜〉和〈後譜〉都有五律例詩，〈前譜〉二首，〈後譜〉六首，每首都有拗句。現錄述有拗句之聯如下，並注平仄以便解說。

〈前譜〉例詩一：杜牧〈句溪夏日送盧霈秀才歸王屋山將欲赴舉〉

第一聯：野店正分泊，繭蠶初引絲。
仄仄仄平仄　仄平平仄平

「正」字後注云：「宜平而仄。」「初」字後注云：「宜仄而平。第一字仄第三字必平。」對句後注云：「第三字救上句，亦可不救。二句律句中拗。」可見趙氏雖然稱「仄仄仄平仄」與「仄平平仄平」為「拗」，但亦認為「仄仄仄平仄」可以「不救」，較諸〈律詩定體〉所云下句第三字「必拗用平」為近實。換言之，雖然趙氏以「仄仄仄平仄」為拗句，但其「三」(於七律則為「五」) 其實是「不論」的。

第二聯：行人碧溪渡，繫馬綠楊枝。
平平仄平仄　仄仄仄平平

「碧」字後注云：「宜平而仄。」「溪」字後注云：「宜仄而平。」出句後注云：「拗句。第四字拗平，第三字斷斷用仄，今人不論者非。」此論與王漁洋一致。

第三聯：苒苒跡始去，悠悠心所期。
仄仄仄仄仄　平平平仄平

出句後注云：「五字俱仄。中有入聲字妙。」「心」字後注云：「此字必平，救上句。」既曰救，則是以五仄句為拗句。對句後注云：「此必不可不救，因上句第三第四字皆當平而反仄，必以此第三字平聲救之，否則落調矣。上句仄仄平仄仄亦同。」趙氏斤斤於上句「三四」皆仄，使下句第三字必平。然前注已言「仄仄仄平仄」的第三字可以不救，是以此處必救的是第四字，與第三字無關。趙氏蓋欲強調「一三五」非不論，故「三四」並言。然趙氏又謂「仄仄平仄仄」亦同，便可證必救者只是第四字。

第四聯：秋山念君別，惆悵桂花時。
平平仄平仄　平仄仄平平

出句後注云：「拗，同第三句。」此是以「平平仄平仄」為拗句，雙數字自不能不分明。

例詩二：李商隱〈落花〉

第一聯：高閣客竟去，小園花亂飛。
平仄仄仄仄　仄平平仄平

出句後注云：「拗句起。」「花」字後注云：「此字拗救。」對句後注云：「此二句同前第五第六句。」關鍵又在「竟」字處不能不分明，故以「花」字救其拗。

第三聯：腸斷未忍掃，眼穿仍欲歸。
平仄仄仄仄　仄平平仄平

出句後注云：「同起句。」「眼」字後注云：「此字仄妙。」對句後注云：「同次句。」此又以下句第三字之「拗」救上句第四字之「拗」。

第四聯：芳心向春盡，所得是沾衣。
平平仄平仄　仄仄仄平平

出句後注云：「同前第三句第七句。」此又出句「四」拗平，故「三」要「拗仄」救之。

上文已引述〈前譜〉總注第二條和第三條。〈前譜〉總注共六條，現順帶引述其餘各條，以見趙譜對律句單、雙位置的看法。

第一條云：

「平平仄仄仄」，下句「仄仄仄平平」，律詩常用。若「仄平仄仄仄」則為落調矣。蓋下有三仄，上必二平也。

案「仄平仄仄仄」唐詩中確不常見，但中、晚唐都有此式，故趙譜謂此式是落調則恐未必。趙氏舉「平平仄仄仄」為例，卻未用「拗句」之名。依此，如果「平平平仄仄」句首二字維持「平平」，第三字用仄可能並不算「拗」，是以「平平仄仄仄」亦非拗句。但是，前引第三條卻已明言五言拗處總在第三、四字，則「平平仄仄仄」是拗非拗，頗為費解。至於「仄平仄仄仄」，趙氏則認為忍無可忍，貶之為「落調」，可能就是第二條所言的「古詩句」了。觀趙氏之意，此五言句若第三字仄，第一字必平，一三不能不同時照顧。

第四條云：

> 起句第二字仄、第四字平者，如「仄仄平平仄」或「平仄平平仄」或「平仄仄平平」俱可。若「平仄平仄仄」則古詩句矣。

案「平仄平仄仄」二、四俱仄，謂是古詩句固宜。雖然如此，這個形式在唐律詩中卻頗常見，如沈佺期〈送陸侍御餘慶北使〉之「安得回白日，留歡盡綠樽」，[13] 又如王維〈歸嵩山作〉之「流水如有意，暮禽相與還」，[14] 又如杜甫〈獨坐〉之「江斂洲渚出，天虛風物清」，[15] 出句都是「平仄平仄仄」，沈詩甚至不於對句作拗救。趙譜第二條謂「仄平仄仄平」是古詩句，如古詩句指的是律詩不宜用之句，但「平仄平仄仄」如果有救，卻是如此常見，則這古詩句便應屬於拗聯的上句，又非律詩不宜用了。觀〈前譜〉於李商隱〈落花〉之「高閣客竟去」後注云：「拗句起。」此「平仄仄仄仄」二、四皆仄，趙氏但謂之拗句，而「平仄平仄仄」亦二、四皆仄，趙氏則謂之古句，然則兩者有何具體分別？如兩者無別，則第二條謂「仄平平仄平」是拗句，謂「仄平仄仄平」是古詩句，為何又有分別？趙氏所言，不免予人粗疏混亂之感。不過，撇開拗句與古句的混淆不談，趙氏此條正說明雙數字不得不分明。

---

13 《全唐詩》，清康熙四十六年（1707）敕編本（臺灣：復興書局影印，1967年再版），第二函第五冊，總頁 580。

14 同上注，第二函第八冊，總頁 702。

15 同上注，第四函第四冊，總頁 1381。

第五條云：

起句「仄仄仄平仄」或「平仄仄平仄」，唐人亦有此調，但下句必須用三平或四平〔句後注云：「如『仄平平仄平』、『平平平仄平』是也。」〕。

所謂必須用三平或四平自屬無稽，蓋趙氏於例詩中亦已明言此等句「亦可不救」。此條似確言「仄仄平平仄」之「三」非論不可，但縱觀唐人詩作，這「三」實際上確是不論的。

第六條云：

上句第三字平，下句第三字可仄。若上句第三字仄，下句第三字斷宜平。此在首聯唐人亦有不拘者。若二聯則必不容不嚴矣。

此亦無甚意義，蓋作詩並非如此，「平平仄仄仄，仄仄仄平平」以及「仄仄仄平仄，平平仄仄平」都是常見形式，四句的第三字俱仄。而杜甫〈春宿左省〉之「星臨萬戶動，月傍九霄多」[16]以及李白〈送友人〉之「此地一為別，孤蓬萬里征」[17]正是詩中第二聯。此條旨在強調五律句第三字並非不論，然實際上確非如此。

《聲調譜・後譜》有五律例詩六首，可作進一步印證：

例詩一：杜甫〈月夜〉

第二聯：遙憐小兒女，未解憶長安。
平平仄平仄　仄仄仄平平

16　同上注，第四函第三冊，總頁1310。

17　同上注，第三函第五冊，總頁990。

出句後注云：「拗句。」

第四聯：何時倚虛幌，雙照淚痕乾。
平平仄平仄　平仄仄平平

出句後注云：「拗句。」

例詩二：杜甫〈春宿左省〉

第一聯：花隱掖垣暮，啾啾棲鳥過。
平仄仄平仄　平平平仄平

「掖」字後注云：「拗字。」「垣」字後注云：「平。」「棲」字後注云：「平。」

第四聯：明朝有封事，數問夜如何。
平平仄平仄　仄仄仄平平

出句後注云：「拗句。」

例詩三：杜甫〈送遠〉

第一聯：帶甲滿天地，胡為君遠行。
仄仄仄平仄　平平平仄平

出句後注云：「拗句。」「君」字後注云：「平。」

第二聯：親朋盡一哭，鞍馬去孤城。
平平仄仄仄　平仄仄平平

「盡」字後注云：「可仄。」對句後注云：「四句與前首起四句同調。」

第三聯：草木歲月晚，關河霜雪清。
仄仄仄仄仄　平平平仄平

出句後注云：「五仄字。『木』、『月』二字入聲妙，五仄無一入聲字在內，依然無調也。」「霜」字後注云：「此字必平。」

第四聯：別離已昨日，因見古人情。
仄平仄仄仄　平仄仄平平

出句後注云：「拗句，中唐後無〔案：謂中唐後無「仄平仄仄仄」句非是〕。」

例詩四：王維〈登裴〔廸〕秀才小臺〉

第二聯：落日鳥邊下，秋原人外閑。
仄仄仄平仄　平平平仄平

第三聯：遙知遠林際，不見此簷間。
平平仄平仄　仄仄仄平平

出句後注云：「『落日』下三句皆拗。」

例詩五：孟浩然〈與諸子登峴山〉

第一聯：人事有代謝，往來成古今。
平仄仄仄仄　仄平平仄平

出句後注云：「四仄。」「成」字後注云：「平。」

例詩六：孟浩然〈廣陵逢辥八〉

第一聯：士有不得志，棲棲吳楚間。
仄仄仄仄仄　平平平仄平

出句後注云：「五仄。」「吳」字後注云：「必平。」又總注云：「與〈前譜〉合看，盡之矣。」

從以上例句可看出，趙氏並不以「平平仄仄仄」為拗句。在例詩三第二聯「親朋盡一哭」句，但云「盡」字可仄，在其他「平平仄仄仄」詩句後更無注解，如例詩二「星臨萬戶動」、例詩四「端居不出戶」便是。但於「別離已昨日」則標出「拗句」一名。〈前譜〉總注中，趙氏以「仄平仄仄仄」為「落調」，可知趙氏只以「仄平仄仄仄」此一「落調」之句為拗句。但「落調」的拗句與不落調的拗句有何分別，「落調」的拗句與「古詩句」又有何分別，趙氏並無明言。

《聲調譜・後譜》有七言律詩例詩四首，內亦有拗句若干。七言的所謂拗句，有些是完全不合律句常理的，如例詩一杜甫〈望嶽〉第二聯云：「安得仙人九節杖，拄到玉女洗頭盆。」對句後注云：「拗句。」這種「仄仄仄仄仄平平」的拗句，既犯「二」位，又無所謂救，說它是古句更合。這種非律句正是唐人在「二四六分明」的原則下設計而成的，亦無庸在這裏深入探討了。四首例詩中，本文選錄兩例，以補上文所未備者。

例詩一：杜甫〈望嶽〉

第一聯：西岳崚嶒竦處尊，諸峯羅立如兒孫。
平仄平平仄仄平　平平平仄平平平

對句後注云：「拗句。」由此推斷，五言「平仄平平平」當屬拗句。再用王漁洋「其二四應仄平者，第一字平仄皆可」來推斷，「仄仄平平平」也屬拗句。觀唐人作品，七言平韻古詩多收三平，故律句甚少收三平。趙氏目三平腳為拗句，但並無明言算不算「落調」或「古詩句」。

例詩四：杜甫〈小寒食舟中作〉

第四聯：雲白山青萬餘里，愁看直北是長安。
平仄平平仄平仄　平平仄仄仄平平

「萬」字後注云：「此字可仄。第五字仄，上二字必平。若第三字仄，則落調矣。五言亦然。」此即指「平平仄平仄」拗句如果作「仄平仄平仄」便是落調，但落調又算不算拗句呢？然則孟浩然〈過故人莊〉五律首句「故人具雞黍」[18]是「仄平仄平仄」，算是拗句還是落調呢？根據〈前譜〉五言律總注第一條以「仄平仄仄仄」為落調，而〈後譜〉五言律例詩三又以「仄平仄仄仄」為拗句，則「平平仄平仄」是不落調拗句，「仄平仄平仄」是落調拗句，似乎不乖趙氏原意。這點，趙氏和王漁洋的觀點便很不同。〈律詩定體〉於「好風天上至」後注云：「如『上』字拗用

18　同上注，第三函第三冊，總頁 906。

平，則第三字必用仄救之。」並無要求「好」字之位置用平，所以等於接受「仄平仄平仄」形式。這種臆度之見，清代詩格諸書常有，不足為怪。

其他不依詩譜亦無救之拗句，多見於七言古律、拗律，與本文無涉，故不贅述。

「平平平仄仄」、「仄仄仄平平」及「仄仄平平仄」三式，如第一字變換平仄，趙氏一概不注，故並不視為拗句。具見下：

〈前譜〉五言律詩例詩一：惆悵桂花時
平仄仄平平

例詩二：迢遞送斜暉
平仄仄平平

〈後譜〉五言律詩例詩一：今夜鄜州月
平仄平平仄

香霧雲鬟濕
平仄平平仄

雙照淚痕乾
平仄仄平平

例詩三：鞍馬去孤城
平仄仄平平

因見古人情
平仄仄平平

例詩六：廣陵相遇罷
仄平平仄仄

彭蠡泛舟還
平仄仄平平

檣出江中樹
平仄平平仄

何處更追攀
平仄仄平平

至此，可得《聲調譜》於律句「一三五」論與不論的準則如下：

字位	格式	論與不論	備注
第一字		俱不論	七言不過於五言上加平平、仄仄，拗處總在第五第六字上。
第三字	平平仄仄平平仄	不論	案：「平仄平平仄」趙譜不注「拗句」。
	仄仄平平仄仄平	論	「仄平平仄平」是拗句，變而仍律；「仄平仄仄平」則是古詩句。五律此式第一字仄第三字必平。
	仄仄平平平仄仄	不論	案：「仄平平仄仄」趙譜不注「拗句」。
	平平仄仄仄平平	不論	案：「平仄仄平平」趙譜不注「拗句」。

(接上表)

字位	格式	論與不論	備注
第五字	平平仄仄[平]平仄	不論	「仄仄仄平仄」是律句中拗，亦可不救。
	仄仄平平[仄]仄平	不論	「平平平仄平」、「仄平平仄平」是拗句。
	仄仄平平[平]仄仄	不論	「平平仄仄仄」，下句「仄仄仄平平」律詩常用；「仄平仄仄仄」則為落調。又：「仄平仄仄仄」是拗句。
	平平仄仄[仄]平平	?	七律「平平平仄平平平」是拗句。
第六字	平平仄仄平[平]仄		五律此式第四字當平而反仄，必以下句第三字平聲救之，否則落調。二四俱仄是拗句。
	仄仄平平平[仄]仄		五律此式第四字拗平，第三字斷斷用仄。「平平仄平仄」是拗句；「仄平仄平仄」是落調。

吳紹澯《聲調譜説》

乾嘉年間，安徽歙縣吳紹澯撰成《聲調譜説》(以下或簡稱「吳譜」)，亦嘗指摘「一三五不論」之説。吳譜分上下卷，附於《金薤集》末。《金薤集》是吳紹澯歷代詩鈔之名，其弁言云：「乾隆六十年〔1795〕，歲在旃蒙單閼〔乙卯〕，舊史氏歙吳紹澯蘇泉識。」[19]《聲調譜説・序》末云：「嘉慶二年丁巳〔1797〕二月蘇泉

19 《聲調譜説》(影印刊本)，《金薤集》弁言，收入杜松柏(主編)：《清詩話訪佚初編》(臺北：新文豐出版公司影印，1987年)，冊十，頁一下(總頁116)。

吳紹澯書。」[20]可知《聲調譜說》成書於乾嘉之間。其序又云：「秋谷一譜舊有刊本，德州盧運使見曾為之重訂而益完善，又有宋臬使弼《彙說》，菏澤劉制軍藻《指南》，大都悉本秋谷。而譜中〔指《聲調譜》〕所列之詩，不必盡合人意，因復更為芟益；而于諸君子〔即宋弼、劉藻等人〕未盡宣露之旨，復增一二，附諸《金薤集》末。」[21]吳譜論律詩拗體，除鈔錄趙執信論說外，亦引宋、劉二氏之說。以下詳細討論。[22]

吳譜卷上「五言律詩」一節題下注云：「以下專錄拗體。」共錄唐五律八首，除第一首孟浩然〈晚泊尋陽望廬山〉及第六首杜甫〈銅瓶〉為新增外，餘皆為趙譜所有，計為：其二孟浩然〈與諸子登峴山〉、其三王維〈登裴迪秀才小臺〉、其四杜甫〈春宿左省〉及其五杜甫〈送遠〉俱見《聲調譜・後譜》，其七李商隱〈落花〉及其八杜牧〈句溪夏日送盧霈秀才歸王屋山將欲赴舉〉俱見《聲調譜・前譜》。各詩注解亦主要抄錄趙氏原注而成。然例詩四及例詩八則主要用於推廣宋弼「單拗」、「雙拗」及「古句拗」之論，是其關鍵所在。

例詩四第七句「明朝有封事」，趙譜句後原注作「拗句」，吳譜則改為「單拗」，即以「平平仄平仄」為單拗句。例詩八尤為重點所在。首聯「野店正分泊，繭蠶初引絲」除引錄趙注外，更於第二句後增引宋弼說：「宋云拗在第三字，下句救上句曰

20 同上注，《聲調譜說・序》，頁二上（總頁 113）。

21 同上注，頁一下（總頁 112）。

22 吳譜論五律諸式見同書卷上，頁三十九上至四十一上（總頁 211-15）。吳譜論七律諸式則見同書卷上，頁四十一下至四十三上（總頁 216-19）。

『雙拗』。」即以「仄仄仄平仄，仄平平仄平」為「雙拗」形式。第三句「行人碧溪渡」句後注又增引宋弼說：「宋云此是單拗句，下句可不救。」即謂「平平仄平仄」為單拗句。第三聯「苒苒跡始去，悠悠心所期」出句後注，趙譜原只作「五字俱仄」，吳譜則改為「五字俱仄，以古句入律」；而趙、吳於「心」字後則俱作「此字必平，救上句」，故吳譜是以「仄仄仄仄仄，平平平仄平」為用古句之拗句。吳氏增「以古句入律」五字，正是要配合古句拗的理論。例詩七首句「高閣客竟去」句後注，趙譜原作「拗句起」，而吳譜則改為：「四仄，古句起。」這是為例詩八後的總注鋪路的。

例詩八後總注共九條，第一條云：

宋云：「律詩之拗句，即古詩之正調。其單拗、雙拗、古句拗，並各救法，此首〔即例詩八〕備矣。」

吳氏更於此條後以小字注云：

愚按：一句拗曰單拗，上句拗下句亦拗以濟之曰雙拗。

總注第二至第八條全從趙譜抄來。第九條則用劉藻語：

劉云：「凡應制詩〔清試帖詩每由天子命題，故又稱應制詩〕無用拗體者，在唐人已然。故學者作五言律，宜講第三字。此字不講，遂入拗體矣。」

此條以五律句第三字不依板式為拗句，亦即五律句第一字不依板式不算拗句（大抵「仄平仄仄平」屬例外）。至於謂唐人五言應制詩（此處指省試詩）第三字必依板式，固然誤甚，下文將有說明。

「單拗」、「雙拗」之說，本亦與王士禛之意相合。王氏〈律詩定體〉之「五言仄起不入韻」條引例詩首聯云：「粉署依丹禁，城虛爽氣多。」對句後注云：「如單句『依』字拗用仄，則雙句『爽』字必拗用平。」第三句云：「好風天上至。」句後注云：「如『上』字拗用平，則第三字必用仄救之。」第八句末則云：「注：乃單拗雙拗之法。」案「單拗」、「雙拗」之詞，極有可能是後人所加，非王氏自鑄，上文已論及。至於王氏謂「仄仄平平仄」第三字變仄，則「平平仄仄平」第三字必用平，固然誤甚，但此當亦雙拗說所本。

吳譜標榜單拗與雙拗之說，然後於雙拗中，又分出古句拗，此與趙譜亦合，但分析時卻有概念上的問題。例詩四引宋弼語尤其含糊。宋弼謂單拗句下句可不救，這「可」字便極有問題。趙、吳二譜已明言「平平平仄仄」句中第四字拗平，第三字斷斷用仄，如是乃句中自救，故稱為「單拗」是有道理的。既是「單拗」，便與下句無關，下句亦無拗可救。但宋弼的「下句可不救」便暗示「下句可救可不救」，那麼下句當如何去救已救的上句呢？這無疑是概念混淆的結果。

至於宋弼謂「仄仄仄平仄」拗在第三字，下句第三字用平相救，謂之「雙拗」，既然趙、吳二譜已明言「仄仄仄平仄」形式「亦可不救」，那麼沒有下句拗救的「仄仄仄平仄」算是「單拗」還是「雙拗」呢？其實定「仄仄仄平仄」為拗句已經有概念上的問題，而趙、吳二譜又認同「仄仄仄平仄」可以不救，那麼「仄仄仄平仄，平平平仄平」這種「雙拗」既是可有可無，又怎能與有拗必救的單拗相提並論呢？至於「仄仄仄仄仄，平平平仄平」，趙、吳二譜都認為此形式中對句第三字必平才可救出句，更明言「此必不可不救」。如果此形式形容為「雙拗」，其實更貼切。但礙於宋弼有「古句拗」之論，吳譜遂以上句二四俱仄的雙拗句為古句拗。從吳譜推斷，「仄仄仄平仄，平平平仄平」是一個可以不存在的雙拗，「仄仄仄仄仄，平平平仄平」是必然的雙拗，但卻稱為「古句拗」。

拗句中再分古句，固然不始於吳譜。如果分析妥貼，自亦可接受。但吳譜提出了古與拗之分後，在分析詩句時又把概念混淆了。例詩一正顯示了這弱點：

掛席幾千里，名山都未逢。
仄仄仄平仄　平平平仄平

泊舟尋陽郡，始見香爐峯。
仄平平平仄　仄仄平平平

嘗讀遠公傳，永懷塵外蹤。
平仄仄平仄　仄平平仄平

東林精舍近，日暮空聞鐘。
平平平仄仄　仄仄平平平

例詩一後總注共兩條，其一云：「通首皆古句，而平仄粘合，用筆如龍如象，不可方物。」其二云：「近人論律詩平仄，輒曰一三五不論。試看此篇拗處多在第一第三字，可知不論一三五者必乖於律也。」這兩條總注問題甚大，第一，所謂通首皆古句（實則第七句全依板式），即以首句「仄仄仄平仄」及第二句「平平平仄平」亦為古句，與二四同用平聲的「仄平平平仄」等而視之。然趙、吳二譜於〈送遠〉首句「帶甲滿天地」後都注云：「拗句。」而於〈句溪夏日〉首句「野店正分泊」之「正」字後都注云：「宜平而仄。」而次句「繭蠶初引絲」之「初」字後都注云：「宜仄而平。」並無言及古句。今如據例詩一後總注，此等皆是古句了。那麼，吳譜既然視「仄仄仄仄仄，平平平仄平」為古句拗，為甚麼不視「仄仄仄平仄，平平平仄平」為古句拗呢？如果這也是古句拗，還有甚麼不是古句拗呢？如果全都是古句拗，則拗句即古句，又何必再分雙拗與古句拗呢？這些概念問題，吳譜並沒有弄清楚，只是掇拾前人牙慧，生吞活剝地放在一起而已。

例詩一後總注第二條同樣顯示了吳譜的混淆概念。吳譜於例詩八之後引劉藻云：「五言律宜講第三字，此字不講，遂入拗體矣。」但在例詩一後總注第二條竟謂「此篇拗處多在第一第三字」，則竟以五言第一字不依板式為拗，那麼作詩豈非動輒得拗？再者，五言第一字即七言第三字，此處的一三其實是七言的三五，而吳氏竟全不察覺，信口開河，其粗疏又可見矣。「一三五不論」正指一三五字不依平仄板式不為過，因不為過，故能通融。雖則一三五並非全可通融，但既已通融的，吳譜又俱謂之拗體，以證一三五不能不論，這無疑是強解原意了。

吳譜既認為一三五不能不論，但於例詩六〈銅瓶〉末聯「蛟龍半缺落，猶得折黃金」後則注云：「末二句諧。」「半缺落」明是三仄，以吳譜及劉藻所論，第三字不依板式是拗，焉能謂之「諧」呢？趙、吳二譜於〈春宿左省〉第三句「星臨萬戶動」之「萬」字後注云：「此字可仄，單句惟此可通。」此當是其「末二句諧」所本。然「平平平仄仄」第三字不依板式可諧，那麼第三字變換平仄便不一定是拗了。

吳譜卷上「七言律詩」一節共錄唐七律七首，主要仍是推衍宋弼的「單拗」、「雙拗」說，茲從略。

吳譜言論混亂，而終亦謂「不論一三五者必乖於律」，則所謂「論」一三五者，實已包涵「斟酌」之義；如果以「斟酌」為「論」，便失釋真空以「論」作「拘論」的原意。清世詩論家或不知此二語出處，因而斷章取義，終於曲解原意。吳譜所言，便是一個實例。

董文渙《聲調四譜圖說》

同治年間，山西洪洞董文渙刊行《聲調四譜圖說》（以下或簡稱「董譜」），亦談及「一三五不論」二句。董譜間亦曲解原意，卻不但不低貶二語，反而對「一三五不論」推崇備至。

董譜是清代最後一本《聲調譜》系統的詩格巨著，其自敘云：

繼見翟氏《拾遺》諸書，意必有補趙書之闕者，及反覆求之，實匙發明。[23]

董氏敍中提及《聲調譜拾遺》，於「諸書」處則無明指。

〈凡例〉第十九條云：

趙氏本有〈聲調前譜〉、〈後譜〉、〈續譜〉，凡三種。翟氏復有《聲調譜拾遺》，然實無所發明。趙譜雖多未盡，開山之功，究不可廢。是書期補所未備，非欲糾前人之失也。因從其朔，命曰《聲調四譜圖説》，以明淵源有自，不敢昧厥師承云。[24]

由此可知董氏以其書為直接繼承趙譜之作。趙氏已有三譜，故董氏自命其書為第四譜。

董文渙學詩於王軒，王軒促成董譜，並為之敍。王氏亦論及「一三五不論」二語，敍云：

史稱沈宋研切聲律，號為「律詩」，而世不傳其説。俗有「一三五不論，二四六分明」之語，莫知自來。意即沈宋之遺。夫一三五則拗救是也，二四六則黏對是也。古語簡括，當時家喻户曉，無煩別詮。中晚專工近體，其法寖失，獨近體歌括四語〔案：當是指平仄起式口訣〕，至今不廢，則利祿之途然也。韓孟崛起，力仿李杜拗體以矯當代圓熟之弊，宋元翕然宗之，拗體孤行而正體微。

23 《聲調四譜圖説》，董氏刊本（臺北：廣文書局影印，1974 年），〈自敍〉，頁一上（總頁 11）。

24 同上注，〈凡例〉，頁六上（總頁 25）。

後人不復能通，輒以前二語為詬病，抑又誤矣。[25]

王氏此言，有兩點值得注意。第一，王氏並無詆譭「一三五不論」二語，並且回護甚力。王氏以二四六分明為粘對，這點是合理的；但以一三五為拗救，則不盡然。七言句拗救在五，三則與一可作平仄互換，以求勻稱，但到底不能說是拗救。而拗救亦非「不論」。王氏此說，無疑是對「一三五不論」的強解，有失原意。第二，王氏以二語為沈宋之遺，當時家喻戶曉，因無詮釋，故後人不復能通。這是一個大膽的假設。唐詩着力處是二四六，平仄不能稍易，這是無庸置疑的。唐詩於一三五處平仄較寬，這也是無庸置疑的。所以「一三五不論」二語縱使不始傳於唐世，在詩作實踐上，確是始於唐世。至於以單數位置作拗救，這是另外一個層面，不應視為二語的本義。

王敍又云：

一三五字奇，不惟拗不論，即救亦可不論。二四六字偶，不惟黏對分明，即拗救尤分明。[26]

此數語與「一三五不論」二語同調，合乎原意。一三五不但可以「拗」(案：一是閑字，平仄變易不為拗；三之平仄變易亦多不為拗，此但概論之矣），既拗亦不必救。二四六則須粘對，如果平仄變易尤要拗救。有清以來，似乎以此數語最能解釋「一三五不論，二四六分明」。王軒雖然不能不步前賢後塵，以

25 同上注，〈王敍〉，頁一上（總頁 7）。

26 同上注，頁一下（總頁 8）。

單數位置平仄變易為拗，但拗而不必救，便是「不論」的體現。

董文煥師承王軒，對「一三五不論」二語亦無非議。但董氏對二語的詮解，與王氏亦復不同。董譜把律詩出句末上去入三聲不連用之法，轉而解釋為一句之內、一聯之內，甚或隔句、隔聯三聲不連用，又以此論「一三五」二語。這就變成論技巧而不是論基本格律，和原義相去更遠。董譜卷十二「七言律詩一：四聲遞用」條總注云：

> 說曰：七言律詩之法，亦自五言來。其平仄黏對，人皆知之，更無待論。即單句末三聲互用之法，亦與五言同。但五言首句多不入韻，故單句有四。三聲之中，必有一聲重用者。然亦必一五或三七或一七隔用，乃可重出，不得一三連用同聲，以避上尾之病。七言則首句十九入韻，句末用仄只有三句，配以三聲，適足無餘，而並首句則為四聲全備矣。故互用之法，尤視五言為嚴，必無一聲兩用者。其偶然不具而重用，則亦必三七隔用，斷無五句之末，與上下或同者。此尤不可不知，然亦僅耳。至中晚而後，乃漸不論矣。至於句中三聲互用之法，七言尤視五言為嚴。蓋五言字少，或三仄二平，或三平二仄，故不能必用三仄。七言則三平四仄，或三仄四平，無句不足三仄者，故其法獨密。如不審三聲而用之，設遇二六用仄之處，偶同一聲，則音節即不能諧和鏗鏘，八病由之而生矣。大抵句中三聲相間之法，不但每句，即每聯亦宜細論，隔聯亦然。一三五單字或可不論，二四五〔六〕雙字處，本聯本句、隔聯

隔句，上下務宜相避，不可同宮同商，乃不致畸重畸輕，此為七律之極致。即五律亦然。世傳「一三五不論，二四六分明」之說，若用之三聲互用相避之法，實為指南金針，真千古不傳之秘也。老杜詩所謂「晚節漸於詩律細」，明指曰律，蓋不指他體而言也。又曰「重與細論文」，一再曰細，細之云者，即所謂豪髮無遺憾也。詩律至三聲互用，八病全卻，始可云無遺憾矣。固知此老非漫言者也。[27]

董氏同意一三五單字或可不論，這裏有兩義。其一是一三五單字用平用仄或可不論，這應該是合乎本義的。其二是如果一三五有同是仄聲者（如「平平仄仄仄平平」之三五或「仄平仄仄仄平平」之一三五），則連用上、去或入也無妨。而二四六則縱使是隔聯用仄亦宜避免重用上去或入（如第二句是「仄仄平平仄仄平」，第四句是「平平仄仄仄平平」，則第二句的第二、六字和第四句的第四字都宜避免用同一仄聲）。這是董氏詩論的重點所在，因而扭曲「一三五不論，二四六分明」之說來自壯聲勢。董氏謂此說「若用之三聲互用相避之法，實為指南金針」，正好說明董氏亦自覺該二語本義與己說不盡相同，故用「若」。至於「千古不傳之奧秘」，則是自衒其說而已。總而言之，「二四六分明」由二四六必論平仄變為二四六須嚴分上去入，亦可謂失之遠矣。

董譜認為五言第一字亦有拗救之用，這點與前賢又不盡

27　同上注，卷十二，頁五下至六下（總頁 452-54）。

同。卷十一云：

> 拗聯者，本句拗，下句救，如「仄仄仄平仄，平平平仄平」聯，首句三字拗仄，首字不救，則下句三字必須拗平救之也。若下句三字既平，則首字亦可拗仄。蓋二三連平即不犯夾平，則首句首字又不必斤斤拗平以救之也。[28]

其意即謂：在「仄仄仄平仄，平平平仄平」聯中，上句第三字應平而仄，第一字又不用平聲來「救」，則下句第三字便必須用平聲來「救」。下句第三字既然用了平聲，則下句第一字亦可用仄聲。因為下句第二和第三字都一同用了平聲，所以「仄平平仄平」形式並不犯「夾平」。這裏有三點值得注意。第一，董譜以「仄仄仄平仄」為拗，而以「平仄仄平仄」為已救之拗，這是無意義的。第二，董譜以「仄仄仄平仄」如不作「平仄仄平仄」，下句便必須用「平平平仄平」或「仄平平仄平」，這與王漁洋論調相合，但這種必然關係其實是不存在的。第三，董譜以「仄平仄仄平」為犯「夾平」，乾隆年間李汝襄《廣聲調譜》以「仄平仄仄平」為「孤平式」（說見後）。此處「夾平」等同李譜的「孤平」。但下面可以看到，董譜於別處用「夾平」，並不一定等同李譜的「孤平」；而董譜提及「孤平」，也並不一定等同李譜的「孤平」。董譜也有「夾仄」、「孤仄」等術語，下文會約略言及。

至於董譜以第一字有拗救之用，還可見於同卷：

---

28 同上注，卷十一，頁十七上（總頁 433）。

惟〔平平平仄仄，仄仄仄平平〕上句三字拗仄為「平平仄仄仄」句，乃正拗律，而非借古句者。首二連平，亦無「夾平」之病。若再拗首字為「仄平仄仄仄」句，或又三四拗救為「仄平仄平仄」句，則拗極矣。而下句則斷斷用「平仄仄平平」，不可易也。總之，拗律之變，極之「夾平」而止，而絕不用中下三平之句〔董氏以「仄平平平仄」為「中三平」，以「仄仄平平平」為「下三平」〕，此古律之分也。[29]

其意是上句如用「仄平仄仄仄」或「仄平仄平仄」，下句一定要用「平仄仄平平」，所以下句第一字便有「拗救」之用。但這裏的「夾平」卻並不指「仄平仄仄平」的第二字，而是指「仄平仄仄仄」和「仄平仄平仄」的第二字，這樣便混淆了「夾平」的概念。如前文所言，「仄平仄仄平」是犯「夾平」，所以第三字要用平聲補救，補救了之後，便沒有「夾平」的現象。但「仄平仄仄仄」和「仄平仄平仄」的「夾平」現象並不會因下句是「平仄仄平平」而消失。這分明是兩種不同的形式，董譜卻用同一術語表述。另外，董譜以「仄平平平仄」(中三平) 和「仄仄平平平」(下三平) 為古句。前者二四同用平聲，第三字又用平聲，無拗救餘地，絕對可稱為古句。後者收三平，初盛唐律詩頗常見，但唐世及後世七言古詩更常用此形式，故反成了古詩專利，所以董譜目之為古句，也不為過。從董譜角度看，「仄仄仄平平」的第三字，亦即「平平仄仄仄平平」的第五字，是非論不可了。

29 同上注，頁十七上至十七下 (總頁 433-34)。

董譜除了用「夾平」外，還用了「夾仄」、「孤平」和「孤仄」等術語相配合。卷五云：

> 律無孤平，古無孤仄，指七言而言。[30]

卷十二云：

> 至於孤平、夾平諸句，律詩最忌，而拗體〔案：似是指古體〕則獨喜孤平而忌孤仄。夾平亦然。此又相反之一道也。[31]

卷末（即卷十三）論六言律詩云：

> 但四言正式二句，夾平夾仄〔即「仄仄平仄，平平仄平」〕，無分句首句末。若拗式二句，則又有加首加末之不同。……其句法之拗救，亦不外「一三五不論，二四六分明」兩語。[32]

從上引幾段文字看到，凡一平為仄聲所夾，或一仄為平聲所夾，便稱「夾平」、「夾仄」，有時含貶義，有時則絕無貶義。「孤平」、「孤仄」當異於「夾平」、「夾仄」，指的似是全句只有一平或一仄，與《廣聲調譜》「孤平式」的「孤平」絕不相同。可見清人論格律，各隨臆見而錫名，情況相當混亂。至於卷末所謂「一三五不論，二四六分明」，看來當與釋真空、王軒同調。

30　同上注，卷五，頁二十一上（總頁 239）。

31　同上注，卷十二，頁十六上（總頁 473）。

32　同上注，卷末，頁十一上（總頁 499）。

董氏有「夾平」的避忌，有五律第一字拗救之説，有「必救」之論，又以「仄仄平平平」為古句，但總的來説，他並不反對用「一三五不論，二四六分明」來為律詩格式作概括描述。「一三五不論」二語到了董譜，終於獲得支持。

驗證

省試詩

清人論詩格律，因每多臆度之辭，當然不能遽信。如果要知唐人作近體詩的平仄宜忌，最好還是從唐詩中考得。而唐詩之中，尤以省試詩最有參考價值，因為考試的格律要求理應較日常酬酢攄情為嚴格。是以日常可用的格律，考試未必合用；考試合用的格律，日常一定可用。故只要分析唐朝科舉律詩的平仄形式，便不難對「一三五不論」之説作出較中肯的評騭。

律句的平仄形式繁多，如果每一個形式都有名稱，會較便於了解和記憶。為此，我們不妨借用乾隆年間李汝襄《廣聲調譜》(以下簡稱「李譜」) 為律句諸式的命名。如此詳細地為律句形式廣錫名號，李譜之前恐未曾有。李譜五言部分以全依板式、不易一字的近體為「正式」，計有「平起入韻正式」、「仄起入韻正式」、「平起不入韻正式」和「仄起不入韻正式」，又以有「仄平平仄仄」、「平仄仄平平」或「平仄平平仄」句而其餘為正式句的近體詩為「通融式」，計有「平起入韻通融式」、「仄起入韻通融式」、「平起不入韻通融式」和「仄起不入韻通融式」，並云：「通融式，亦正式也。」除此以外，李譜一概稱為「拗體」。以下表列李譜拗體諸式，並錄每式首例及詩後總注，以供參考。李譜每式俱有例詩，下表只錄首例詩的首例句。[33]

拗體名稱	首　例	平仄式	詩後總注
用拗句式	草肥朝牧牛	仄平平仄平	凡遇「平平仄仄平」之句，其第一字斷不宜仄。然亦有第一字用仄者，第三字必用平，謂之「拗句」。……
雙換詩眼式	綠竹半含籜，新梢纔出墻	仄仄仄平仄，平平平仄平	「詩眼」者何？五言第三字、七言第五字是也。……
雙換詩眼拗句式	為惜故人去，復憐嘶馬愁	仄仄仄平仄，仄平平仄平	……如「復」字用平，為「雙換詩眼」。此用仄，則「雙換」中帶「拗句」也。
單換詩眼式（共兩小式）	共對一樽酒，相看萬里情	仄仄仄平仄，平平仄仄平	此出句「單換」，對句不換也。
	掩泣空相向，風塵何所期	仄仄平平仄，平平平仄平	此對句「單換」，出句不換也。
三仄式	城南虜已合	平平仄仄仄	……凡用「三仄」句，大要第一字必用平，此其常也。然亦偶有第一字用仄者，……此又「三仄」中之變格也，不宜輕用。
三仄三平對用式	蕭蕭古塞冷，漠漠秋雲低	平平仄仄仄，仄仄平平平	三平句則近於古矣。三仄句可以單用，若三平則多與三仄並用，而且通體中必有一二處拗體以配其氣。……

33 《廣聲調譜》，易簡堂刊本，收入《清詩話訪佚初編》，冊十，卷上，頁三下至十六上（總頁 260-85）。

（接上表）

拗體名稱	首　例	平仄式	詩後總注
用互換法式	天晴上初日	平平仄平仄	「互換法」，謂「平平平仄仄」之句換為「平平仄平仄」之句，三四字交互更換也。又名「補法」。……亦名「拗句」。大要互換句，第一字必用平，乃為合格。……然亦偶有用仄者，又為互換中之變格，不宜輕用。
仄起入韻三四換字式	楚水清若空	仄仄平仄平	三四換字式，惟首句用之，餘句皆不可用〔案：此語非是〕。……
用救法式	落日池上酌，清風松下來	仄仄平仄仄，平平平仄平	……凡遇「仄仄平平仄」之句，將第四字或三四字平換為仄，對句「平平仄仄平」之句，將第三字仄換為平，則能救轉來也。……
用古句式	吾愛太乙子，飧霞臥赤城	平仄仄仄仄，平平仄仄平	……四仄五仄，下不用救，故名「古句」。……
拗體雜用式			〔並無新式，故從略〕
孤平式	夜深露氣清	仄平仄仄平	「孤平」為近體之大忌，以其不叶也。……
失粘式	魚牀侵岸水，鳥路入山烟。還題平子賦，花樹滿春田	平平平仄仄，仄仄仄平平。平平平仄仄，平仄仄平平	今不宜學。
以古行律式			「以古行律」，謂律詩體裁，古詩音節也〔並無新式，故從略〕。……

《文苑英華》卷一百八十至一百八十九載有唐朝省試詩並州府試詩，可供參考。清朝徐松《登科記考》只錄省試詩而略州府試詩，而所錄省試詩來源亦不止於《文苑英華》，搜集頗云周備。為免徵引過於累贅，現先只據《登科記考》，為有唐省試詩

格律作一分析，[34]這方法會較為嚴謹。

唐朝省試詩流傳至今者甚少，《登科記考》亦只錄得一百二十五首。減去其中疑有誤字者一首，[35]用仄韻者二首，實得一百二十二首。這一百二十二首律詩以排律為多，四韻律只佔少數。一百二十二首律詩中，有七十一首用句全屬李汝襄所謂的「正式」或「通融式」，其餘五十一首都有李譜所謂的「拗體」。現具錄該五十一首詩有「拗體」諸聯於後。

01　還將聖明代，國寶在京都。
平平仄平仄

〔崔曙〈明堂火珠〉律詩〔四韻〕末聯〕

02　言因六夢接，慶叶九靈傳。
平平仄仄仄

〔殷寅〈玄元皇帝應見賀聖祚無疆〉八韻排律第六聯〕

03　錫宴雲天接，飛聲雷地喧。
（飛聲雷地喧）平平平仄平

〔李岑，同上題，第六聯〕

04　觴從百寮獻，形為萬方傳。
平平仄平仄

34　各省試詩見《登科記考》，《續修四庫全書》本（上海：上海古籍出版社影印上海辭書出版社圖書館藏清光緒十四年〔1888〕刻南菁書院叢書本，1995年），冊八百二十九〈史部・政書類〉，卷八至卷二十四，總頁122-395。

35　《登科記考》卷十七據《文苑英華》引陳至〈薦冰〉五言六韻排律第五聯云：「藉茅心共結，出鑑水漸明。」「漸」字下注云：「按字疑有誤。」（總頁285）案此詩除「漸」字仄聲不合外，其餘平仄全合格律。「漸」字如非在唐朝有平聲讀法，便是誤字無疑。

慚無美周頌，徒上祝堯篇。
平 平 仄 平 仄

〔趙鐸，同上題，第六聯及末聯〕

05 知音若相遇，終不滯南溟。
平 平 仄 平 仄

〔魏璀〈湘靈鼓瑟〉六韻排律末聯〕

06 神女泛瑤瑟，古祠嚴野亭。
平 仄 仄 平 仄 仄 平 平 仄 平

〔陳季，同上題，首聯〕

07 曉見蒼龍駕，東郊春已迎。
平 平 平 仄 平

遙觀上林苑，今日遇遷鶯。
平 平 仄 平 仄

〔皇甫冉〈東郊迎春〉六韻排律首聯及末聯〕

08 蚪螭動旌旆，煙景入城闉。
平 平 仄 平 仄

誰憐在陰者，得與蟄蟲伸。
平 平 仄 平 仄

〔王綽〈迎春東郊〉六韻排律第四聯及末聯〕

09 山苗蔭不得，生植荷陶鈞。
平 平 仄 仄 仄

〔員南溟〈禁中春松〉六韻排律末聯〕

10 還知沐天眷，千載更葱蘢。
平 平 仄 平 仄

〔常沂，同上題，末聯〕

11 應憐聚螢者，瞻望獨無鄰。
平 平 仄 平 仄

〔韓濬〈清明日賜百寮新火〉六韻排律末聯〕

12　誰憐一寒士，猶望照東鄰。
平平仄平仄

〔王濯，同上題，末聯〕

13　乘流喜得路，逢聖幸存軀。
平平仄仄仄

還尋九江去，安肯曳泥途。
平平仄平仄

〔丁澤〈龜負圖〉六韻排律第四聯及末聯〕

14　無言向春日，閑笑任年華。
平平仄平仄

〔獨孤綬〈花發上林苑〉六韻排律第二聯〕

15　還同起封上，更似出横汾。
平平仄平仄

〔林藻〈青雲干呂〉六韻排律第四聯〕

16　恭惟漢武帝，餘烈尚氛氳。
平平仄仄仄

〔令狐楚，同上題，末聯〕

17　輕烟度斜景，多露滴行塵。
平平仄平仄

〔賈稜〈御溝新柳〉六韻排律第四聯〕

18　芳意能相贈，一枝先遠人。
仄平平仄平

〔歐陽詹，同上題，末聯〕

19　春仲令初吉，歡娱樂大中。
平仄仄平仄

如荷邱山重，思酬方寸功。
平平平仄平

從茲度天地，與國慶無窮。
平 平 仄 平 仄

〔陸復禮〈中和節詔賜公卿尺〉六韻排律首聯、第五聯及末聯〕

20　共荷裁成德，將酬分寸功。
　　　　　　　平 平 平 仄 平

〔李觀，同上題，第四聯〕

21　人何不取則，物亦賴其功。
平 平 仄 仄 仄

〔裴度，同上題，第四聯〕

22　霏靡含新彩，霏微籠遠芳。
　　　　　　　平 平 平 仄 平

殊姿媚原野，佳色滿池塘。
平 平 仄 平 仄

〔張復元〈風光草際浮〉六韻排律第二聯及第三聯〕

23　誰知攬結處，含思向餘芳。
平 平 仄 仄 仄

〔裴杞，同上題，末聯〕

24　春風泛瑤草，九日遍神州。
平 平 仄 平 仄

〔陳璀，同上題，首聯〕

25　恭聞掇芳客，為此尚淹留。
平 平 仄 平 仄

〔吳祕，同上題，末聯〕

26　秀發王孫草，春生君子風。
　　　　　　　平 平 平 仄 平

〔陳祐，同上題，首聯〕

27　靜合煙霞色，遙將鸞鶴羣。
　　　　　　　平平平仄平

〔李季何〈立春日曉望三素雲〉六韻排律第五聯〕

28　晴曉仲春日，高心望素雲。
　　平仄仄平仄

〔陳師穆，同上題，首聯。案：立春不當在仲春，
如「仲」是「立」之訛，則亦是仄聲字〕

29　曲臺送春日，景物麗新晴。
　　仄平仄平仄

〔李程〈春臺晴望〉六韻排律首聯〕

30　陶鈞二儀內，柯葉四時春。
　　平平仄平仄

方持不易操，對此欲觀身。
平平仄仄仄

〔李程〈竹箭有筠〉六韻排律第四聯及末聯〕

31　貞姿眾木異，秀色四時均。
　　平平仄仄仄

〔席夔，同上題，第二聯〕

32　當時不採擷，佳色幾飄零。
　　平平仄仄仄

〔呂温〈青出藍〉律詩〔四韻〕末聯〕

33　田裏有微徑，賢人不復行。
　　平仄仄平仄

從易眾所欲，安邪患所生。
平仄仄仄仄　平平平仄平

子羽有遺跡，孔門傳舊聲。
仄仄仄平仄　仄平平仄平

今逢大君子，士節再應明。
平 平 仄 平 仄

〔張籍〈行不由徑〉六韻排律首聯、第三聯、第五聯及末聯。

案：「恚」有平、仄二讀，第三聯上句二、四皆仄，

故以「恚」作平救之〕

34 長衢貴高步，大路自規行。
平 平 仄 平 仄

〔王炎，同上題，第二聯〕

35 幽磬此時擊，餘音幾處聞。
平 仄 仄 平 仄

隨風樹杪去，支策月中分。
平 平 仄 仄 仄

響盡河漢落，千山空糾紛。
仄 仄 平 仄 仄 平 平 平 仄 平

〔獨孤申叔〈終南精舍月中聞磬〉六韻排律第二聯、

第三聯及末聯〕

36 滔滔在何許，揭厲願從遊。
平 平 仄 平 仄

〔陳昌言〈玉水記方流〉六韻排律末聯〕

37 長令占天眷，四氣借全功。
平 平 仄 平 仄

〔樊陽源〈風動萬年枝〉六韻排律末聯〕

38 采斲資良匠，無令瑕掩瑜。
平 平 平 仄 平

〔羅立言〈沽美玉〉六韻排律末聯〕

39　靈山蓄雲彩，紛郁出清晨。
平平仄平仄

〔陸暢〈山出雲〉六韻排律首聯〕

40　悠悠九霄上，應坐玉京賓。
平平仄平仄

〔李紳，同上題，末聯〕

41　空憐一掬水，珍重此時情。
平平仄仄仄

〔鮑溶〈薦冰〉六韻排律末聯〕

42　皎皎盤盂側，稜稜嚴氣生。
　　　　　　平平平仄平

〔盧鈞，同上題，末聯〕

43　微臣一何幸，吟賞對宸居。
平平仄平仄

〔竇洵直〈鳥散餘花落〉六韻排律末聯〕

44　他山豈無石，寧及此時呈。
平平仄平仄

〔丁居晦〈琢玉〉六韻排律末聯〕

45　荏苒看漸動，怡和吹不鳴。
仄仄平仄仄　平平平仄平

康哉帝堯代，寰宇共澄清。
平平仄平仄

〔王甚夷〈風不鳴條〉六韻排律第三聯及末聯〕

46　深宜一夜雨，遠似五湖春。
平平仄仄仄

〔鄭谷〈漲曲江池〉六韻排律第二聯〕

47　暖氣飄蘋末，凍痕銷水中。
　　　　　　　仄平平仄平

〔徐寅〈東風解凍〉六韻排律首聯〕

48　推于五靈少，宣示百寮觀。
　　平平仄平仄

〔黃滔〈內出白鹿宣示百官〉六韻排律第二聯〕

49　雨露及萬物，嘉祥有瑞蓮。
　　仄仄仄仄仄

　　願同指佞草，生向帝堯前。
　　仄平仄仄仄

〔黃貞白〈宮池產瑞蓮〉律詩〔四韻〕首聯及末聯〕

50　細草含愁碧，芊綿南浦濱。
　　　　　　　平平平仄平

〔殷文圭〈春草碧色〉六韻排律首聯〕

51　今當發生日，瀝懇祝良辰。
　　平平仄平仄

〔王轂，同上題，末聯〕

上所引省試詩句，以《廣聲調譜》的「五言律詩」一節所開列「拗體」諸式則之，有以下八式：

一、用拗句式，即押韻句用「仄平平仄平」，此乃避「孤平」之式。

二、雙換詩眼式，即上句用「仄（或平）仄仄平仄」，下句用「平平平仄平」。

三、雙換詩眼拗句式，即上句用「仄（或平）仄仄平仄」，下句用「仄平平仄平」。

四、單換詩眼式，即上句用「仄（或平）仄仄平仄」，下句用「平平仄仄平」；或下句用「平平平仄平」，上句用「仄（或平）仄平平仄」。

五、三仄式，即上句用「平（或仄）平仄仄仄」。

六、用互換法式，即上句用「平（或仄）平仄平仄」。

七、用救法式，即上句用「仄（或平）仄仄（或平）仄仄」，下句用「平（或仄）平平仄平」。

八、用古句式，即上句二、四皆仄，下句用「平平仄仄平」。

這五十一首有「拗體」的詩中，並無「三平式」（仄仄平平平）、「仄起入韻三四換字式」（仄仄平仄平）和「孤平式」（仄平仄仄平），可推想這三式在省試中確宜避免。再觀《文苑英華》卷一百八十至一百八十九的省試和州府試詩，除了一些既古且律的作品難以分析外，[36] 純近體詩的「拗體」諸式並無超越《登科記考》所載的「八式」。

應制詩

上文提及吳紹澯《聲調譜説》引劉藻語，謂「凡應制詩無用

36 《文苑英華》卷一百八十三載崔立之〈春風扇微和〉云：「時令忽已變，年光俄又春。高低惠風入，遠近芳氣新。靡靡纔偃草，泠泠不動塵。溫和乍扇物，煦嫗偏感人。去出桂林漫，來過蕙圃頻。晨輝正澹蕩，披拂長相親。」（明隆慶刻本〔臺灣：華文書局影印，1965 年〕，總頁 1128）其中「遠近芳氣新」和「煦嫗偏感人」是「仄仄平仄平」。但此詩乃刻意而為的古風式律體，有四句用「三仄式」，一句用「三平式」，「靡靡纔偃草，泠泠不動塵」是「用古句式」，是以與一般只用一二「拗體」的律詩不同。此種詩體較難分析。

拗體者，在唐人已然」。若應制詩指的是試帖詩，則唐省試詩不無拗體。又觀《文苑英華》卷一百六十八至一百七十八應制詩（不包括卷一百七十九應令、應教詩）中的唐人近體詩作，不但常用拗體，而且用得比省試詩還要寬。如「三仄式」雖仍以「平平仄仄仄」為主，但「仄平仄仄仄」亦有見；「用互換法式」雖仍以「平平仄平仄」為主，但「仄平仄平仄」亦有見。而上舉省試近體詩所有的李譜八種拗體，唐人應制近體詩都有；上舉省試近體詩所無的「三平式」、「仄起入韻三四換字式」和「孤平式」，唐人應制近體詩則有前二式，「三平式」凡六見，七言版本的「三四換字式」一見，但無「孤平式」而已。[37] 現具錄各聯

37 《文苑英華》所載應制近體詩有「孤平式」句數例，俱由誤文引致：張易之〈泛舟侍宴應制〉有「坐客無勞起，奏簫曲未終」（卷一百六十九，總頁 1036），《全唐詩》第二函第三冊（總頁 494）下句作「秦簫曲未終」，是。張說〈奉和登驪山高頂寓目應制〉有「寒山入半空，眺臨盡闕中」（卷一百七十，總頁 1043），《全唐詩》第二函第四冊（總頁 535）作「寒山上半空，臨眺盡寰中」，是。趙彥昭〈奉和幸長安故城未央宮應制〉有「茨室留皇鑒，董歌盛有虞」（卷一百七十四，總頁 1068），《全唐詩》第二函第六冊（總頁 608）下句作「熏歌盛有虞」，是。上官儀〈奉和過舊宅應制〉有「沛水祥雲泛，苑郊瑞氣浮」（卷一百七十四，總頁 1071），《全唐詩》第一函第八冊（總頁 314）下句作「宛郊瑞氣浮」，「宛」讀平聲，是。蘇頲〈奉和聖製灃橋東送新除岳牧〉有「寶賢不遺俊，臺閣盡鴛鸞。未若調人切，其如簡帝難。閣上才應出，典中肯念分」（卷一百七十七，總頁 1093），《全唐詩》第二函第二冊（總頁 463）第三聯作「上才膺出典，中旨念分官」，是。釋廣宣〈駕幸聖容院應制〉有「古來貴重緣親近，狂客暫為待〔原文如是〕從臣」（卷一百七十八，總頁 1098），《全唐詩》第十二函第二冊（總頁 4771）下句作「狂客慙為侍從臣」，是。崔國輔〈奉和華清宮觀行香應制〉有「天子蕊珠宮，接臺碧落通」（卷一百七十八，總頁 1099），《全唐詩》第二函第七冊（總頁 661）下句作「樓臺碧落通」，是。又崔湜〈奉和幸韋嗣立山莊侍宴應制〉有「丞相登前府，尚書啟舊林」（卷一百七十五，總頁 1077），「尚」字讀平聲，唐詩中常如此，故下句亦非「孤平式」。

如下：

01　此詩飄紫氣，應驗真人還。
平仄平平平

〔徐賢妃〔唐太宗妃〕〈秋風函谷應詔〉律詩〔四韻〕末聯〕[38]

02　蒼龍闕下天泉池，軒駕來遊簫管吹。
平平仄仄平平平

〔劉憲〈興慶池侍宴應制〉律詩〔四韻〕首聯〕[39]

03　供帳何煌煌，公其撫朔方。
仄仄平平平

〔崔禹錫〈奉和聖製送張尚書〔張說〕巡邊〉十韻排律首聯〕[40]

04　具寮誠寄望，奏凱秋風前。
仄仄平平平

〔蘇晉，同上題十韻排律，末聯〕[41]

05　還將西梵曲，助入南薰絃。
仄仄平平平

〔李嶠〈閏九月九日幸總持寺登浮圖應制〉律詩〔四韻〕末聯〕[42]

38　《文苑英華》卷一百七十，總頁 1043。此詩第三、五、七句失粘，但每聯俱合格律，中唐以前近體詩亦頗常見。

39　同上注，卷一百七十六，總頁 1082。

40　同上注，卷一百七十七，總頁 1091。此詩作者《文苑英華》作「崔羽錫」，《全唐詩》第二函第六冊（總頁 630）作「崔禹錫」，茲據改。

41　《文苑英華》卷一百七十七，總頁 1092。此聯《文苑英華》作「具寮有誠寄，望凱秋風前」，茲據《全唐詩》第二函第六冊（總頁 630）改。

42　《文苑英華》卷一百七十八，總頁 1095。此詩《文苑英華》別有關乎平仄之誤文，可參校《全唐詩》第二函第一冊，總頁 409。

06　林披館陶牓，水浸昆明灰。
仄仄平平平

〔劉憲〈奉和幸三會寺應制〉六韻排律第四聯〕[43]

07　勾芒人面乘兩龍，道是春神衛九重。
平平平仄平仄平

〔閻朝隱〈人日重宴大明宮恩賜綵縷人應制〉律詩〔四韻〕首聯〕[44]

「三四換字式」是有條件的平仄變化，「三平式」是無條件的平仄變化。由此亦可見，像「三平式」這關乎「五」的所謂「拗體」形式，在唐人應制近體詩中亦非禁忌。故知古人作近體詩時，單數位置的平仄調度確是較寬鬆的。

又上文在省試詩部分列出的第一至第五式，清人雖強稱為「拗體」，但這數式只是變更第三字，又無須於別句用「救」，所以稱之為「拗」，其實無甚意義，徒足自擾而已。如果「平平平仄平」可以不視為「拗體」，那麼「仄平平仄平」只是換「平平平仄平」第一字的平聲為仄聲，自亦可以不視為「拗體」。至於第六式因為二、四皆平，要以本句第三字救，第七式因為上句二、四皆仄，要以下句第三字救，有「拗」有「救」，稱為「拗體」，自然較可以不救的「拗體」合理。然第八式之二、四皆仄，

43　《文苑英華》卷一百七十八，總頁 1096。

44　同上注，卷一百七十二，總頁 1052。此詩《全唐詩》第二函第二冊（總頁 446）題作〈奉和聖製春日幸望春宮應制〉，並於首句「乘兩」後注云：「一作『兩乘』。」案《史記・司馬相如列傳》載司馬相如〈大人賦〉，有云：「使句芒其將行兮，吾欲往乎南嬉。」唐張守節《正義》引張揖云：「句芒，東方青帝之佐也，鳥身人面，乘兩龍。」（《史記》〔北京：中華書局，1982 年〕，頁 3059）《全唐詩》一作「兩乘」，恐非。

在唐詩中且有下句不救者，則可見唐人「拗句觀」還是比較寬鬆的。由此亦可見，五言近體詩的第一字除了後世在「平平仄仄平」中反對在第三字不作平的情況下作仄 ，以及第三字除了後世在「仄仄仄平平」中反對變平外，確是可以不論的。這不論並不涉及整首近體詩聲律的強弱，而只是從結構上指詩句該位置的平仄可以隨意變更。七言近體詩的第三和第五字亦應作如是觀。

基於上文對「拗體」的看法，筆者打算順道為「仄平仄仄平」此「孤平式」和「仄（或平）仄平平平」此「三平式」定位，以期使有關拗句的概念更為清晰。該兩式都沒有變動句中雙數位置的平仄，其實可以不視為「拗體」。趙譜稱「仄平仄仄平」為「古詩句」，李譜以「仄平仄仄平」為「近體大忌，以其不叶」，看來此形式的風格極不能與近體配合，實非一般拗句之比，所以視「仄平仄仄平」為「古詩句」而不是一般拗句是合理的。「三平式」在初、盛唐本就是正常的律體，盛唐以後，「三平式」成為古體專用形式，近體才避而不用，尤於試帖詩為然。「三平式」沒有變動句中雙數位置的平仄，所以不應視之為一般拗句。李譜謂「三平句則近於古矣」是有道理的，所以稱「三平式」為「古詩句」更覺適當。

筆者現斟酌清人詩格對詩句平仄式的論斷，試以己見分諸式為三體，表解如下：

	五　言	備　注	七　言
常式	平平平仄仄　　仄仄仄平平 仄平平仄仄　　平仄仄平平 平平仄仄仄 仄平仄仄仄 仄仄平平仄　　平平仄仄平 平仄平平仄　　平平平仄平 仄仄仄平仄　　仄平平仄平 平仄仄平仄	二四平仄相反，非拗體，唯各句聲律有強弱耳。	於左列五言句前加平平、仄平、仄仄或平仄，必使七言句二四平仄相反。
拗體（近體詩可用）	平平仄平仄　　仄仄平仄平 仄平仄平仄　　平仄平仄平 上句拗： 仄仄仄仄仄 平仄仄仄仄 平仄平仄仄 仄仄平仄仄 ＋ 下句救： 平平平仄平 仄平平仄平	二四平仄相同，故拗，唯雖拗而有救。或句中自救，或上句拗下句救而成拗聯。	於左列五言句前加平平、仄平、仄仄或平仄，必使七言句二四平仄相反。
古體（除拗律外，近體詩不宜用）	仄平仄仄平 仄仄平平平 平仄平平平 上句拗： 仄仄仄仄仄 平仄仄仄仄 平仄平仄仄 仄仄平仄仄 ＋ 下句不救： 平平仄仄平 仄平平平仄　　仄平平平平 平平平平仄　　平平平平平 （上列收仄　　仄平仄平平 聲六句在仄　　平平仄平平 韻古詩中既　　仄仄仄仄平 可為上句亦　　平仄仄仄平 可為下句）	二四平仄雖相反，唯全句格調與近體不叶。 上句二四同仄。若下句不救，上句便成古詩句。此可視為可救而不救之拗體。 二四平仄相同。此可視為無從救之拗體。	於左列五言句前加平平、仄平、仄仄或平仄。 或 ○平○平○○○ ○仄○仄○○○ （此兩式可視為無從救之拗體）

經過上述的分析，筆者以為「一三五不論，二四六分明」作為詩學入門的口訣是有意義的。先誦口訣，再留意例外，正是循序漸進之法。七言近體詩第一字必不論平仄，第三字除了犯「孤平」之外，亦不論平仄，如果第五字用平而避了孤平，第三字便不論平仄。第五字除了犯「三平」之外，縱強稱拗體，實亦不論平仄。初、盛唐非省試的近體詩亦屢見「三平」，可以想見當時「三平」亦不犯禁。是以「一三五不論」並非信口開河之語。至於七言句，二四同平同仄必拗，二四變換平仄必失粘。第六字變更平仄，亦必失粘，而且必有救才稱合律。故「二四六分明」是無容置疑的。清人以平仄之整體勻稱分配為大前提而排斥「一三五不論」之說，實不無矯枉過正之嫌。

轉載自《文匯文選》（香港：商務印書館（香港）有限公司，2011 年），頁 109-68。

原載於《中國文化研究所學報》新第十期（總第四十一期）（香港：香港中文大學中國文化研究所，2001 年），頁 297-334。

心 西星先　邪 席餳次
曉 希興軒　匣 奚刑閑
影 衣英烟　蠅 移盈延
林 離靈連　日 而仍然

平起七言八句格式

平平仄仄仄平平　仄仄平平仄仄平
仄仄平平平仄仄　平平仄仄仄平平
平平仄仄平平仄　仄仄平平仄仄平
仄仄平平平仄仄　平平仄仄仄平平

仄起七言八句式

仄仄平平仄仄平　平平仄仄仄平平
平平仄仄平平仄　仄仄平平仄仄平
仄仄平平平仄仄　平平仄仄仄平平
平平仄仄平平仄　仄仄平平仄仄平

平起七言八句反疾式

平平仄仄平平仄　仄仄平平平仄仄
仄仄平平仄仄平　平平仄仄平平仄
平平仄仄仄平平　仄仄平平平仄仄
仄仄平平仄仄平　平平仄仄平平仄

仄韻七言八句反疾式

仄仄平平平仄仄　平平仄仄平平仄
平平仄仄仄平平　仄仄平平平仄仄
仄仄平平仄仄平　平平仄仄平平仄
平平仄仄仄平平　仄仄平平平仄仄

平起五言八句格式

平平仄仄平　仄仄仄平平
仄仄平平仄　平平仄仄平
平平平仄仄　仄仄仄平平
仄仄平平仄　平平仄仄平

仄起五言八句式

仄仄仄平平　平平仄仄平
平平平仄仄　仄仄仄平平
仄仄平平仄　平平仄仄平
平平平仄仄　仄仄仄平平

平對仄仄對平反切要分明有無虛與實
死活重兼輕上去入音為仄韻東西南字
是平声
一三五不論　二四六分明

背篇雜字纂成二首

明弘治本《篇韻貫珠集》(收入《四庫全書存目叢書》) 所載「一三五不論」口訣